跳起青春的蹦极

赵冬 主编

山西人民出版社

★ 同学少年

责　　编:张文颖　张晓立

复　　审:姚　军

终　　审:张彦彬

图书在版编目（CIP）数据

跳起青春的蹦极/赵冬主编. —太原：山西人民出版社，2003.8
（同学少年丛书）
ISBN 7 - 203 - 04832 - 2

Ⅰ.跳... Ⅱ.赵... Ⅲ.散文—作品集—中国—当代 Ⅳ.I267

中国版本图书馆 CIP 数据核字（2003）第 067323 号

跳起青春的蹦极

赵　冬　主编
＊
山西人民出版社出版发行

030012　太原市建设南路 15 号　0351 - 4922102

http://www.sxep.com.cn E - mail: sxep@sx.cei.gov.cn

新华书店经销　山西三铁印业有限公司印刷
＊
开本:850×1168　1/32　印张:12　字数:301 千字

2003 年 8 月第 1 版　2003 年 8 月太原第 1 次印刷

印数：1—10000 册
＊
ISBN 7 - 203 - 04832 - 2

I·1182　定价:18.00 元

目录
CONTENTS

那一年花开

1

害怕爱情的男孩

3 等待长大

4 风中亮出自己的旗

5 青春的海盗船

那一年花开

1

那一年花开

■文/许　荣

我不知道那是不是一个美丽的错误。

那年，我17岁。

一个星期天的下午，我坐在教室内和别人闲聊，慧走了进来。她弯下腰去提水瓶。那时候教室里很安静，阳光淡淡地照进来，透过飞舞的小飞尘，我突然发现她是那么美。黄色的夹克衫、黑色的牛仔裤，她那瘦长的身材显得更加出众。一瞬间，那个动作定格成一幅永不褪色的画，刻在脑子里，再也抹不掉。

我知道我犯了在这个年龄很多人都会犯的错，但我能克制住自己，因为我知道我们之间还有一段很长的距离。如果不是因为锋，我想我会永远保守这个秘密。

锋是我的"宿友"。

在他公开心里秘密之后，锋每天晚上都会在宿舍里谈慧，谈她的美丽，她的大方，她的聪明和开朗。而我只能沉默地心痛。

锋和慧的位置坐得很靠近，每天有说有笑，而我只能沉默地在教室后面观望，每次我都想起那幅画。

幸好，锋也是个很胆小的人，他不敢直接地表白，所以我一直在寻找一个适当的机会。

机会终于来了。英文课上，许 sir 叫我们每人准备一段话，题为"I have a dream"，演讲是即兴的，我知道会喊到我。果然。我将所有的感情融入简短的话语中，我的眼睛一直盯着慧，我希望她会看到，但我不知道她的表情，因为我没戴眼镜。我记得有一句是这样的"：You're a red red rose in my heart."

慧家的电话号码我已经默念过几百遍了，闭上眼睛也可以拨得一个不差，但我从没有等那边有回音。我知道我会得到三种答案：一、同意；二、不置可否；三、拒绝。想了好久，我觉得没有勇气去面对任何一种。于是从那以后，我便陷入一种十分微妙的境地。

"喂，找谁？"一时间我竟愣住了，满腹的话竟全然不知所踪，但我立刻要自己清醒过来。于是对话开始了。

"你还记得上周的口语课吗？你还记得我说过的话吗？""当然啦！""那你知不知道我在对谁说呢？"于是沉默，"有些东西我实在不好说。……""不好说就不要说，我明白……"

我想答案至少应该是第二种。

看到锋无奈的脸，我发现我很快乐。但我也发现原本活泼的慧几天以来竟然一动不动地成天坐着发呆。我于是想试探一下。

"借指甲剪一用，行吗？"我努力平静地指着她那小巧的剪刀。她眼中闪过一丝慌乱，同时很快地低下头去，"我没有啊！"同时把剪刀放在口袋里。我愣在那里，有种想哭的感觉，大脑一片空白，心里却乱得一塌糊涂，我默默地走回坐位，没有人能体会我的心情。但我好像看到梦想破碎了……

　　虽然后来我知道了慧的指甲剪确实坏了，但我不明白"没有"是什么意思，我不能骗自己让我忘记那幅画。

　　那一年，我的花开却没有果。

■文/徐安玲

朴仙子是睡在我上铺的朝鲜族女孩。

在我们那所人才济济的学院里，漂亮的女孩并不稀有，但鲜见仙子这种"天生丽质"。尽管她护肤霜也不擦，长头发随便用皮筋一束，穿件半旧的棉布衣服就到处走，但还是美得要命。

说追仙子的男生定有一个加强排绝非戏言。但仙子"艳若桃李，冷若冰霜"，丝毫不为所动。

我知晓仙子在等一份很美丽的缘。

也只有我明白仙子心里的失望有多深！许多庸俗男孩贪婪地觊觎着她的美貌，幻想把那份惊世骇俗的美丽做成自己虚荣的花边，却从未试着去了解：冰肌雪骨下有着怎样一颗精致细腻的心。

尤其看过高渤令人作呕的表演后，仙子更是心灰意懒。

高渤是我们寝室阿恰青梅竹马的男友。他们两情依依，丝丝入扣的感情堪称现代校园的爱情经典。可向来以"演技派"著称、以专一自诩的高渤竟也被仙子翩翩曼妙的身影弄乱了方寸。他想方设法地靠近仙子，还匿名送来许多精美的小礼物和几十封令人脸红心跳的缠绵情信。

一天晚上，高渤终于揭穿谜底。他絮絮地诉说自己和阿恰如何貌合神离，彼此折磨。忽然，他紧紧拥住仙子，泪流满面，吻她的额头，并说："我已经默默爱你很久很久了……"

仙子拼命挣扎，用尽全力掴了高渤一记耳光，踉踉跄跄逃回宿舍。

第二天，仙子病了，高渤却装得若无其事。

他约阿恰出去数星星直至深夜。从我们的宿舍的窗子可以看出那对甜蜜的情侣始终很暧昧也很幸福地依偎在一起。流星划过天空时，高渤满脸虔诚地吻着阿恰，似乎在重复一个极其坚贞美丽的誓言。

高渤的爱情戏演得太好了！

仙子躲在窗后瑟瑟发抖，美丽的大眼睛里蓄满了泪水。好半天，她才幽幽地说："阿恰真可怜！"

从此，仙子见到男生就落荒而逃。她甚至开始深深怀疑爱情。

寒假结束后，仙子变得异常沉默。她披着一条缀着长流苏的黑色披肩，整晚坐在寝室内折纸鹤。她的脸惨白惨白的，黑眸中的忧伤深不见底。

我第一次发现仙子是个有心事有沧桑的女孩。也许该找个月华如水的夜晚帮她清洗伤口。

周末，学校意外停电，寝室内恰好只剩下我们两个人。守着一朵摇曳不定的烛火，我们谈了许多，不知不觉就听她讲了一个凄恻的故事：

一位柔弱善良、倍受摧残的女子终于忍无可忍,在一天深夜手持利斧劈死了烂醉如泥的丈夫,然后带着满身伤痕吊颈自杀。

"后来我和外婆相依为命",仙子泣不成声,继续说,"我发誓让外婆晚年幸福。可还没等到毕业,外婆已被确诊为胃癌。我要折一千只纸鹤为外婆祈福,我要拼命拼尽所有的力量与死神拔河……"

那一晚,我和仙子都彻夜未眠。

升入大三后,仙子依旧是全校最美丽的女孩。美丽又孤独。那时,我已找到心心相印的男友,也只能默默祝福仙子早日拥有一片无雨的天空。

一个午后,男友拉我去吃白食。他的一个"死党"楚涵刚拿了笔数目可观的稿费,在餐厅请客,我对楚涵向来印象很好,极欣赏他斯文潇洒的风度和横溢的才华。只是觉得如此出色的男孩竟始终不交女友有些不可思议。

酒至半酣,楚涵忽然敲敲桌子说:"看呐,又有人向我们的'校花'献殷勤了!"

我从二楼的窗子望下去,果然看见仙子穿一件宽松的白衣服,抱一大包不知从哪里弄来的草药,正摇摇晃晃飘过校园。她身后,一个看上去挺稚气的男孩很窘地站在原地,脸比手上的玫瑰还要红。

我的心温柔地伤感起来,忍不住讲起了仙子的故事,感叹了好一阵。

转眼又到了严寒的日子。不知为什么,今年冬天特别冷。

仙子的千只纸鹤未能挽留住亲爱的外婆,一个大雪纷飞的黄昏,她得到了老人去世的噩耗。

仙子悲伤得连眼泪都没有了。她握紧电报,发疯般冲出寝室。

等我们在校外的小酒店里找到她时,她已醉得不省人事。正七手八脚拖她上楼时,迎面碰上楚涵。他低低一声断喝:"不行,这样会烧坏胃的!"说完拦腰抱起仙子直奔校医院。

挂上输液瓶,仙子在楚涵怀中吐得一塌糊涂。望着身边这个陌生的男孩,仙子惊慌失措。她发疯般捶打楚涵,逼他走开。楚涵很痛,但并不躲开,依旧牢牢扶住仙子,竭力让她吐得更舒服点儿,全不介意自己的衣服上溅满秽物。

即使是我这样重感情重情义的人,对朋友也不过如此吧。仔细审视楚涵的眼睛,却极坦荡。

我不禁隐隐有些失望。

整整一夜,楚涵紧紧握住仙子冰冷的手,陪她战胜不断袭来的巨大痛苦。我看见楚涵体内的活力正一滴滴流失。他像被榨干的柠檬,疲惫得几乎崩溃。

天放亮时,痛苦的潮水退了。仙子安静地躺在床上,仿佛风雨过后一朵素白的梨花,清新又美丽。

"答应我,以后别那么傻了!"楚涵声音嘶哑,语调里半是痛苦,半是怜爱。

仙子缓缓点头,笑得很柔美很妩媚。她竟忘了抽回那双仍被温暖着的手。

我背身去拉开窗帘。不知什么时候,雪停了。红彤彤的太阳照着一望无垠的雪野,很纯洁,很美丽,也很感人。

我心中祝愿:从手到心,这段路短一点,再短一点。

但那天以后,我发觉楚涵和仙子却在互相逃避。我觉得自己有必要做些什么了!

我去找了楚涵,我问:你的故事该开始了。他说,是的,该开始了。

新年前夕,仙子收到一个雕刻得很好的水仙花球,装在景德镇的小瓷碗里,还附有一张别致的卡片:

水仙般纯洁的女孩:

第一朵花开时,我想告诉你一句在心中珍藏了很久的话。这句话,我一生只说一次。

牵挂你的楚涵

仙子收好卡片,不动声色。可她从来没有这样美丽过。

春节时,水仙花蕾冲破叶膜的包裹,像美丽的雀尾一样娉婷欲放。

它也许明天开,也许今天夜里开。痴痴地守着水仙,仙子不肯上床去睡,眼睁睁地守着那枝水仙,在期盼什么?

我不知道楚涵要对仙子说的那句话是什么,但我知道,这必是一段水仙般洁白无瑕的恋情……

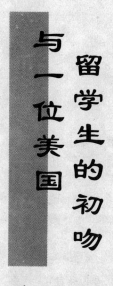

与一位美国留学生的初吻

■文/詹

*1*986 年我在北京语言学院读大学，那一年的暑假一过，年轻的女辅导员便把我们这些十八九岁的女孩子们召集在她的宿舍里上了一堂教育课，原因是我们班要接纳一批从美国来的短期留学生。

"嗯，外事纪律的第一条是不许向留学生要求礼物；第二，不许单独到异性宿舍；第三，严守交往的作息时间；第四……"

"有意见，有意见……"有人在举手嚷嚷，辅导员只好皱皱眉，停下话题。

"请问，如果老外一定要送给我们礼物怎么办？"满口京腔的小刘一本正经地问道。

"不许叫老外，要说外国留学生。嗯，如果一定赠送的话，要看礼物的大小，酌情……"

"礼物的大小怎么分？是按体积还是按容积，还是按分量？"

有人又笑着加以闲言。

"当然是按价钱,比如说电视、录音机、照相机……"

"老师,铅笔橡皮之类的总不用汇报吧!"

又是那个小刘。

"当然,当然,不过接受小礼物时最好要互相交换……"

女辅导员忙于招架。

"噢,老师,我明白了,如果他给我橡皮,我也要还他橡皮;如果他给我铅笔,我也要还他铅笔;如果他给我一只牙齿呢,我也要还他一只牙齿,这叫以礼相待,以牙还牙!"

接下来是一阵哄堂大笑。不知又嚷嚷了多久,一直躲在角落里偷读恋爱小说的我忽然被叫了名字:

"詹蒙,你负责刘彼得!"

"谁是刘彼得?"我傻得快到乡下了。

"刘彼得,美籍华裔,十九岁,哈佛大一年,专攻法律……"老师在读手中预备的资料。

"请问,男的女的?"我举起了右手。

"叫 Peter 的哪儿有女的。"我们系里的一枝花维维开始笑起我来。我这才感觉到了非常不舒服,干脆把左手也举了起来:

"老师,我反对,不要分配年轻的给我,要老头儿老太太中年女人都可以,只是……"

我遇到了一双极不解人意而冷淡的眼睛:

"詹蒙,我们不是在分瓜分果……"辅导员的话还未说完,底下就有人接了"也不是分肉",闹得又是一阵哄笑。笑声过后,话题又被转到了别处,直到散会,我再没有得到老师的垂青。

到了宿舍门口,维维忽然搂住我的肩,神秘兮兮地向我自语道:

"阿蒙,你真福气,这个刘彼得可是个有名的华人律师的儿子,妈咪又是个外科医生……"

"咦,你怎么知道?"我睁大了眼睛。

"当然。"她拢了拢披肩的长发。

哇,我开始吸冷气了。这个刘彼得,十九岁的哈佛仔,又有这么好的家庭背景,不知该是一个怎样高傲不可夷视的人物,或者是一个吊儿郎当的风流货色,一个吃女人的妖精!天,总之,小心,小心,再小心。

第二天一早,我因前一晚熬夜读书,所以起得很迟,怕赶不上食堂早餐宝贵的大米粥,抹了一把脸不梳头便往宿舍门外跑。结果,与一个人迎头撞了个满怀。我惊魂不定,胡乱中想抓住什么站住,却发现自己被一双极有力的胳膊抱住了,等回过味来,挣开了对方的怀抱才看到了抱住了我的是一位极陌生的年轻男子,高高壮壮的,穿着红色的T血衫,领口袖口都有了磨损,皮肤黝黑,留着极简单的平头,底下穿了一件同样破了边的牛仔裤,一双北京倒爷喜欢穿的板鞋。奇怪的是他肩上斜挎着一个军用大书包,与其说是个大人,不如像个还在上学路上的一个规规矩矩的小学生。

我非常非常的生气,不是因为他撞了我一下(确切地说我也撞了他),而是因为他竟抱住了我!于是我怒气冲冲地训斥道:

"你这个人怎么回事,人撞就撞了,还想占便宜啊!"

他竟笑着看着我,不说一句话。这时我才发现那笑容是极和善极温暖的,确切地说很有一种清白的诱惑力,待我仔细地去察看他的面容,竟看到了一张极为清俊的五官。我开始觉得这个人有些傻,似乎一点也未意识到自己的魅力,瞧他那身装束,瞧他那只斜挎的大书包,瞧他那看着女孩子的傻傻的笑意,足以证明了这点。我似乎开始原谅他了,等了一秒钟,见他还不开口,便捡起掉在了地上的饭盒,转身欲走。

"sorry, I don't speak chinese, I'm looking for Jenny."

天，他说他不懂汉语，他说他在找詹妮，哟，听口音知道是个地道的美国人，我猛然间转过味儿来，开始又一遍地审视他，用英文问：

"你是彼得·刘吗？"

他惊异地点了点头，于是我指了指自己道：

"那我就是你要找的詹妮。"

他年轻灼热的瞳仁中开始散发出几丝惊喜的光线来，接下来轻快地向我道一声："哈罗。"

我没有被染上一丝他的热情，相反地在这样一种情形下显得有些尴尬，我本是准备在当天下午的欢迎会上遇到他的，谁知道他竟迫不及待地跑出来，咳，美国仔，谁知道你们受的是些什么教育。总之，做事情怎么这样地随便自由，又显得这样地热情、诚恳。罢了。我只有低头去盯着看自己手中的饭盒，没有一句话说。

我忽然听到他在翻弄书包，接着见他手中赫然握着一个特大号的中国制铝金饭盒！

"我想同你一起吃早餐，可以吗？"他温柔而极有礼貌地询问着，却引起了我极大的恐惧：又是一个意外！天，在中国，一个男生和一个女生一起去食堂吃早餐，这到底意味着什么，刘彼得你可知道？

"听我说彼得，我们的食堂很穷，没有咖啡，没有牛奶面包，只有……只有……"

糟糕，我不知道"粥"用英文怎么说，憋了半天才憋出个"米水"二字，不想正中了正着。

"很好，'入罗马要随罗马人'，入中国要吃中国的米水嘛！"

他竟开朗地摊开一双大手,向我笑了起来。我的肚子里翻腾着千万句诅咒他的话,却一句也说不出来。进入了食堂,我在千人注视万人瞩目的情形下,脸早红到了脖根儿,可这个该死的刘彼得倒是大方到了家,有人行注目礼他便向人家道"你好",不说倒好,一说,全世界都知道了他是个老外。

我闷头不响地吃饭,心里盘算着饭后该如何向辅导员提出更换 Partner 的要求,如果她不准,我就罢课!打定了主意,心情才稍平静了一些。

饭后,我毫不留情地摆脱了他,直奔辅导员宿舍,却见她笑吟吟地拉开门道:

"詹蒙,我刚才在食堂看见你了,一起的是刘彼得吧,注意分寸,你一定会胜任的!"

得了,我咽了一口黄连水,她早知道我是为何而来了。看来,更换 Partner 没那么容易,系里决定把年轻的刘彼得要我负责,可能一是因为我成绩不错,二是我没什么风浪危险的缘故。总之,出了丑闻,系里可是吃不了兜着也走不成的。

我早没了罢课的勇气,像个垂头丧气的败兵似的抱着书包往教学楼走去。那一刻的我还没有预料到那个早晨的故事只是我和彼得"遭遇"的开始,从第二天我就发现,我的生活里忽然多了一个影子,一个高高大大的男子的影子:早上去食堂,有他的影子;上午排队买加餐,有他的影子;下午去图书馆,对面座位上又会不声不响地冒出他的影子;甚至晚间宿舍的长椅上也会挂着他斜挎书包的影子。刚开始全校四楼的人都会向他行注目礼,不知何时起,他已用自己温和开朗的笑意赢得了大家的默许,于是每当小男生看到他时,便招呼一声:

"哟,彼得,又等詹妮呢?!"

他总是十分爽快地一声"Yes",最后,连我的同屋也总是一看到我闷在宿舍便催：

"哟，阿蒙，你想让刘彼得等到天黑啊。"

我哭笑不得，又无能为力。只是，每次见到他，倒从没有听过一句过火的花花公子式的玩笑话，没有我曾经预想过的那种吊儿郎当玩世不恭的嬉皮士的味道，更没有遇到当时大学中流行的才子型哲学家型愤世嫉俗型的深奥。总之，每见到我，他先是笑着打声"哈罗"的招呼，然后就是惯例的一句话：

"詹妮，我可不可以问您一个问题？"

他老是有许许多多的问题。许许多多！像中国的女人为什么要缠脚；京戏为什么要抹花脸；剪纸是怎么剪的，风筝是怎么做的，孙悟空怎么是猴子，观世音的手中拿的那东西是干什么的……稀奇古怪，什么都要问个清楚。有的时候连我也忍俊不禁，可他忽然会一本正经地问我：

"我的问题真的那么可笑吗？"

我，只好闭上嘴。

有一天，他忽然问我：

"詹妮，你对美国怎么看？"

我想了想，信口便说道：

"一自由开放吸毒犯罪先进不可理解，二乱来。"

他听了便笑了起来，说我有几分幽默，我倒不好意思起来。他忽然问我有没有听过约翰列侬的名字，我摇了摇头。他又问可否知道甲虫乐队，我忽然想起《爱情故事》的主人公詹妮弗最喜欢的便是巴赫和甲虫乐队，于是点了点头。他说约翰列侬便是那个甲虫乐队的头儿。这倒出乎我的意料之外，我不知他提这个怪歌星干嘛，于是皱起了眉头等着他答话。

"他有一首很有名的歌儿叫《想像》，想像世界上没有谁来占有财产；想像一下世界上根本没有天堂；想像一下世界上只有兄弟之爱……那样的世界该多美好!"他说着呓语。

"那岂不是共产主义!"我忽然很明白了。

"詹妮,你真的相信世界上有共产主义?"

我迷惘地看着他,不置可否。

"詹妮,信不信不重要,问题是为什么去相信。不要因为是马克思说过了,毛泽东说过了,以及你周围的人都这样说,你也就这样想。詹妮,用你自己的头脑,用你自己的心去忠实地思想,忠实地感觉,去独立地拥有你自己,詹妮,许多东西不是马上就有答案……"

他的话扯到了政治话题,特别是他用那样的语气来讲我曾认为是很伟大的人,让我很不舒服,于是我故意转了话题:

"彼得,你认为美国好不好?"

"詹妮,你想一个国家 80% 的财产掌握在 1% 的人的手中,这样的社会好不好?"

我摇了摇头。他也摇了摇头。说道:

"美国应该变。一个社会不能总是在一个穷与富差别的恶性循环之中。也许要等到有一天天下人都良心发现一下子进入了约翰里侬的想像中的世界……咳,想像归想像,怎么可能是现实呢……"。他停下来,无可奈何地摇了摇头,不再言语。那一刻,有一种不易察觉的情丝袭击了我只有十八年的混沌的心房,它来得浑然不知,却是极自然极自然,自然得我只有希望时光停止,而他能更长更久地待在我身边的单纯愿望。我发现他展现给我的总是极活跃极独立极能包容又极富于情感的我从不了解的思想世界,我被其强烈地吸引起来,这让我兴奋,让我放松,让我忘我,让我错觉地认为有了新的自己。待有一天,我不再把他单纯地当作一个老外,一个美国仔,一个与我完全不同世界的人的时候,我才有勇气向他道出了我憋在心中许久的话来:

17

"彼得,你也许不知道,我们这样常常在一起,许多同学在误解你……是我的男朋友。"

"难道我不是你的男朋友?"他睁大了眼睛,很是惊异。

"彼得,男朋友,在中国意味着是情人的意思,这不是开玩笑而随便交的,大多数的女孩子在交男朋友的时候都要考虑到婚嫁的,所以……"

他完全震惊到了那里,接下来连说"上帝、上帝"。看到了他那样子,我从心里后悔向他道出了这深一层的中国形态了,要知道,对于他这样一个自由社会长大的男孩子,许多中国的习惯和传统是他没有办法接受的,如果他因此而受到任何责备,实在是太委屈他了。

他忽然低沉了声音,向我郑重地说道:

"詹妮,真抱歉,如果因为我的存在而让你招来这样多的误解,我向你道歉,您知道,在美国……"

他耸了耸肩膀,没有再往下说。那一晚,当他向我道晚安之后忽然又追加了一句:

"詹妮,如果我的行为因有不合乎中国习惯的地方而给你带来任何麻烦和不快,请您一定告诉我,并同时请您原谅。"

我轻轻地点了点头,接下来仰头看他,发现他也正注视着我,于是我们相视一笑。

从那一次以后,他显得小心了许多。比如说他不再随便地来找我,在路上见到我也是轻轻地笑一笑,点一点头。至于下一次见面的时间总是事先约好,而见面的地点也从操场上的长凳转到了他的教室。对于这种忽然的变化我发现自己实在难以接受,似乎见不到他的时间在一天一天地延伸,而我的烦闷与无奈也在与时俱增,甚至于我一向认为最崇高最有趣的图书馆,竟也引不起一丝的兴致去光顾了。我总在不知不觉之中企盼他的出现,在下意识地等着他的到来:每在路上有人喊"詹妮",我的心便会无缘由地狂跳,每在食堂见到红色的 T 恤衫,我就会多望上好几眼,甚至看到同他用的类似的铝金饭盒、军用书包,同他穿着一样的板鞋,同他相似的黝黑的肤色,我总会于体中引起一阵温柔的血液流动!

我非常非常的希望能见到他,至于见到他之后会怎样,我也不知道,总之,我就只想见到他。在没有他的电话和传言的时间里,我竟在暗暗地责备他。责备他的小心,责备他的忍耐,责备他的认真,也过多责备自己的多言。

可是,说过的话似乎没有办法收回来了。

星期五的傍晚,他终于来电话约我出去玩,可以想像我当时有多么的激动与喜悦。

他从计程车里挥手示意我上车。我上车后,他就笑着看我,令我十分羞涩,待我不好意思地低下头时,他才说道:

"詹妮,似乎好久好久没有见到你。"

我的脸更加红了。

"有同学看到你吗?"他忽然很关心地问。

我轻轻地摇了摇头,他才吁了一口气,道:

"这才好,我怕我走后只把麻烦留给你。"

他提了"走"字,我心一动,不由得向他瞪起了双眼。他像意识到了自己的失言似的赶紧轻轻地拍了拍我的面颊,道:

"去跳迪斯科好吗?"

"我不太会。"不是不会,是没精神。他像猜透了我的心思一般,握住了我的手,不再言语。我有生以来第一次被异性紧握着双手,却没有一丝抵抗,像是那是一件再自然不过的事情一般,像是我的手已被他握过千百次一样。

京城最有名的 Lido 饭店的舞厅总是爆满了白黑黄棕各色

人。他拉我步入舞池,我的意识模模糊糊、隐隐约约地咀嚼到一丝犯罪似的苦涩,随即在一种嗡嗡欲碎的音响与五彩纷扬的醉光之中渐渐消失而去。直到我发现有一双极男性极有力的手臂,正悄悄把我飘飘欲散的精神从飞扬中圈回,有一种极为真实的异性的气息瞬间便占领了我呼吸的空间,这一刻才发现,舞曲已换成一支极悠扬醉人的慢步情人曲,刚才的宣泄飞扬已不知跑到哪里去了,只剩下一个极为纯净温柔的世界,像是从来都是这样一般。

我不知怎样到他的手臂之中的,只是当我意识到时,一切都是如此的自然,又如此的不可思议。我没有任何一丝抵抗,毋宁说我非常地愿意这样,直到他低下了头,捉住了我的双唇,我还未意识到有什么事情已经发生了。那是一种多么奇怪的感觉,一种软软的,冰冷的有些颤抖的生命体压到了我的双唇上,让我的大脑在一瞬间变成了一片空白的原始地,几秒钟后才有一种神秘的灼热的火焰悄悄地从我不知名的地方跑了出来。在它的渐渐膨胀的热量的冲击下,我只希望他与我能在这短暂的永恒中慢慢地死去。

乐曲不知何时已停了,我们成了舞池中的最后一对伴侣,全世界都已停下来观望我们。我的意识猛然间被带回现实之中,我抓起了沙发上的皮包,便跑出了舞厅。

饭店的外面是尚未经过整治的郊外处女地。懵懂之中好容易才发现了一条不知通往何处的林阴小路,我竟再也忍不住,抽抽泣泣地哭了起来。直到我身旁多了一个高高大大的影子,我才知道他已跟我跑了出来,虽然我的眼泪使他感到好大的不安,他还是低声问道:

"在中国,我这样对女孩子不好吧?"

我没有说话,直到他的不安终于大于了我的羞涩,我才断断续续地说道:

"还有十天你就要走了。"

他说了一声"是的",停了一下,问道:

"詹妮,你会难过吗?"

我点了点头,又开始抽泣起来。

"我也一样,我怕这样待下去,学期完了,我也离不开中国了。"这一刻,他开始吻我的头发,我的心更加酸痛,泪更无法止住了。

"詹妮,你身材这样小(他用的是法语的 Petite,之后我在别处看到这个词便想起了他),火气又这样壮,不过我慢慢地发现你非常非常的中国。在美国我一直不知道我是中国人还是美国人,所以我这次才会到中国来。詹妮,你是我这次到中国来的答案,你给了我一种"家"的感觉,只是,十九岁的我还背负不起这个家。请你明白,詹妮,对不起,詹妮……"

我捂上他的嘴,不让他继续往下说,泪又一串一串地滑下来,待有了勇气,我才问道:

"彼得,你喜欢……喜欢我吗?"

他笑了一下,轻轻地搂住我的肩,道:

"你该知道我为什么总跟着你,按你说的好像是你的'影子',在美国,如果一个男子总是这样跟在一个女孩子的后面,除了喜欢是没有别的意思的。不过,我没有能力达到中国习惯上的那么那么严肃的程度,你明白吗?"

有一种无助的悲伤袭击了我,痛得我几乎在昏昏中失去心中的平衡。

那一夜,我有生以来第一次懂得了什么是"两个世界"的含义。

周末一过,女辅导员便铁青着脸来找我,待我低头进了她的宿舍,她才"啪"的一声摔掉了手中的书本,向我吼道:

"詹妮，你让我非常失望，上个星期五有人看到你和刘彼得手牵着手从计程车中出来，这还不算，保卫组今天上午要去了你的出勤率和成绩表，你知道为什么吗？他们在暗中审查你！学校已有开除云南女学生的先例，你不要重蹈覆辙，告诉我，你和刘彼得之间可否有越轨行为？!"

我"哇"地一声哭了出来，哭得肝肠寸断，哭得女辅导员手足无措。可笑当时的我还不太懂得"接吻"是否在"越轨行为"之内。

接下来的三天我以泪洗面，食不甘味，夜不能眠，甚至无法去上课。同学们早已听到了风声，除了同我要好的一二位之外，其他的人看我的脸色明显已不再同从前。

第四天上午，我躺在宿舍的被子里发呆，猛地听到有轻轻的敲门声，接下来门被轻轻地推开了，有人进来了。在那一瞬间，我的头"嗡"地一下涨大了好几倍，是彼得！——是我日夜想见的人，又是我日夜怕见到的人！

"詹妮，我好担心你，我在教室等了你三天你都没有来，问你的同屋才知道……詹妮，对不起，是我的错，是我的错，对不起。"

他跪在我的床边，头埋在自己的手掌中，停了好一会才抬起头看我。我发现他又要俯头吻我，便赶紧把脸转到墙里，背对着他道：

"彼得，我们不能再见面了，要不然我会有很大很大的麻烦。你回美国吧，忘了我，忘了中国，忘了这里的一切，走吧，再见彼得。"他紧紧地抓住了我正抓着被角的左手，把它放在自己的嘴边吻着，接下来又把它贴到他那跳动的心脏上，郑重地说：

"我不会忘了你，也不会忘了中国，更不会忘了这里的一切，只是我们认识得太早了一些……你应该知道，这里是你的家，也是我的家。"然后他把一张纸塞到了我的手中，道："詹妮，这是我洛杉矶的地址,记住,如果你有任何麻烦,如果你有事需要我帮助,一定让我知道。"

他没再多说什么,便匆匆地离开了宿舍。第二天他便搬出了学校,听说他在首都机场附近的一个饭店里过了最后几日。我当然没有为他送行,连目送他出楼门的勇气都没有。他给我的洛杉矶的地址也被我扔掉了,我知道我和他之间的事仅一次就完了,又何必让无谓的希望之线在一生中悬于半空之中呢。

彼得走后,保卫组那边没戏唱了,女辅导员却成了一见我面就觉尴尬的人,直到今日,我也无法喜欢她。

彼得走后的日子我是怎么过来的,自己也不记得了,只知道自己一次又一次地在梦中哭醒。人生多变,之后我又经历了一些情感的沉浮,随着命运之帆飘过窄窄日本海的那一刻我才明白太平洋的彼岸似乎离我更加遥远了。许久以后,在异国的某年某月某一日我忽然问自己一句话:

"如果这一刻我认识了他,我们之间还会没有什么结局吗?"

彼得,我人生中第一次有感觉的异性,那挚诚的吻,大红的T恤衫,那斜挎的书包,朴素的板鞋,那热情开朗的笑容,那黝黑的肤色,这便是我关于他的全部记忆。

我多少次回忆起他的声音,却始终不能够清晰如昨。可是他曾说过的那一句话,却一直在我的身边回荡了十多年,直至今日我似乎才略晓其意:

"詹妮,用你自己的头脑,用你自己的心去忠诚地思想,忠实地感觉,去独立地拥有你自己……"这一刻我才明白,十九岁的他已在当时道破了我三十岁时的玄机。我该说声"谢谢"的,而我却永没有道出这一句话的机会了。现在想起来,岁月真的像一个顽皮的孩子,有时是相当喜欢捉弄人的,不是吗?

■文/杨 柽

第101次

　　我端坐在餐桌前，无聊地用手指轻轻叩着桌面，不停地在心里咒骂那个迟到的家伙。

　　这是我第101次与网友见面，尽管受了整整100次打击，我仍然抱有幻想，希望他是一个高大帅气，有着深邃眼眸、温和笑容的英俊地球人……这也许太理想化了……那至少也要威武雄壮充满男性的气魄和魅力吧，千万别再像上次那样是一只浑身长着绿毛的怪物，据说是来自冥王星，怪不得他暗绿的眼睛会发出幽幽的荧光……哇！想起来还令人不寒而栗，不敢再想了……

　　嗯……他怎么还不来？……

　　我快被好奇心折磨致死了。其实，这是自找苦吃，在现代，想知道他的样子非常容易，在网上早就有了"可视聊天室"，我只要把他邀到那里，就可以像待会儿那样与他面对面聊天。但是，有必要说明一点：我是一个非常传统的地球女孩，相信缘分，追求浪漫刺激，坚持用文字表达情感，有感觉之后才约出来真正面对面，在此之前一直刻意地保持一份神秘感，所以，我从来不进"可视聊天室"，这样做的后果是重复21世纪初网恋最普通的结局——"见光死"。唉，这已经是我第101次尝试了，不过，我不会气馁，我相信一定有找到真爱的一天。运气好点的话，"杰克"是个帅气男人，我便可以结束这漫漫的寻爱征程了。

我叹一口气，顺便再骂一句："臭杰克，没绅士风度！"抬起头来用羡慕的眼光环顾周围的一对对情侣，又一次闭上眼想像杰克的英俊样子和男性魅力。当我睁开眼时正巧看见一只巨大的水母旋转着移动进来，不禁在心里暗笑：天呐，他的女朋友可真倒霉，一起逛街时肯定会头晕，幸好我不用受那份罪。

当他转着圈正要经过我的餐桌时，那双水汪汪的大眼睛瞟见我摆在桌面上的《中学生博览》，立即绽放出奇异的光彩。呆愣了一下，转过身来正对着我，并用深情款款的目光把我从上到下，从左到右打量了一番。我盯着他，一边拼命告诉自己他不可能是杰克一边快速回想近来自己有没有干过啥坏事，嗯，没有迟到旷课，作业也按时交了，老天不会这样惩罚我的，不会的……我拍拍胸口平定受惊吓的心，突然听到他用温柔得像冒水泡的声音亲切地叫出我的名字——寒水！我立刻晕了过去。天啊，苍天无眼。

手多就是好，说时迟那时快，他马上出动三只触角，分别勾住我的脖子和双手，在我倒地之前，将我固定在椅子上。我缓缓睁开眼睛，看见他透明得像水的皮肤，恨不得在他脑袋上插根管子，抽掉水分，再晾成鱼干，然后放在火上烤，肯定香喷喷的……哦，是太残忍了我不能那样想，总之，我讨厌他水灵灵的样子，讨厌到想掉头就走！理智适时地回来，我提醒自己：记住老师的教导,地球是以"礼仪之星"闻名于宇宙的,千万不能丢了地球人的脸,起码要尽地主之谊,招待来自水里的客人,认命吧,可怜的寒水。

"嗯——对不起……"我尝试着打开僵局同时发现自己行动不便,"呃,刚才谢谢,现在请把你的手松开,好吗?"

"哦,不用谢……嘿嘿……"他尴尬地收回那三只可恶的爪子干笑两声坐到我对面。

沉默……

虽然在网上与他聊得极为投机,但在经历了梦想破灭的巨大打击后,思维会变得很迟钝,我真的不知道说些什么好,不过,总不能这样干坐着吧,随便聊两句也好啊。

"寒水……"

"杰克……"

没想到我们竟同时出声,我悄悄松了一口气,连忙说:"你先说吧。"

"呃,呃,我是想说,寒水,你真美,比我想像中的还美。"

胃里直冒酸水,我拼命压抑住想跑进卫生间大吐一场然后开溜的冲动,努力维持淑女形象,勉强牵动嘴角说:"是吗?谢谢。"

"对了,寒水,我有礼物给你。"说着他从口袋里掏出一个盒子。

不会是鱼干吧!我盯着它。

"这是一盒鱼干,我们水星上的特产,口味独特,营养丰富……"

天啊,我要疯了。

正当我处在崩溃边缘的时候,午餐很及时地端了上来,有了转移注意力的目标才使我没有变成精神病患者。

我埋头吃饭，想忽略面前这只软体动物，可是偏不如人愿，他的无数只触角都在忙碌，上下前后左右飞舞，弄得盘啊、碟啊乒乒乓乓的，看得我眼花缭乱，他还殷勤地把那盘特意点的海鲜放在我面前，还说那是他的最爱现在要让给我。看见那盘恶心的东西，我的胃口全没了，只得放下筷子说饱了。结果他大嚼特嚼两个小时之后把所有的东西消灭才意犹未尽地说："地球的饮食不错。"

出了餐厅之后，我一边与他保持距离免得头晕，一边寻思着怎样才能委婉地跟他说"再见"——即永不再相见。想着走着，他突然问我："那是什么地方？"顺着他的触角看过去——"浪漫黑森林"，招牌是新的，大概刚开张不久，我的好奇心也被挑起来了，杰克温柔地对我说："寒水，我们一起去闯这浪漫的黑森林吧，虽然我怕黑，但只要你在我身边我就一定会勇敢起来……啊——！"我没耐心听他"唱"完一把把他拖进去了。

哇！好浪漫哦，在一个大大的不透光的屋子里，点满了美丽的红蜡烛，一对对情侣徜徉其间，或随着小提琴的音乐轻舞或喁喁私语不时轻笑出声，我深深陶醉了，也不在意他是只大水母还是里奥纳多，拉起杰克就滑入舞池，却发现他在发抖。我一边奇怪地问："怎么了？"一边拉着他转了一圈，他的一只触角差点碰到旁边跳跃着的烛焰。他一下子惊跳起来，眼里全是惊恐："寒水，我们还是离开这吧，我，我，怕火……"哈哈，真是水火不相容啊，我忽然眉头一皱，计上心来，装作没听见他的话，并作陶醉状自言自语："这里多美啊，以后，每次约会，我都要到这儿来……""啊?!"杰克大叫一声一下子跳出十丈以外，浑身哆嗦着对我说："寒水天色晚了，我怕赶不上空间穿梭机，先走一步，再见了。"没等我反应过来已逃得无影无踪，留我一个人抱着肚子笑了许久。

　　这就是我第 101 次失败，杰克回水星后，竟再也没跟我联系过。不是有句话说"再见亦是朋友"嘛，何必呢?哦，时间快到了我得准备准备，"德客"会在"浪漫黑森林"门前等我，不知他长得怎么样?……

■文/李 梓

缘来是你

——直弄不清"一面之缘"的"缘"该如何解释，缘分？见了一面就有缘分？那我找机会一定得跟安南碰个面儿，以后也好托他办点事儿。没办法，咱俩有缘嘛！——一面之"缘"！

"你信不信缘？"初三的时候常有同学这样问。

"不！"我很坚定。

初三的浑浑噩噩造就了一个混混沌沌的我。模拟考试中我以四分之差被甩出了年级前90名的行列，回想两个月前的统考中还是全班第三，如今？——惨不忍睹！

没人能想到我会考不上，可我想到了。这两个月我做了什么？——没有！我学到了什么？——也没有！统统没有！同学们都在拼命呢！可我？我真正感到了放纵，感到了轻松，前所未有的爽！可惜，我爽的不是时候。

考前两个星期，我几乎每晚放学后都会去师范的操场看高二的男孩子们踢球，他们踢得真糟，可我还是想看，总比看书好吧！球不好看，就看人呗！可是人也不好看——俗气，个个都剪锅盖头，穿钩子往左边钩的耐克，买五毛钱一瓶的"雪碧"——俗不可耐！可有时也能碰上个把儿不俗的，可谓凤毛麟角。去多了，他们就问我："你上高几呀！"我说："我是初三的，初三（2）！"那一大帮子人就都停下来愣着，随即笑了："那你学习一定很好了！"我点点头——我居然点头了？我脑中飞速地闪过一个词——"恬不知耻"。我想，我语文学得还是不错的。

那段日子，我每晚七点钟以后到家，从未提前过，父母认为我在补课，怕影响我考前的情绪，于是，从不多问。

直到有一天……

我揣着48分的物理试卷到球场看球。我坐在软绵绵的草地上，把试卷摊在腿上订正，听着那群"俗气"的大男生们边跑边喊边骂。于是，我想抬头看看，可就在抬头的一刹那，世界上最不幸的事情发生了——一团黑乎乎、圆滚滚的东西以近于光速的速度向我的头部急速冲击，撞在右脸上，携着我以相同的初速度做匀减速运动，然后静止——整个过程不过三秒的时间。

肇事的男孩子跑过来，我睁开左眼，朦朦胧胧地看见一套黄色的衣服，还有侧分的头发，不算短，遮住了半个眼睛——蛮帅的！

于是我笑了，周围的人个个站得像惊叹号似的。我站起来，甩甩辫子——走了！去哪？当然不能回家，右眼肿得像棒棒糖，什么也看不清，好在没出血。

我去了网吧——第一次。

那个时候，网吧可不像现在这么泛滥，里面居然有空调，挺好。

我找老板要了湿毛巾敷着眼睛。老板是个二十岁左右的小伙子（或许才十七八岁吧，我向来认不出人的年龄），戴副金边眼镜。我不喜欢戴眼镜的男孩子，因为我不戴眼镜，不过他长得还真不错。我想，莫不是老天开眼了，在这茫茫尘世待了14年，今天终于让我见到了最算得上男生的男生，而且是两个，这一撞真值！

他可能以为我是和别人打架才弄成那样，于是很小心。可我那天穿着校服，还有运动鞋，像小痞子吗？（直到后来他才告诉我，黑帮老大穿着都很朴素的，我笑得跳到桌子上。）

我就坐在那儿，没上网。一小会儿后，他问了最不该问的一句话："你上不上？不上，还有别人呢！"我对他的好印象顿时锐减："不上怎么了？又不是不给钱！"我掏出十块钱扔在桌上，朝他吼，"我坐五个小时！"——颇有"痞"者风范！

可我没坐到五个小时。半小时后，右脸的红肿现象慢慢消失。我问他在毛巾上涂了"正红花油"没有，他说没有，是冰块，我说谢了。那段日子，我说话总是不伦不类。

后来，我还是请他教会了我上网聊天的基本要则，不可否认——我很聪明！

那晚，我一分钱没花。

我八点半的时候到了家，我说老师拖堂了，两个同学打架我去拉，正好踢到我眼睛上了，唉，算了算了，不要紧，都是我自己不小心，你们可别去找人家，也别告诉老师，都是同学嘛！我一口气说了一大堆，让爸妈没有丝毫的时间去考虑我是否撒谎。爸爸说是啊，女儿是班长，该有点儿奉献精神，就算了吧；只有老妈在一旁愤愤不平，却没有一个人问问我的眼睛怎么样了。那晚，我被特许不用写作业。

可事情并没有就此了结。

第二天早上我才发现，右眼看不清东西了。我告诉爸妈，他们代我请了假，带我去看医生。正好那天早上物理课要分析试卷，我躲过了。结果出来了，我右眼的视力由 5.1 骤降至 4.5，与左眼有着 0.5 的差距。我要求去配眼镜，就配了，替我的请假准备了充分的理由。

下午，我带着眼镜去学校上课。

我并没有把眼镜戴上，我讨厌戴眼镜，况且，用左眼看东西蛮好了。于是那副眼镜一直被我这样冷落着。

从那天开始，我没有再去球场看球。并不是因为快要考试了，而是我不想再被球撞伤左眼，我很爱惜我的眼睛，以至于我不愿在它上面附加任何东西——包括眼镜。于是，我去了那家网吧，开始了我的网民生涯……

网上的人真是无聊透顶，最无聊的对白是：

"你好！"

"你好！"

"你叫什么？"

"我不告诉你！"

"为什么？"

"不想让你知道！"

"你漂亮（帅）吗？"

"猜啊！"

"一定漂亮（很帅）！"

——没有回答，多半是虚荣心作祟。

"你有男（女）朋友吗？"

"没有！"

这个时候，就算有她（他）也会说没有的，跟这些人聊天，简直是对人民币的不屑！可我还是一如既往地聊着，总比背书好吧！

星期五的下午,没有课,我照常打开 QQ。有个叫"缘来是我"的,我看了看他的资料,没有什么新颖之处。

可他却说话了:

"你信不信缘?"

真麻烦,老掉牙的问题。

"不!"我一向这么坚定。

可他却送来一个笑脸:

":)我就是缘了!"

我愣了。

"你干吗学《星月童话》?"

"没有,我本来就是缘,缘来是我!"

"好啊!缘,那就请你自圆其'缘'吧!"

"好厉害的小丫头!"

"你怎么知道我是女的?"

"废话!自己资料上写着,难道你变态不成?"

我哑口无言。

他就大谈特谈他的"缘"说,谈着谈着就转移话题了——

"你是六安的?"

"是!资料上不是写着吗?你没长眼睛啊?"我趁机报复。

"我也是!"

"别转移话题,继续谈你的'缘'!"

"没转,这不就是缘吗?小小网络连起你我,不是缘是什么?"

"小小网络?你真是自命不凡!"

"网络大吗?它有多大?"

"不知!"

"这就对了,所以是'小小网络'!懂吗你?"

"废话!"

......

第二天早上七点半,我赶到七中校门口,第一轮模拟考试就在这里举行。

我笑着走进去,笑着走出来。

10天之后,分数公布,我像块木头,安静得无话可说。我的语文得了129分,作文被扣去了15分,我为先前对自己语文水平的评价而感到惭愧。语文老师只能结结巴巴地说,评卷老师太死板,因为我初二时曾得过省级作文竞赛的一等奖。真是可笑!一年前的我能和一年后的我相提并论吗?倒是冤枉了那位评卷老师,在下在此赔不是了!

父亲因为一道4分的物理实验题有误差对我大吼:"真不行我就告他们去?"告他们?他们还告你呢!养出这么个没用的女儿!中国将来咋办?

一天后,父母找到班主任。

他们终于知道了我的眼睛并不是同学打架所致,更知道我们每晚5点半就放学,从不补课。

面对父母的责骂,我无所谓。只是那剩下的一个月,我总是在百忙之中抽空来象征性地掉几行眼泪以示抗议,因为医生说过,我的右眼在一个月之内最好不要受任何刺激,可我偏偏用右眼流泪,左眼只是湿了湿。父母无可奈何,便不再每天责骂我。

我过着真正暗无天日的生活。

那段日子我真的不想再提,谁也无法理解。

人们都以为我面临崩溃了。

班主任叫了几个同样没考上的学生,告诉他们我受的压力很大,让他们对我迁就点儿。其实,倒是我迁就着他们。我每天早上去得很早,替全班同学整理课桌,我甚至习惯了边听他们哼歌边写作业。

那都是在学业上穷困潦倒的学生，他们无所谓。其实，我也无所谓，甚至比他们更加无所谓，我掉眼泪，是为了表示我在乎，否则他们会以为我真的没救了，现在想想，那时的我真是虚伪，拿自己不当回事儿。

那一个月，父亲重复最多的话就是：你看看我们累成什么样儿，早知道这样，你好好干多好，我们活得都不像人了！哈！不像人了？也太夸张了！我才不像人呢，我根本就不是人，你们辛辛苦苦地把我养大，我居然给你们丢脸！直到一年后的今天，父亲还常常提起这些话，只是脸上全没有昔日的无奈与彷徨。

在父亲重复了 30 次这样的话之后，我哭了，一个人躲在房间里哭。这次的眼泪是真的，然而只流了一次，我真正感到了无助。我在想那些考上的同学，他们多快活，他们曾经和我的关系是那么好，我们还相约第一轮考完后去野餐，去放开胆子喝酒，可如今，那些人连个电话都不打了，是怕影响我学习吗？但愿吧！

那是第二轮考试的前一晚，我对爸妈说我出去，他们不想阻拦，因为一切在我自己手中。

我去了那家网吧，男主人灿烂的笑让我轻松无比。"缘来是我"居然在线上，我还没开口，他就说话了：

"祝你好运！"

"什么好运？"我明知故问。

"中考好运！"

"你知道我明天中考？"

"嗯，我相信你能考好的！"

"谢谢！"我下了线，说不出的满足，居然还有人相信我？可笑！

可我确实考好了，而且考得很不错，是我们那个区的前 5

名，并且免去了高中三年 4800 元的学费。只是语文仍旧很糟，我不在乎！

于是，第一轮的 4 分之差被说成了失误，真好，好得无懈可击！在大家的赞扬声中，我感到自己还是有实力的，只是那种感觉由分数公布那天的强烈到第二天的淡泊再到第三天的无影无踪，我想我是真的累了。

我去爬网了，我是一只小网虫，所以我要爬，尽管很艰苦。

男主人依旧笑盈盈地问："考完了？怎么样？"我说很好，今晚我请你吃饭。他说不了，今晚免费。我很高兴，因为我根本就没有带钱，我替爸妈省了四千八，他们连买冰棍的钱都不给我，理由是我让他们过了一个月人不人鬼不鬼的日子，那种日子所耗费的远不是四千八百块钱能换回来的。可是他们不知道我所耗费的是多少，他们只认为那是我自找的，现在想想，确实是我自找的，说白了就是——活该！

然而，无论他们待我怎样，无论我可以否认多少，我惟一无法否认的就是——他们仍然爱着我。

"缘来是我"的头像一闪一闪亮得可爱，我很担心他是网管，因为他每次都在线上，像是从未离开过，况且我骂过他。

"你终于来了！"

"什么？"

"考得怎样？"

"很好！"

"你信不信缘？"

"不！"我一如既往。

他的头像暗下来了。

我向男主人道了别，他说你帮我省网费吗？我笑笑，走了。

那个暑假，我独自一人游遍了祖国的大好河山，看尽了世间百态。

高一开学那天，我在三楼被一个穿米黄色运动服的男孩子截住，他张口就问："你信不信缘?"我破口大骂："你有病啊?""我就是缘了!"他露出了一脸灿烂的笑。"原来是你?"我惊讶了，眼睛瞪得像灯泡。"嗯，缘来是我!那次把你踢得好惨，可你就那样走了，真抱歉!"他笑得真好看，比网吧男主人好多了，我想。"不要紧的，你没踢我，踢的是球，谁让球不长眼睛撞到我脸上的，要怪就怪球吧!"我认出他了，"今晚去网上找你!""别去了!"他说，"关门了。其实，那老板是我表哥，他去深圳打工了。何况我现在高三，哪有时间上网?"他一脸的沮丧。那晚，我真的没有去，我相信他，好像相信缘。

初三最后一个月的充实让我不敢再放松。我的一生没有经历过坎坷，那算是一次吧!我不愿再经历这种坎坷，我承受不起。

于是，高一的我很认真却不努力，所以不见成效。好在语文成绩有回升的趋势，作文却越写越糟，物理最高的一次考了84分，但我很满足。

"缘"说:"知足常乐!"

我说:"我很知足了!你还要我怎样?"

我一直不知道他的名字。一年过去了，他考取了南方的一所大学，会他表哥去了，临走还认我做了妹妹，我于是得寸进尺要转认他表哥为大哥，他答应了。

他把他的QQ送给我，我却没心没肺地将它低价出售给了一位好友——并享受了绿茶苦涩的滋润。

我在我的个人说明上写:

你信不信缘?我就是缘了!

■文/洪　烛

青衣

青衣给我写信从来不署真名，那种带暗花纹的稿笺右下角总是潦草地涂抹着"青衣"两字。整封信的书法都很工整、稚拙，甚至还透露出女学生式的精细娟秀——因而青衣的署名便仿佛用画笺的图盖盖下的。我想她平日里无事常训练这两个汉字的结构笔划。青衣想靠这两个字勾勒出她自己。

大约五年以前，南方一座城市里某位叫青衣的女孩给我写信。说是我弟弟的同学，从一些流行杂志里读过我的文章——"你不知道它们怎样打动了我"（原话如此），便向我弟弟讨来了通讯地址。她还用令人不忍拒绝的孩子气的乞求，说服我最好能承担给"一位故乡的知音"回几个字的义务。她声明"青衣"仅仅是专用于和我通联的代号，因为还没有暴露目标的时机。信封下有她留了个托人转交的地址。我笑过之后，就把这位青衣女孩的愿望塞进了杂乱的文件篓。类似的信我经常收到，我并不真想做个让少男少女崇拜的流行作家，加上日常生活中还有严肃得多的事情要干，谁要抱着幻想见到我这个乏味的男人准失望。

青衣估计在那座我读到高中毕业才离开的死气沉沉的城市里蛮有耐心地守候了一个月。忍无可忍，便写来第二封兴师问罪的信："我说你这人怎么这么不像话，我给你写信你干嘛不回？""我再也不傻乎乎地崇拜谁了，不好！"最后归结为斩钉截铁的一铮铮誓言："你恐怕还不了解我的性格，我自尊心特强。我并不多稀罕你给我回信，但我不能白写那第一封信，我会一直写下去的，直到你烦透了、不得不给我回信为止——到时我就不理你了！你等着瞧吧。"想像一位素不相识的小女孩在远处连珠炮似的发泄愤怒的情景，我真被逗乐了。就像欣赏一段好相声会下意识地鼓掌一样，我认认真真铺开稿笺，写下了"青衣小朋友：你好！……"

青衣的目的达到了。很快便寄来厚厚一封信——一本正经摆开和我探讨理想谈人生的架式。一大半内容都是选择填充式的政治思想工作问题，譬如"你觉得男女之间是否可能存在纯洁的友谊？（请回答是或否）"，或"你偏爱留长发还是短发的女孩？"我的天呀，读研究生都没这样全方位地考我。青衣恳求我"一定诚实地回答"，同时颇能体谅人似的声明："我知道你很忙，只要用笔在你选择的答案上打个勾就可以了。"青衣丝毫未流露因我终于屈服令她感到骄傲，也只字不提她说过收到我的回信便老死不相往来的君子协定。青衣稳重亲热的姿态像一门你无法不认的远房亲戚。

我在青衣密密麻麻的考卷上打了一顺溜勾和叉，像领导批示过了似的，便把原信换个信封寄回。

青衣寄来张正面是《罗马假日》赫本剧照的明信片，说对我的回答很满意。又说马上要期末考试，不能多聊了。道声"下学期再见！"仿佛我变成她的快放寒假在校门口挥手告别的同学了。

春节期间我回老家探亲，问弟弟："你们班上有位叫青衣的女生吗？"弟弟说没有。想了想，又说其他年级倒是曾经有好几位熟识的女生打听过我。问话差不多："那些文章真是你哥写的？"

寒假里弟弟有好几拨校友来我家聚会，女生们一律穿着蓝呢子校服，清秀稚气的面容相似，进了门就缩在弟弟房间的角落叽叽喳喳，偶尔有几位还来我书房里借过书。我不知道她们中是否有青衣，更无从判断谁可能是青衣。

刚回到单位，就发现办公桌上积压的信件中有青衣寄的贺年卡。是她亲手绘的，还从画报上剪点小动物图案贴在插页。贺辞是她试填的一阕《临江仙》或《卜算子》什么的，平仄不太工整，但很明显模仿出了李清照绿肥红瘦的味道。短函中掩饰不住兴奋与诡秘地透露寒假去我家聚会见到了我的侧影。除了我身材稍欠魁梧——她用词很顾我的自尊心——给了她一定的打击之外，"总的来说还过得去。"

我浑身一冷，有一种"我在明处、敌人在暗处"的不平等感。

青衣问我是否对她留有印象。我回信说没有。青衣再来信便很失望。说那天去我家前特意剪去伴随她度过整个中学时代的披肩长发，仅因为我回复她问答题时在短发女孩那一栏打了勾。她以为我会认出她的。我皱起眉头想半天，只记得来过我家的那几拨女孩似乎大多留着齐耳的学生式短发，都很精神。至少可以肯定的是，隐藏在她们中的青衣没有给我任何暗示。

"没认出来也挺好"，青衣安慰我，"虽然我挺有信心，但不是怕你失望。我真担心自己永远没有勇气出现在你面前。不过你放心，我会越变越漂亮的。"

青衣一般每个星期来封信。有时长得要逐页标明阿拉伯数字，有时又短，顺手从流行歌曲里摘一行歌词，"大约在冬季"什么的。据她说每逢周末之夜做完功课特别想给我写信。她说她很小就父母离异，除了外婆，一直梦想有个爱护她的哥哥——"我不知道现在是否算找到了，你说呢？"

从此我不再是因为好奇心而回信了。和青衣笔谈成了我的生活习惯。我告诉她："我已不写日记了。把那份时间挪用了。"

让青衣寄照片，青衣不寄。

六月份，在办公室接到一个女声电话，要我猜，我报了好几个名字，都被否定；我还准备猜，那她却没信心了——"我是青衣呀！"语气有点幽怨。"今天是我生日，一下课就赶到邮局给你打长途。"

青衣一直瞒着我，她下个月就要高考了，她报的全是北京的院校。她很担心，因为如果考不取，就可能进工厂了——她妈妈已在本单位给她联系了一份化验员的工作。

"我本来不想跟你说的。我一直计划录取到北京后，打扮得漂漂亮亮去找你，让你大吃一惊。目前看，有点悬。"她停顿了片刻，"你放心我会竭尽全力的。我已经发誓了，如果考不取大学我就永远不见你。你知道我的性格，我很要强。"

我为青衣内心埋藏了这么久的计划震惊了。青衣是个不平凡的女孩。"你上次真没认出我？"青衣故意用活泼的腔调缓解我对她前途的担忧，"你好好想一想嘛。都怪我那天一激动，就躲得离你远远的。"突然，青衣哭了，"如果我没能去找你，你别怪我，我情愿你忘掉我。"电话挂断了。

九月了。我天天等待青衣。青衣没有来。我往她当初留的那个托人转交的地址写信，被退回。青衣的真名，她一直还没来得及告诉我。世界上只有我一个人知道青衣——是某位神秘女孩为自己起的《聊斋》色彩浓郁的名字。而我并不知道青衣究竟是谁,至少不知道她是那群穿蓝呢子校服、短发齐耳的女学生哪一位。十月、十一月,我仍然等待青衣,最终不得不相信她已主动地从我生活中消失。她再也不会希望并要求我——从茫茫人海中辨认出她来了。我常梦见一位裙裾飘扬的女孩子按她精心设想的那样,打扮得漂漂亮亮蓦然出现在我面前,微微一笑:"我是青衣呀!"

青衣,我一生中惟——位为我剪去披肩长发的女孩。

■文／苗　洁

乔抬眼望望前面那一闪一闪的白衬衫，感到整个事情荒唐可笑：晚上就要与一个姓夏的姑娘进行关于终身大事的第一轮会谈，也就是所谓的相亲，下午却与另一个叫雨的女大学生在树林里呼呼哧哧钻来钻去，只为了找寻一个地方好跳一曲华尔兹。这不滑稽得很么？头上一只知了躲在什么地方一个劲地吱——吱——傻叫，让他更燥热难耐。他抹抹头上的汗，翕动了一下嘴唇，想叫住雨，可他终于没有发出任何声音。

这个舞不能不跳。

昨天上午乔正关了寝室的门与几个同学你一句我一句言不由衷地谈论着毕业分配的事，恰在尴尬时雨来找他。她就穿着今天这身衣服，上面是旧的白色软质衬衣，下面是条带阔背带的蓝布裙，清清爽爽，沉沉静静像个单纯的女中学生。她太一般了些。乔怎么也想不出她找他会有什么事，只得问她："你找我……"

雨马上打断他,脆生生地说:"请你跳曲华尔兹。"

几个同学没有停止谈话,但乔知道他们在尖着耳朵注意他这边的动静。刚才有人半鄙夷半妒嫉地向他探听最近活动进展情况,他机灵地将话岔到一边,他绝对不会傻乎乎地兜出有个好爹的夏姑娘。这关涉到他的前途命运呢。他想他们一定对眼前这女孩感兴趣,便干脆公开了他们的"秘密"。

女孩大方地介绍自己:"我叫雨,中文系四年级学生。"

雨告辞时,乔将她也送到走廊上,忍不住问她:"为什么心血来潮要和我跳舞?"

雨眨巴几下不大的眼睛,沉吟片刻说:"因为我们都要毕业了。"

乔一愣,觉得这根本算不上理由。可他还是和雨约好了跳舞的时间:"好,就明天下午吧。"乔想正好可以利用这事打消同学们的疑虑,临近毕业,没有几个人不是神经兮兮的。

雨停下了,乔站在她身边吃惊地瞪大了眼,他绝对没想到读了四年书的大学校园深处会有这么一个好去处。眼前是座青砖砌成的方台,方台上圈着生了锈的铁栏杆,两边都有长长的有些风化的台阶伸进茵茵青草中;四周是高高低低的树木,隔开了世间的喧闹。幽静,古雅,乔怀疑自己是在做梦。

"怎么样?我常来这里读书。"雨得意地看着乔,两眼闪闪发亮。

"好,好。"乔喃喃着登上方台,雨在后面款款地随着他。

静了会儿心,雨有些羞涩地问乔:"开始吧?我带着袖珍收录机呢。"

"开始吧。"乔虚虚地应。

两人脸都有些红,这事毕竟有些不同寻常。

音乐悠扬地响了。雨靠在栏杆上激动不安地等待着。乔镇定一下,走上前伸出一只手,微微弓起腰,嘴里轻轻说个"请"字来邀雨。雨迟疑一下,把手递给乔。他们舞起来。

开始两人都有些忙乱,后来渐渐协调了,最后竟达到了出神入化的境界。

"你舞跳得真好。"乔说。

"我就会跳华尔兹,典雅,高贵,华丽。"

"我也有同感。"

雨心中动了一下,她微微笑了,不由幸福地闭上了眼睛。清雾缭绕,香气馥郁,脚下犹如踏上了彩云,她的身,她的心在飞旋,飞旋……

突然雨感到乔的脚下有些散乱,接着自己的脚尖被乔狠狠地踩了一下,雨痛得忍不住轻轻叫了一声,她迅速睁开眼,惊愕地看着乔。乔忙歉意地笑笑,然后努力想与她重新协调起来。可是有什么使他频频分心。雨顺着他躲躲闪闪的目光,找到了根由:台下有十个花枝招展的女孩。雨感到心里一阵刺痛,搭在乔肩头上的手不知不觉滑了下来。

他们还在机械地走着舞步。

女孩们静静地登上方台,倚在栏杆上看着他们跳舞。

雨已毫无兴致。

乔也无精打采。

啪!收录机的放音键跳了起来。

雨走过去将磁带翻过去就不再走过来。乔故作惊讶地问:"怎么?你不跳了?"

"不,我有些累了。"雨不看乔。

乔好像很无奈地耸耸肩。花和草,他的选择无可非议。音乐又起,乔立刻兴致勃勃地去邀那群女孩中最漂亮的一位:"小姐,请。"没想那女孩俏脸一沉，冷冷地拒绝了他。乔脸上顿时有些挂不住，他又去请第二位女孩。这女孩嘻嘻一笑，说声："不会"，就将身子背了过去。乔感觉两颊微微发潮了，他硬着头皮向第三位发出请求。这位回绝得更干脆："我从来不跳舞。"乔脸色变得青灰了，他横下心依次邀请下来，碰到不是软钉子就是硬钉子。最后乔完全失魂落魄了，他大汗淋漓，面色惨白地戳在那里，一会儿看看这个，一会儿望那个不知怎么收场才好了。

雨自始至终静观着乔邀舞。乔的动作仍旧，伸出手臂，微微弓起腰。许多次雨站在舞场窗外痴迷地注视乔，他优越的邀舞，他翩然的舞姿，令她少女的心沉醉不已。她常想能和乔跳上一会儿舞将是多么愉快的事，可今天乔的一切动作在她看来都丑陋无比。她轻蔑地扫扫乔，弯下身从地上拿起收录机，准备取出磁带快快离开这里。就在这时，她抬眼撞上了乔企求的目光，她的心不由一阵颤动：乔，优越的你，你一颗骄傲的心从未受过如此重创吧？你来自乡野，可你卓越的先天条件和非凡的适应能力使你总是一帆风顺，然而今天你……

雨两眼竟有些潮潮的，她想了想，咬着嘴唇按下了放音键，俯身把收录机放在原先的位置，然后慢慢走向乔，柔声说："乔，我陪你跳完刚才的那个曲子吧？"

乔怔了怔，马上明白雨在救他，忙感激地伸出手臂。

这天晚上，乔未见到夏姑娘，他懊恼得一夜未合眼。第二天他询问几个人才找到了雨。雨正在寝室里欣赏那盘华尔兹舞曲，他来，一点不吃惊。

乔痛苦地问雨："请你告诉我你到底为什么要和我跳舞？"

"我仅仅是想以后不后悔。"

"所以你设置了那圈套。"

"没有。"雨突然意识到乔把巧合当成计谋了，她不得不补充一句,"我根本不认识那些女孩。"

雨不再理睬乔,仿佛融进了音乐里。乔默立着,几次想开口问问雨的姓,但终于没有问。

女孩叫『潘虹』

■文/阎 鸿

"潘虹"是那个女孩子的代称。那女孩，不知何许人。《最后的贵族》他看过，里边有个女人叫李彤，潘虹演的，那女孩极像。

入校第一个星期，他从图书馆搬回一套《十三经注疏》，正倾听枫树枝头的鸟叫，就听身后有高跟皮鞋声响起，禁不住一回头，呀！潘虹怎么来这里念书呢？像极了。只是左嘴角旁多了一颗小小的黑痣。

早晨，校广播电台一放音乐，他就醒了，醒来的第一件事是趿拉着拖鞋到阳台上，于狂放的西班牙斗牛舞曲中，悠悠然品茶。仰视对面的女生楼，方方正正的轮廓切入瓦蓝蓝的天。晨光熹微，渐渐露出红窗帘，绿窗帘。俯视枫林，叶子尚青，有缕缕白雾飘过。忽听啪嗒一声，是插销拨下的声音，对面楼上有人推门，接着一女子袅袅婷婷立在阳光栏杆前。是她！优雅地梳理着秀发，小脑袋向左偏，梳一阵；再偏向右，梳一阵，最后猛地一仰头，那黑瀑布便飞到肩后去了。他看得呆了。后来很多年，这图画一直印在他脑子里，每次想起，耳畔似乎还响着梳子摩擦头发的唦唦声。

跑完操，吃过饭，七点五十，他到楼顶上读英语，这时候，那女孩就从楼里出来了，不骑车（好像从没见她骑过车，大约不会。这样，将来还不得接送她上下班），背一只精致的黑皮包，如小学生的背法，书包拍打着臂部，咔嗒咔嗒地走，走过三舍的拐角不见了。每天如此。下雨天，她就撑一把小巧的花伞。

后来，老孙告诉他，"潘虹"，生物系的。因他某日见她跟生物系的一个老乡一块上日语。小刘不同意，说据考证是病毒系的。老孙说一样，新近生物、病毒合并，该是生病系吧。

他们宿舍排了值日表，打开水，扫地，星期一、二是孙的，三、四两天是刘的，五、六两天轮他，星期天大家自愿。后来孙刘每次去找暖瓶都不见，搞得二人很惊讶，过一会儿，他就回来了，提着4个瓶，气喘吁吁。再后来二人观察的结果表明："潘虹"打开水的频率也比较高。

那一段，他觉得日子煞是好过。

清晨跑步，看红日跃出青山，满湖流金荡银，他就想对着浩淼的湖水吼它几声。湖上长堤，绿树扶疏，时有汽车驰过，不起纤尘。时光仿佛倒退了10年，又回到了如花似玉的17岁。

某日，出了英语教室，又去图书馆，前边走着的正是那女孩。遂紧走几步追上，笑吟吟地说哈罗，女孩吓了一跳，待回过神来，就也对他说哈罗。只是没他的声音大，极轻柔。接下来就是没话找话。"去图书馆？"女孩点头。"借书？"女孩点头。"你每天好像很用功，早出晚归，像个勤劳的小鸟。"后来回味这几句话，发觉有一个词用得蠢，简直蠢极了。但女孩笑了，说："真羡慕你们学文科的！"他想：这该不是外交家的话吧，心里一喜。"你是化学系的?我有一同学想考你们的高分子专业,托我打听情况。"女孩就说:"我不是化学系的。"这回该他笑了,且笑得狡猾。"听口音是鄂西人?""江陵。""很好。千里江陵一日还,每次回家肯定很方便。"女孩又笑,说你真幽默。

随后几天,他如老牛反刍,咀嚼着女孩的一颦一笑,心里甜蜜蜜的。

夜里上自习,他站在大教室门口张望,果然在人丛中寻到了她。遂径直走到人家身旁点点头,坐下来。装模作样翻了几页古书,先人的话竟一个字也看不进去。只觉浑身躁热,坐卧不安。看看女孩,正忙着用铅笔画书。便从笔记本后撕一纸条,写了几行字:

"小姐你好!前日一会,甚幸。敢问小姐芳名?小姐如炫目的太阳,本人不过是众多行星中的一颗,既不敢也不能接受你(那会被烈焰烧毁的),也无法摆脱你的引力,只能绕着你团团转。"

条子递了过去。仰头看日光灯,嗞嗞作响。感觉手在隐隐抖动。

一张纸条还了过来,上亦有字,极清秀。

"我不敢做太阳。据说尼采曾自诩为太阳,但后来他疯了。"

接着就展开了纸条拉锯战。

"出去走走可以吗?窗外皎皎明月,万树樱花在亲切地呼唤着我们。"

"本人对明月樱花不感兴趣,且没有跟陌生人散步的习惯,Sorry!"

"小姐,请做出抉择,要么接受我的一个请求,要么看着我从高楼作自由落体运动。"

"看来,你只好选择后者了。"

"小姐真的这么狠心么?"

"无毒不丈夫。bye－bye。"

递了这一纸条，"潘小姐"收拾了书笔，挎起精致的黑皮包走了。咔嗒咔嗒，高跟鞋清脆地敲打着地面，留下他摩娑着数张纸条发呆。

"又筑起一座爱情之坟，坟上草青青。第六座了！"某夜他和高中时的同学闲谈发出这样的感叹。同学说："吻过吗？""没有。""摸过吗？""没有。说过话，想过。""这算什么爱情？"同学撇嘴："剃头的挑子，一头热！"

遂心中释然。夜，与同学抵足而眠，于呼呼噜噜的鼾声中想：不知明日之"潘虹"，竟是谁家之媳妇啊！

■文/白小易

雨夜

暴风雨阻断了女孩儿回家的路。男孩儿说：你留下吧。女孩儿只用目光看着男孩儿的父母。她是这么冷静，不会忘记男孩儿还没有说这种话的资格。

晚上十点过后，雨和风还是没有停下的意思，男孩儿的父母问：你爸爸妈妈知道你来这儿吗？女孩儿答：知道，并且说他们还特意让她带上雨衣。

这种天气穿雨衣管什么用？男孩儿说，哪怕雨小一点儿我就送你回去。

男孩儿的妈妈于是又抱怨电话局——要是早把电话装好了不就可以告诉女孩儿家一声了吗？

抱怨当然没用，于是就默默地祈祷。父母在祷告好天气；男孩儿在祈祷雨下得再大些；女孩儿这会儿却越发显得端庄和沉静。

上帝看来今晚要成全男孩儿的愿望了。

　　将近午夜的时候,男孩儿的父母终于开始诚心诚意地挽留女孩儿。妈妈拿出一床新被褥,铺在儿子的床上。快睡下吧。

　　然后,他们叫儿子把他的被褥拿到里屋的长沙发上去。他们家只有这两间屋子。男孩儿铺被时脸有点儿红。好像他居然没有料到这种必然的安排。他从五岁起就不在父母的房间睡觉了。

　　女孩儿在卫生间洗漱时,他想到应该去告诉她:他的毛巾挂在哪儿。但他母亲让他别动,说已经给她准备了新毛巾。

　　女孩儿在关房门的那一刹那和男孩儿对视了一下儿。他觉得心里既温暖又凄凉。女孩儿的脸上布满了红云。

　　躺在黑暗中,他才发觉外面的雷声太小,压不过父母的鼻息,甚至盖不住对面那间屋里的每一丝响动。奇怪的是,他以前从没发现他的那张木床会有如此美妙的乐感。

　　从那些细小然而却一直不曾间断的声音里,他知道她没睡。像他一样。

　　也许是不大习惯与这么大儿子睡在同一间屋,父母也在不停地翻身。

　　只是,谁也不说一句话。

　　窗外的每一道闪电和霹雷都能带给他一阵痒酥酥的暖意。雨在以一种令人安心的急骤持续着。这是一个声光完美交织的夜晚,尤其是声响如此丰富而又各不相扰……男孩儿以为这就是所谓的天堂。

　　男孩儿的母亲醒来时惊叫了一声。儿子不在沙发上!她叫醒了丈夫,一起呆坐了片刻,然后蹑手蹑脚地来到那屋门前。

　　那门居然开着。

　　可是,那张床也是空着的。

　　这时他们听到了院子里的欢笑声。

　　雨后的晨曦,该是很鲜嫩的。

那年三月的小京

■文/赵 冬

柳梢绿了，黛眉弯了。布谷鸟飞回来的季节，街上，花园里，到处都是很漂亮的人们。

那年我在一家科研所工作，那年我有一位很漂亮的女友。

小京是个青青涩涩、乖巧别致的女孩子，那年只有17岁，在所里已有3年工龄了。她母亲是所里的功臣，曾在一年内研制成功三项国内尖端项目，但因过度劳累，悄悄地死在了设计室里。当时小京才14岁，初中刚毕业，她就接了母亲的班，在所里当了一名技术资料管理员。

每次我去资料室查找资料，小京都不厌其烦地给翻找。她不算漂亮，一脸孩子气，气质纯纯的、甜甜的，穿着那件干净的白大褂显得格外动人。我喜欢跟小京开玩笑，虽然我刚从学院分来不到半年，却跟大家交往得很熟了。所里人人都把小京姑娘当小孩子看，我也当她是个孩子。

　　小京有时闲歇也跑到我的办公室坐坐，聊一些年轻人都感兴趣的事。那天，我的女朋友来所里找我，中午，所里设有食堂，职工们都用气锅蒸饭，小京默默地给我俩送来了一饭盒米饭和朝鲜族泡菜，我俩吃得很香。下午送走了女友，我刷好了饭盒还给小京，女孩望着我，眼眸里闪烁着羡慕的光亮。

　　"她可真漂亮。"小京轻轻地说。

　　"噢，我们俩是大学同学，她分到了化工厂，离咱所很近的。"我说。

　　"真好。"女孩把脸转向了窗外。

　　有人说，当女孩子变得温柔了的时候，那么她的心里一定有了爱。小京姑娘的温柔不知是什么时候开始的，反正我自从认识她的那天起，就发现这女孩子柔情似水。

　　3月里，春鸟在鲜艳的杏花枝头欢乐地蹦跳着，细雨霏霏，淅淅沥沥，缠缠绵绵。下班了，我提起自己的自动黑伞往外走，所里的人几乎走光了，走廊里，见小京姑娘还伫立在窗前望着外面的雨雾发呆。

　　"小京，怎么还不回家？"我向她走去。

　　"我……有雨。"女孩迅速地望了我一眼，低下了头。

　　"没带伞，别等了，一会儿天就黑了，我送你回家吧。"

　　女孩子默许了，我俩同在一把伞下，走进了雨中。

　　"让我举伞好么？"她轻声请求道。

　　我把手里的伞让给她，伞一下子变矮了，我俩的世界也一下子缩小了。凉凉的雨丝把我的左肩和她的右肩淋湿了，衣服湿湿地沾在身上，痒痒的。我往里靠了靠，用右臂有力地把女孩搂住，两个人就都缩进了伞里，紧紧地依偎在一起。

　　"冷吗？"我感到女孩的身体在微微颤抖。

　　"不，不冷。"她把头歪在我的肩膀上，那样恬静。

天近黄昏，周围昏暗昏暗的，从所里到体育场站牌也就有一百多米远吧，我俩刚好走到一百米远的时候，另一只小红伞迎面停在前面，挡住了我俩。

抬头，四只眼睛惊愕地一看，是我那位女友，她来得非常巧。

"我自己能回去，你们走吧。"小京把我从黑伞里推进了红伞中。

"伞你拿去用吧。"我说完，被女友挽走了。

天黑了，路灯亮了起来，细雨把清冷的街道舔得干干净净。

与女友吃完饭，看完一场电影，大约夜里 9 点多了，我一个人往所里走，我在所里住宿。走到体育场站牌处，我发现一个熟悉的身影在路灯下徜徉着，是小京——。我停住了，仔细地辨认，绝对是她，举的还是我的那把黑伞，仍然是刚才那个姿势，悄悄地躲在伞的一边，另一边空着，歪着头，仿佛把脸靠在别人肩头的姿势，一趟一趟地走，从科研所大门口到体育场站牌下，只有一百多米的距离……

"小京，是你么？"我不知站立了多久，忽然喊了一声。

那女孩一震，黑伞一下子盖住了她的脸和上半身，像受了惊吓，匆匆地向远处走去，很快就消失在黑夜之中了。

会不会认错人了？若是小京她怎么会不吭声就溜走了呢？我感到很奇怪，我想明天问问小京就知道了。

第二天，小京没来上班，她病了。

三天以后，等小京来上班后，我跟她提起了这件事。女孩子显得十分紧张，脸涨得红红的："那不是我，那天晚上我一直呆在家里，哪儿也没去。"

我不再问了，我明白了许多："哦，那就是我认错人了，天太黑。"

后来，我经常听见小京姑娘唱起一支歌，歌名叫《三月里的小雨》……

害怕爱情的男孩

2

害怕爱情的男孩

■文/党莉萍

岩悦是在大桐那里见到欧阳默的。大桐说我给你们介绍一下，这是我表妹岩悦，这是才子欧阳默。

岩悦狠狠地瞪了大桐一眼，鬼才是你的表妹。这个大桐就会认女孩做表妹。面前的这个才子欧阳默倒是早就听大桐说过，岩悦很灿烂地冲欧阳默笑笑，欧阳默却只是向岩悦点点头，算是回应。

岩悦发现自己头一回为别人心动，只是欧阳默的孤傲让她有些不能接受。岩悦边嗑大桐为她准备的瓜子，边和大桐聊着。其实岩悦心里渴望欧阳默能加入进来。

欧阳默却毫无表情，就如他的名字一样在一旁默默地看着书，仿佛没有听见屋里另外两人在聊些什么。岩悦虽有些不快，但她却不自觉地被这个冷峻的男孩吸引住了，她觉得这个欧阳默身上有一种与众不同的高贵气质。

岩悦坐了一会儿，瓜子皮已嗑了一小堆，而欧阳默仍然没有说话的意思。岩悦觉得再这样坐下去已没什么意思，只是大桐仍不厌其烦地给岩悦讲一些从杂志上看来的笑话。

岩悦站起身说，我还有事，先走了。大桐说，星期天能有什么事，没听说你有男朋友呀。

岩悦笑笑，拿起手袋往外走。大桐知道岩悦真的要走，便嘻皮笑脸地说，表妹，下一次何时光临寒舍呀？

下次？猴年马月吧。岩悦甩着漂亮的马尾辫阳光灿烂地走了。

回去的路上，岩悦感到有些失落。岩悦是何等骄傲的女孩，她的漂亮让男孩们如众星捧月般臣服在她的星眸下，可是却被那个叫欧阳默的人冷冰冰地视若无睹，这不能不使岩悦在心里暗自生气。

岩悦小小的虚荣心受到了伤害，她决定再也不到大桐那里去了。不就是一个才子吗？天下的才子多着呢，追自己的就有一大把。

一天，有一个多月没有联系的大桐给岩悦打来电话。他笑着说，岩悦，怎么连今天我的生日都忘了，是不是还得我用轿子去抬你过来。岩悦一看日历，5月8号。上次已与大桐约定在他生日时一块去沁月湖野餐，可自己因为竭力想忘记上次的不快竟将这事也一同给忘掉了。

到了大桐那里，已有一帮子人在等岩悦，欧阳默也在其中。大伙坐上大桐的车子一路呼啸而去。

在那个山清水秀的沁月湖，大家很开心地围坐在一起，打开各自带来的食物五颜六色地摆在中间的塑料布上。最初大伙出来游玩，都是弄那真正的野炊。后来嫌麻烦，便事先买好成品带出来吃，这样既快又方便。

少了那篝火的野趣,岩悦有些失落。再一看,朋友们的身边大都换了新人,心里更是有些索然无趣。面对那些陌生的新面孔,岩悦在心里感叹:年年岁岁花相似,岁岁年年人不同。

欧阳默仍是一副淡漠的表情。他的不合群让岩悦明白那天他不是故意对自己沉默。

餐毕,大伙各自双双出游,携着情人的手掩饰不住脸上的神采飞扬。大桐握着新女友的手说,欧阳也正好是一个人,就陪岩悦吧。

大伙散去后,只剩下岩悦和欧阳默两个人。岩悦想着大桐刚才说话的语气,好像自己没有人要似的。岩悦赌气地不先开口与欧阳默讲话,而他竟也能沉得住气。两个人彼此无言地在湖边漫步。

走着,走着,岩悦有些心不在焉起来。身边的这个男孩高大挺拔,是个很棒的护花使者,可让岩悦伤心的是欧阳默却对自己冷冰冰的没有热情。

在走了一会儿后,欧阳默停下来,他说我们坐一会吧。

岩悦和他分别坐在两块平展的青石上,一群鸟儿从树梢上飞过,今天的好天气不能不让人心情舒畅。无意中,岩悦看到欧阳默看自己的目光里有一种柔和的暖意,这种暖意鼓励了岩悦。

岩悦和欧阳默聊了许多,她发现欧阳默一旦说起话来也很健谈,而且很有思想。只是欧阳默闭口不谈自己的家庭,提起他的家欧阳默的目光便会黯淡下去。

返回的路上,大家一致让号称"金嗓子"的岩悦给大家唱歌,岩悦很爽快地答应了。岩悦毫不掩饰自己的快乐,只有她自己明白她的歌是只为欧阳默一个人唱的。

回去后,岩悦时常去大桐那里。这让大桐受宠若惊,忙不迭地为岩悦端水倒茶服务上乘只差岩悦说爱卿平身了。

只是大桐却不识趣,不知道岩悦去他那里并不是去找他,而是冲着欧阳默去的。平日里挺机灵的大桐现在却成了木头疙瘩。

那天,岩悦去找欧阳默,正好大桐不在。这让岩悦的心里生出一抹喜悦。可大桐不在,似乎并没有使欧阳默和自己走近一步,反倒使岩悦不知该如何面对欧阳默了。有大桐在,还可以活跃一下气氛,没有了大桐,岩悦仿佛失去了背景音乐。

其实,岩悦感到欧阳默还是很喜欢自己的。只是不知为何欧阳默一嗅到爱情的气息便避之惟恐不及。那天,岩悦第一次鼓足勇气去拉欧阳默的手,而欧阳默片刻前还深情的目光此时却变得冷冰冰的,他竟甩开了岩悦的手。

当两人陷入无语的尴尬状态时,大桐来了,岩悦仿佛看见了救星。岩悦匆匆离去时,眼里已蓄满了泪水。

岩悦已很久都没有再去大桐那里了,当大桐打来电话时,岩悦忍住没让泪流下来。她不明白为什么欧阳默对自己忽冷忽热的。

一次,岩悦路过大桐那里。她本想走开,可她还是鬼使神差地去敲大桐的门。

当岩悦敲开门时,站在她面前的不是大桐,开门的女孩也不是大桐的女朋友,难道大桐又换了女朋友?

那女孩问岩悦找谁,岩悦说她路过这里,来看看大桐。

那个女孩请她进屋,她说大桐不在,让岩悦在这儿等一会儿。

岩悦进屋坐下,她看见那个不很漂亮却很干练的女孩在料理欧阳默的东西,她有些吃惊,欧阳默呢?

那女孩说,欧阳去买车票了,我们下午就走。

岩悦更是不解,下午就走?你们去哪儿?

那女孩愉快地说,回北京。

从那个女孩的话里,岩悦知道欧阳默的家在北京,知道面前的女孩是欧阳默的女朋友。岩悦没有说什么,她起身告辞了。

刚出大门,便一头撞上大桐。大桐看见岩悦的眼里闪烁着泪光。他叫住岩悦,问岩悦怎么啦?岩悦反问他为什么不告诉自己欧阳默的家在北京。大桐明白了,他也反问道,欧阳的家在北京这难道很重要吗?是呀,这很重要吗?岩悦也在心里这样问自己。

岩悦回到自己的小屋,她疲惫地打开门,却看见从门缝里塞进一张纸条。岩悦奇怪地捡起来一看,不觉心跳起来。纸条是欧阳默写的。他在上面写道,岩悦,第一次见到你,我就已无法自拔地爱上你了,只是我无法表达,我害怕失败。下午我就要走了,在去买车票前我来向你告别,可你不在,也许你不在反而好,否则我又不知该如何面对你了。

岩悦一阵心悸,颓然地坐在椅子上,她紧紧地握着这张纸条。她不明白为什么有那么多的机会欧阳默不表达,偏偏在他要走的时候才告诉她心里话。他害怕什么?是自己让他感到害怕还是他原本就害怕爱情?可他的女朋友又做何解释呢?

岩悦想得头疼,她想去找欧阳默问清楚,可她知道这个时候已太晚太晚了。欧阳默也许已携着他的女朋友一起上了火车。

外面有人敲门。岩悦跳了起来,也许是欧阳默,他没走。岩悦飞快地如射出的箭般打开门,门口站着的大桐让她失望了。

大桐望着岩悦说,我不放心你,过来看看。岩悦默默地转过身说,我很好,没什么。大桐说,也许我应该早些告诉你……

从大桐那里,岩悦知道了欧阳默的家庭。在欧阳默 5 岁时,他的因公致残的父亲被母亲无情地抛弃,父亲受不了这种打击跳楼自杀了。欧阳默从小被身居高职的外公收养。家庭的不幸使幼小的欧阳默心里投下了一层阴影，他发誓永不恋爱永不结婚。

岩悦疑惑地说那个女孩……大桐叹了口气说，那个女孩和欧阳青梅竹马，两家是世交，她从小就喜欢欧阳，一直追随到现在。岩悦感到心很堵。大桐怅然地说，欧阳的心疾太重，这也只有那个女孩了解他，能忍受他，可是爱情并不仅仅是理解。

岩悦知道欧阳默来到异地他乡是想换个陌生的环境，离开伤心的地方。可欧阳默却无法真正躲开，正像他终究还要回北京一样，他无法从爱情自闭症中走出来。

岩悦默默地眺望北方，她不知道欧阳默现在过得好不好，但她真的希望欧阳默能走出阴影，走到阳光里来。

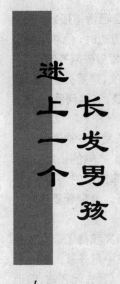

迷上一个长发男孩

■文/郭 蕻

大学的时候特迷郑钧，一首《梦回拉萨》唱得人回肠荡气，还有那一头长发，别提多自在洒脱。上了班，对歌星的迷恋少了许多，可对长发男孩的喜欢不改。说不清哪一种感觉，长发的男孩，像心底里流出的倾慕和爱恋。

我的父母都是工人，当中学教师的我年轻但不富裕。像所有年轻但不富裕的女孩一样，我追求生活的品味和时尚，可我不让自己流于奢侈，我更不要肤浅的时髦。我喜欢自己长发长裙抱一本书的洒脱，就像我喜欢长发的男孩。

二十二岁是恋爱的季节，我小心地珍藏自己那一个梦，我希望遭遇一场美丽的姻缘。

学校在周日开放旱冰场，我常去光顾。春日的下午我穿着浅蓝的衬衫和牛仔裤去滑旱冰。走进旱冰场，我觉得自己的心跳加快了：我看见了一个长发的男孩！更巧的是，他也穿着蓝色的衬衫和牛仔裤。我带着好心情滑旱冰，我知道自己滑得很好。长发男孩滑得更好，他也注意到我，当他滑过我身边时，他冲我笑着说："嗨！"旱冰场关门时我们已经认识了，长发男孩叫齐皓。

那个春日的下午真的很美，春风微微地吹，是那么醉人。遇到齐皓，我已经非常开心了，更叫人开心的是，齐皓问我："晚上有空吗？我们去看电影好不好？"

和他交往后我爱问他为什么要留一头长发，齐皓说他有个专制的老爸，他的长发是专门留给老爸看的。齐皓的长发齐肩，有时他用墨镜别住，非常潇洒。他是那种事事随心的人，在外贸公司上班，工作时滴水不漏，下了班净想着玩。他带着我骑摩托车兜风，我们都喜欢那种飞扬的感觉。

和他兜了几次风，一天我下了课有同事笑我找了个有钱有权又有势的男朋友。我说没有啊，同事说齐皓不是齐某人的儿子吗？齐某人可是这座城市的一把手。我惊呆了。我去问齐皓，问他为什么一直不告诉我他有那样一个"好"爸爸。他说，这和我们相爱有什么关系吗？我说有，当然有！他家是高干，而我家只是个工人，我们门不当户不对！他不准我这么说，我说他的家庭不会同意我。他说不，他会说服他们的……他脱口而出的话让我们都静默了。他的家庭不同意我，我想到这一点，心里有说不清的滋味。

不久我听到一些流言，有人说我趋炎附势却遭冷遇，还有人说我追齐皓不择手段……我无法忍受，我的骄傲和自尊强烈地打击着我和齐皓的爱情，在一个年轻而好强的女孩心里，自尊和爱情只能选择一样。我非常矛盾。

齐皓和他的家庭抗争着，他要和我结婚。看着他的热情我真的很痛苦，我知道生活需要太多的东西，不仅仅是热情。和他在一起时我总能感到四面八方射过来的目光，我的自尊和自卑反复折磨着自己，他的热情和优秀也反复折磨着我，我变得神经质。我常问他他爱上我什么?他到底爱上我什么?我知道他也不轻松，我们之间开始有摩擦。我们爱得很辛苦。

我终于提出分手。齐皓非常生气，第一次冲我发了火。我们争吵起来，他骑车走了。我看到他的离开，我明白总有一天他会这样离开我，止不住的热泪流下，我深爱的长发男孩!

一个月后他来找我，他说他决定去海南，他相信时间会证明他的爱情。如果我愿意等他。三年后他回来娶我。他的长发飞扬着，他的脸像古希腊的雕像。我含泪点头。

我又生活在梦想中了，我认为一切将会好起来。然而我错了，他不会回来，一切都结束了。齐皓在海南遇到车祸，他死了。

眼泪早已流不出来，我知道是我害了他，我无力面对现实，我亲手埋葬了自己的幸福。这一生我只剩下悔恨，为我自己，为那个叫齐皓的长发男孩。

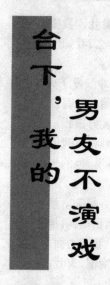

台下，我的男友不演戏

■文 /徐安玲

高考后的那个暑假里，一起出去玩的总是我们四个人：楠、璧、娓娓和我。

我一直奇怪正统得要命的楠怎么会有璧这样开朗幽默又蛮不讲理的朋友。因为知道娓娓正偷偷喜欢着楠，我只好缠住璧，拼命和他说话或者干脆和他吵架。

高考揭榜，娓娓录取到外省一所大学，楠却与我被录取到师大，璧则与我在一个城市里，但却念了工大。等娓娓去外省大学报到时，楠已经成了她的男朋友。娓娓从车窗里探出头，煞有介事地对我说："帮我看好楠！"老天，这样一根木头还要看好?如果他能活泼起来，简直所有的哑巴都能说话！

但是，我真看错了楠。

在大学里，他渐渐变成另外一个人，开朗潇洒而又多才多艺。参加校园十大歌星金榜赛，一曲《新鸳鸯蝴蝶梦》唱得台下如醉如痴,掌声雷动,我从来不知道楠还有这样一副好嗓子。台上的他一袭装饰性极强的黑衣,动作潇洒漂亮。天啊,这就是和我同桌三年,每天只晓得埋头读书的楠吗?坐在第一排的我甚至有好长一段时间不敢抬头看他。

结果,楠得了冠军。外文系座位上的掌声异常热烈,有些女生竟为她们光芒四射的班长大声欢呼起来。

楠向台下的我挥挥手,我的眉毛打成了一个结,知道以后看好他实在任务艰巨。

楠开始忙碌活跃起来,但是再忙他也会按时给娓娓寄去一封封厚厚的情书,有时也让我帮忙给娓娓买一些精致美丽的卡片。

他常常会跑来找我,因为我是他三年的同桌,因为我是娓娓十二年的生死之交,因为我是为数不多的不追他的女生之一。

楠绝对是个好男孩,可他像一头洋葱,需要一层层剥下去,永远也看不到真实的内心。

工大的璧也常来找我,而且常常在吃饭的时候来,还口口声声说师大的伙食好。每次见面我们都要谈个昏天黑地,热热闹闹地笑一回吵几句。璧很真实,真得几乎透明,真得一如既往,我敢打赌他绝不会像楠那样渐渐变成另外一个人。

可是有好长一段时间,璧忽然不来了,我竟莫名其妙地吃不下饭。

"我一直在忙着排练,明天晚上有我们的小品演出专场。"一天,消失已久的璧又出现在我面前,塞给我两张票便匆匆离去。于是那天中午我胃口大开,吃下比平时多一倍的蛋炒饭。

第二天,早早赶去工大礼堂看演出。璧是整个剧组的灵魂,演技精彩绝伦,逗得人要笑破肚皮,我身边的几个小女生一个个看得眼睛发直,嘴巴都舍不得闭上。有个问璧有没有女朋友,另一个说好像有吧，可能就是台上和他配戏的长发女孩。接着和璧一起编校刊的红衣女孩开始大谈璧的轶事，说他们那个编辑小组被璧搞得跟演小品一样热闹，简直可以对外卖票。我在一旁听着，不时无声而笑。

跑出去到路边的花店里买了一大串鲜花，在演出结束时塞到璧怀里。他傻傻地抱着，没有涂油彩的脸上露出几乎流泪的微笑。

不久，璧请我去工大玩。我高高兴兴地去了。一进璧的寝室就觉得不对劲儿，他那帮哥们儿殷勤得让人手足无措，都过来照顾我，而且开始轮番夸奖他们的二哥。"安玲，璧每天总向我们提起你，"大哥坐在上铺说。

天啊，他们全屋的人都知道我名字，我差点儿把正喝着的半杯红茶向璧浇过去。

才一会儿功夫，他们一屋子的人都悄无声息地消失了，只剩下我和璧在研究一张水粉画的构图。

今天的璧竟有些腼腆而又彬彬有礼，让人提不起精神和他吵架。

"星期天我们一起去植物园拍照好吗？"璧认认真真地问我，那神态令人不忍拒绝。

璧的摄影技术很好，他一口气给我拍了许多照片，我知道他是最能照出我的韵致、最懂我的一个人，他还带了三角架，我们合拍了不少合影，其中有几张，他竟自然而然地环住我的腰，那种感觉好特别。

拍完后，我们坐在草地上吃简单的午餐。璧喝一口水，犹疑地低声说："自从你去过我们寝室以后，全校的女生都不理我了，你说怎么办？"

怎么办，我知道你怎么办？我微笑着对他说："即使全世界的女生都不理你了,我还是你最好的朋友。"

我温温柔柔一句话竟使璧脸色大变,他像被霜打了的茄子一样,可怜巴巴的。他说他只能要么和我守住朝朝暮暮,要么永远离开我,他不能再有别的选择,不能心平气和地和我做朋友,因为他已经陷得太深太深……

我眼睛眨也不眨地看着璧,鼻子开始发酸,我以为等璧说出爱我时,我一定会开开心心地笑,可是我哭了,我真哭了!当一个快乐如风的少年忽然在你面前变得忧郁悲伤,说你是他永远的心事;当一个潇洒如云的男孩竟然因为爱你而不再潇洒,告诉你他愿意守着你度过长长一生时,你除了用流泪表达心中深深的感动与幸福之外还能怎么样呢?我任泪水像开闸的洪水一样狂泻下来。我扑向璧,抓他的头发拉他的毛衣,掐他的手指,说我好爱好爱他。璧呆呆地站着,半天说不出话,突然一个大力拥抱,紧紧把我揽在怀里,几乎勒断我的肋骨。在那一瞬间我蓦然觉得璧也许不像我想像中那么聪明。

很快就有好多人知道我和璧在谈恋爱。工大的一些女生见到我时虽然脸上挂着甜甜的笑,眼睛却一个劲地往外冒酸水,妒忌我赢得他们校园里赫赫有名的幽默笑星此生不渝的爱情。但她们不知道,现在璧和我在一起时有多认真多正经,老老实实的。

唉,娓娓选中了一根美丽木头,可这根木头摇身一变成了风铃;我喜欢上一串清悦的风铃,可拿到手里的却是一根美丽的木头。这种人生!

"璧,拿出点你在台上演小品的劲头好不好?"一天我心血来潮地向他大喊,他正有点垂头丧气地钻研一道难到极点的物理习题。他抬头看看我,目光如水,让我再不能说一句话。我喜欢舞台上灵气逼人的璧,可以为他鼓掌,为他喝彩,也可以平平静静地和他说再见，然后远走天涯。但我更爱自己身边真真实实的璧，愿意陪他在长街上手拉手地漫游，愿意帮他在厨房里大呼小叫地忙来忙去，愿意和他在暖暖的屋子里无语静坐，默听外面落雪的声音。我知道我为什么欣赏台上的璧，却不明白自己为什么离不开台下的璧。

璧在大四那年又和伙伴们举行了告别演出专场。台上，他的演技更加成熟，性格更加完善可爱，我在大笑的同时也注意听着周围的人对璧泛滥成灾的溢美之辞。

散场后，我一把揪住璧，说我好想当一回和他配戏的女演员，在舞台上演出一场绝世的辉煌与完善。

璧脸上带着介于台上与台下之间的那种笑，理好我额前被风吹乱的头发，轻轻说："我们之间，我不想售一张票给别人。"

"是的，我们今生不售票。"我把头靠在璧胸前，静听他的心跳。

这时候，看着我们的只有一轮失明的月亮。

好男孩，你只差了这一步

■文/宋砚所

很早的时候我就渴慕理想中的爱情像每个爱幻想的浪漫女孩儿一样。

我始终记得那个温暖的春夜，我和女友走在校外的小路上。风很柔和我们都不说话，仿佛一开口就会打破这美好的和谐的情境。她有点心不在焉，时不时东看西看。谜底很快揭开了。一个男孩子从路边的树后转出来，从怀里掏出一束苦丁香。那一束白色的盛开的小花，在夜色中增加了妩媚与纯净，月华如水，我甚至觉得它们每一个花心都在闪亮。我知趣地走到前边去了，又有意识地望天上的星星和月亮。而此时的我其实什么也看不见，脑海里空茫茫但那束丁香花却满满地开在眼前。我甚至想像得出女友和他那两对闪烁着爱情之光的眼睛，在暗夜中彼此交流。

于是我想，我也会得到的而且绝不止一束丁香，从此那束丁香便浮在我的梦想之中。

事隔一年，当有个叫杰的男孩儿吹着嘹亮的口哨在我窗前伫立，当他把情书夹在一束灿烂的红玫瑰中向我走来，我突然想起我得考大学呀！那一年我上高三。

我始终没有接那束花儿，尽管我渴慕已久，他的摩托车远去了，我只看到他白色的衬衣在风中扬起。我不知道当时什么心情，也不知道这一次的拒绝会意味着什么。而我只清楚地记着：我爱他，我并不希望他离去。而此刻的我却因为这爱而畏惧而惊慌失措。我的女友已经留级了，而我不想。

第二天，那束玫瑰，那束被我拒绝了的玫瑰被高高地挂在我的窗前，我知道他晚上来过，远远地熄了火而后步行前来。

每次夜晚，当我从沉重的书堆中抬起头来，看着天边的星星，便去想像他失望而走的背影和他闪烁明亮的眼睛。是的，他是坚毅的而我又是脆弱的。如果他再来我不会拒绝了，我要陪他到小路上走走，到校外的田野上数一数闪闪烁烁的车灯，我要伏在他肩上对他说："我真累。"低下头时常常已满眼泪水。

我没有再见到他，每当窗外响起摩托车的声音我都会起身张望，怀着一颗怦然心动的心。

我开始了大学生活，我在心中仍旧希望他来。我设想了一万种与他相遇的情景。我常常自己走在路上而后伫足回首，追寻着行人的背影，但没有一个属于我、属于那个夜晚。我找累了，等累了，便在路边坐下来，直到秋叶飘飞直到丁香又开。我终于在这个丁香盛开的季节得到了梦想中的爱情花束，而献花者却并非一年前的杰。时间陪我一起暗暗地与他告别。

再遇见杰恰是同一年的暑假，男友第一次陪我回家，在家乡的小城里男友跑去买票了，我独自站在路边，风吹起我的白衣黑裙，我无目的张望，我渴望见到杰，我预感到我能见到他。

一个骑摩托车的人急驰而来，第一眼我就认出了他。我不知道该说些什么。

"你还是回来了？"他说。他瘦了而且疲惫。

"我回来了。"我说。

"去年我一直在窗外看你学习直到去外地进修。我没让你看见过怕你分心。"

"哦。"我说。

"你拒绝了我，但我一直在等你。"

"我知道而且我也是！"我声音哽咽，眼里涌上了泪水。

"我想拿到文凭后再把好消息告诉你。"

我想说："你一点消息都没留给我，哪怕一个小小的问候。"

"那天我去看你，你正和男朋友一起从学校出来，我看到了你脸上幸福的笑容。这次我又没让你看见我。"他眼里滚动着晶莹的泪水。

"于是你走了！"

"是的，我走了。那是春末的一天。我知道晚了，没有机会了不是吗？"

我真想说："不。"但是我什么也不能说，他只差了一步，我等他等累的那一步。

"我爱过你也等过你直到现在我还爱你。"他说完走了，只将一枚戒指一枚美丽的戒指放在我的手中，"这是你的，以前是现在还是。"

他走了。我看见他走了好远还在回头，而我的眼泪早已滴落在他走的路上。我的眼中也只有他离去的空茫而孤寂的背影。

男友回来望着杰走的方向。

"刚才那人一再回头，你认识？"

"是的"我说，"那是我的一个老朋友。"

后来我终于有勇气和他讲起了杰。他听后握着我手说："我想我的爱会让你忘记过去！"

真的会吗？我无力地伏在他的肩上，将手放在了他宽大的手心里……

■文/苏 丹

危险青春期

我走在回寝室的路上，全身像散架似的，而且上下眼皮直打架。回到宿舍，我一头栽在床上，进入梦乡。美梦不长，死党阿毛跑进来把我摇醒，让我陪她去看电影。迷糊的我被糊里糊涂地拉进学校放映室，那里很暗，正适合我睡觉。刚一坐稳，我便靠在阿毛的身上睡着了。

不知睡了多久，我又被阿毛叫醒，电影演完了。阿毛正看着我，不对，如果我能看见她，那我现在靠的是……我"腾"地站起来，回头一看，只见一帅帅的男孩儿正冲我笑。my god！难道我一直……可我记得明明是阿毛，不管怎么说，这次可糗大了。我连说几个对不起，然后拉着阿毛飞一般地逃走了，睡意早已飞到九霄之外了。

阿毛说我睡着睡着就靠在那个男孩儿肩上了，弄得他们俩都很诧异。她颇为同情地说："大概在我这边睡得脖子酸了就迷迷糊糊地把头靠到那边去了。"我一直埋怨自己睡觉怎么这么不老实。阿毛又说："别那么没精打采的，要知道，这可是全校女生求之不得的美事。""你什么意思?"我没好气地问。"什么意思?大小姐，他可是我们的大众情人沈——涛。"什么?他就是沈涛?那个传言学习很好，长得特帅，足球踢得特棒，一直是全校女生偶像的人是他?惭愧，今日得以相见，却又如此尴尬。

阿毛看着我说："一顿肯德基做保密费。""你敲诈我?""我可没有，你自愿，不过，本小姐说话时总会不小心，而且对语文修辞中的夸张用法颇有感悟。"死阿毛，还说是我的死党，真该马上死掉。

几天后，我对此事已不在意了。这天下午考化学，午饭时，我边吃边看化学书。阿毛走来坐在我对面，我连头也不抬，就把杯子推过去，说："帮我也打杯水。"(阿毛吃饭前，总是要打杯水的)她似乎愣了一下，然后便去打水了。"哇!这么用功，难怪总考第一。"是阿毛，怎么这么快就回来了?"我的水呢?"我问。"什么水"?阿毛莫名其妙。"就是我让你打的水。""拜托，你看书看傻了，我才来，饭也刚打，怎么会去给你打水?"我一抬头阿毛正端着饭，可我明明……我看了一眼桌子，杯子也的确不在。"你不会把他当成我吧?"阿毛突然直视我后方问道。我回头一看脑袋"嗡"的一声，只见穿着和阿毛一样衣服的沈涛端着一杯水朝我走来。不会错，那只印着机器猫的杯子就是我的。

我差点休克过去，怎么会这样!他笑着坐下来，把水放到我面前，"你的水。""啊……谢……谢谢!"我语无伦次。"对不起，我把你、把你当她了!"我朝阿毛一指。他看了阿毛一眼，"难怪，我们俩衣服一样。""是啊，哈哈。"我恨不得有个地缝钻下去。"啊，我吃饱了，我们还有事。阿毛，我们走吧!"我拽着没吃几口饭的阿毛就走，沈涛像尊雕塑站在那儿。

出来后,阿毛幸灾乐祸地说:"又有肯德基吃了!""肯你个头啊,死阿毛,一个女孩子非穿男式服装,变态!"毛头不服气地说:"豆丁,你自己不也一样吗?不管,休想赖掉这顿肯德基,我可还没吃午饭呢!"唉!我的囊中物又一次转化为她的腹中餐。

第二天周六,我躺在床上看小说。阿毛走进来冲我坏坏地一笑:"豆丁,楼下有人找你。"搞什么?谁会找我?我走下楼……

出了大门,我看见沈涛正冲我招手。是他找我?难怪阿毛笑得那么可恶,想到两次尴尬的相遇,我紧张得不得了。他笑着说:"干吗那么紧张?我又不会吃人。"我吐了吐舌头,说:"你找我有事吗?"他没回答我的问题,却说:"我叫沈涛,就是每回考试都排你前一名的。"天啊!这么说他知道我是谁,可是他没必要如此嚣张。哼!"是吗?下次我一定会考过你!没事我先走了!"说完我转身要回宿舍。

"喂,等一下。"他叫住我,"和你聊聊总可以吧?"我诧异地点了点头。我们聊了起来,他说他一直想认识我,这个在成绩上对他构成威胁的人,因为每次考试我都低他不到 5 分。那次看电影后,偶然听人说起我,便想找个机会认识我一下,没想到又发生打水误会。难怪,那天他会跑来坐我对面。

从那以后,他便经常和我来往。时间久了,我发现我渐渐被他吸引了,我想我是喜欢上他了。

"唉!我没想到你这种人感情会来得如此快。这真是一场青春期的灾难!"只顾埋头学习的我当时还没完全理解"阿毛"这句意味深长的名言,只是笑她像个患了肥胖症的爱情上帝。(因为她人长得比较胖,而她当时的表情极其神圣和严肃)。直到昨天,阿毛又传来"密报",我才如梦初醒。"这可是绝密!"这句话阿毛已在我耳边重复了十遍。"保送一中只有一个名额,非你即沈涛也,据他们舍友透露,人家可是每天苦读到天亮,你却无怨无悔地暗恋着他。这次预考只要你稳拿第一,一中的大门就冲你开了。"

一中是我的梦想,而沈涛?算了,鱼和熊掌不可兼得,熊掌虽然珍贵,我只好舍熊掌而取鱼了。

接下来的日子,我把自己埋在书本里。几次沈涛来找我,我都找个理由回避,几次阿毛提到他,都被我打断不谈。这样一直到考试。我感觉考得很好。

成绩出来了,我的愿望实现了,我以一分优势居于榜首,他列第二。我笑了,但却是苦涩的笑。

周末下午,坐在宿舍发呆,阿毛突然出现在我眼前,"豆丁,有人请客,肯德基,走吧!""你去吧,我没兴趣。"我有些无精打采。"沈涛请客,你也不去?""沈涛?他为什么请客?"阿毛诡秘地一笑:"怎么,还为考第一的事内疚呢?告诉你一个秘密,一中的事是我瞎编的。你可是我们班的国宝啊,我不希望在你初三时出什么'桃色新闻',所以出此下策,你不会……"

"谢谢你阿毛!"结果,我和阿毛一起去赴了沈涛的肯德基之约。不过,我可是为了鸡腿和汉堡、冰淇淋去的哟!

猜猜我有多爱你

■文/鱼香蛋　蔷薇格格

　　一样的月色,一样的林阴道,一样的男孩和女孩,多少年来,这样的场景常常出现在人们的眼前,或者文学作品中。

　　甚至连问题都是一样的,女孩问男孩:"你说,你有多爱我?"

　　男孩挠头,为难的样子,随即调皮地说:"你猜?"

　　女孩头摇得像拨浪鼓:"不猜不猜!我要你自己说!"

　　男孩有点不屑:"这个问题都回答过多少回了?"

　　女孩不依不饶:"不行,现在问的就是现在的感受!以前的不算!"

　　男孩沉默,沉思。半晌,脸色明朗起来:"我给你讲个故事吧。"

　　女孩瞪他:"又想蒙混过关!"

　　男孩揽过她的肩,说:"听了再说嘛!"

　　女孩不再吭声,认真地听起来。

男孩开始说了:故事发生在一个和寻常无异的夜晚……

女孩立刻又瞪他一眼,男孩胳膊一紧,微微一笑,自顾接着说——

小兔子要上床睡觉了,它紧紧抓着大兔子的长耳朵,要大兔子好好地听它说。

"猜猜我有多爱你?"小兔子问。

"噢!我大概猜不出来。"大兔子笑笑地说。

"我爱你这么多。"小兔子把手臂张开,开得不能再开。

大兔子有对更长的手臂,它张开来一比,说:"可是,我爱你这么多。"

小兔子动动右耳,想:嗯,这真的很多。

"我爱你,像我举的这么高,高得不能再高。"小兔子说,双臂用力往上撑举。

"我爱你,像我举的这么高,高得不能再高。"大兔子也说。

这真的很高。小兔子想:希望我的手臂可以像大兔子一样。

小兔子又有个好主意,它把头顶在树干上倒立了起来。它说:"我爱你到我的脚趾头这么多。"

大兔子一把抓起小兔子的手,将它抛起来,飞得比它的头还高,说:"我爱你到你的脚趾头这么多。"

小兔子笑了起来,说:"我爱你像我跳的那么高,高得不能更高。"它跳过来又跳过去。

大兔子笑着说:"可是,我爱你,像我跳的这么高,高得不能再高。"

它往上一跳,耳朵都碰到树枝了。

跳得真高哇——小兔子想——真希望我也可以跳得像它一样高。

小兔子大叫:"我爱你,一直到过了小路,在远远的河那边。"

大兔子说："我爱你，一直到过了小河，越过山的那一边。"

小兔子想，那真的好远。它揉揉红红的两眼，开始困了，想不出来了；它抬头看着树丛后面那一大片的黑夜，觉得再也没有任何东西比天空更远的了。

大兔子轻轻抱起频频打着呵欠的小兔子，小兔子闭上了眼睛，在进入梦乡前，喃喃说："我爱你，从这里一直到月亮。"

"噢！那么远，"大兔子说，"真的非常、非常远。"

大兔子轻轻将小兔子放到叶子铺成的床上，低下头来，亲亲它，祝它晚安。

然后，大兔子躺在小兔子的旁边，小声地微笑着说："我爱你，从这里一直到月亮，再……绕回来。"

爱情的天空不下雨

■文/凌仕江

女友又在电话里催我:如果你再不离开西藏,我们就一刀两断。

可我与西藏的情结,远比女友盼望我的心情要强烈得多。为了拯救这份等待已久的爱情,我努力争取到了一份省府城市的工作,可她的出现,居然改写了我原本别无选择的生活。

关于爱和热爱,没有比这更新的定义了。

她是我的一位读者。在北方一家电台做主持人,可她喜欢西藏远远胜过自己一切所爱。一个十分偶然的机会,她读到了我的散文《徘徊青藏》,便按编辑部提供的地址,尝试着给我写了第一封信。

她在信中这样写道:

"迄今为止也未能去成西藏,但却邀请过不少去过西藏的人一同主持节目。从他们的言语中,我体验到长期拥挤在都市的庸碌与痛悔。有时,我控制不住给远在西藏的人写信,可信写好了却不知寄给谁。我还想,如果你真如你文中所述的那样绝望和孤独,我可以用我的心与你一起穿越云雾茫茫……"

这以后,我和她成了知音。我们信来信去都离不开思绪纷纭的西藏,既沉静又美丽,既小心又大胆,既冰冷又火热,既温柔又残酷,而不像那种浅薄的爱来爱去的传情飞鸿。

就在我接到女友的家人为我俩选定婚约的那天晚上,我突然接到一个陌生电话,那充满磁性的声音一下子吸引了我。

她给我打电话的原因是,她听到了一首歌,一首听过之后就被招魂的歌——朱哲琴的《央金玛》。她喜欢夜深人静一个人听这首歌,听着听着,她的心便飘向西藏,然后,便急切地给我打电话。

我问她:"就这么简单?"她很干脆地回答:"虽然简单,但我不会给别人打。"

那个晚上,我们一聊就是两个小时。她说,她每天晚上都与烦恼忧愁的听众打交道,很累。也许,所有听众的烦恼都被她的良苦用心驱散了,而她自己长时间淤积的痛却没有人能替代。她想逃离充满迷雾和困惑的直播间,立刻去那个歌声中招魂的地方……

秋雨绵绵的窗外仍车水马龙,霓虹闪烁,但我内心的寂寞和眼中的麻木毫无减退。我在想:几千里外的北方,有没有雨?

这样一个雨夜,细细碎碎的往事将我的心搅得像湿润的混凝土。

实际上,我一直和女友感情不错;可女友,只是想早点结婚,让我从此远离西藏而不再远离她。我爱她但我更爱西藏。八年的青春岁月,女友等了我八年,女友憎恨西藏的心情可想而知。但我青春的叶子已飘落到白山黑水之间,生根发芽,慢慢开花结果。

婚期,逼近再逼近;她的出现,我一直守口如瓶。

一天，她获得了一次到外地出差的机会。我们约好要在天府广场见面。远远地，我看见一位娇小的女孩朝我挥手。她穿一身海蓝迷彩牛仔，王菲式的发式，胸前挂着墨镜。我想，喜欢听朱哲琴歌曲的人就是她了。

她来到我的房间，目光被我寝室里摆满的藏饰所吸引，她拿起一件青铜器面具。说她好像在梦中见过。我说，这是一件十分精致的释迦牟尼的面具。有了它，生命会永远散发青春。我说自己将会回到那个圣地。她问我："如果你需要结伴同行，会是谁？"我说："我等的人，比你小一岁，属龙。"

她说，她就是属龙。当初，为了早上学，她把龙改成兔。

她回到北方。

为了与我去西藏，她放弃了热爱多年的主持事业，放弃了热爱她的听众。一周后，她来到我的身边。我勇敢地将她揽入了怀中：走！去看美丽如青春的西藏。

登机的时刻，一个问题终于摆在了我们面前。

我认真地问她："如果我像外国浪漫的探险勇士被残暴的冰雪覆盖，你怎么办？"她摘下眼镜，十分平静地说："我跟你一起覆盖，去那冰天雪地的世界里，我们相互取暖。"

其实，今天是我与女友结婚的日子，但她不知道。因为我守口如瓶。对于她，我只想让她知道西藏的美丽。

飞机越过西南盆地，犹如越过了一道道围城的障碍。阳光，碎裂的阳光透过视野，满眼是雪。她俯瞰机舱外的世界——云在踏浪，鹰在飞翔，她彻底回到了纯真时代。

风雪抽打着她长长的发丝，她在风雪中惊叫，她一定要为美丽得像青春一样的西藏惊叫。

我一听就哭了。

但是哭不出来。

■文 /燕语儿

当爱初始来

我和锋的故事像许多被忽略的校园故事一样,锋是我的学长,高我两届。

中考结束后,我没有选择高中,而是背着沉甸甸的行李独自一人去了一所离家100多公里的中专求学。

入校不久,我便知道学校有锋这号人物。我并不需要刻意去听,也能知道锋是个很了不起的传奇人物,因为锋是女孩聊天的焦点。可以说,在还未见到锋之前,我就应该算认识他了。

学生会要招新成员,班主任推荐了我,一切都出人意料的顺利,不久,我成了学生会的一员了。

在学生会例会上,我真正见到锋。也许比传言中还要优秀几分,可我一点也没有像她们形容的感觉,什么心跳加速、什么面红耳赤的。我什么也没感觉到。"你还有什么问题吗?"有人在和我说话?我愣愣地抬起头,是锋。我很疑惑,我有问题吗?终于,我后知后觉地发现会已经散了，人也走光了，只剩下我和锋。我不知道我竟发呆了那么久。"哦，没，没有，再见。"我尴尬地起身道别，匆匆离去。我还好像听到锋在笑。也许是错觉，我这样告诉自己。

晚自习后，我又习惯地去了操场边的凉亭。我喜欢那氛围，喜欢一个人静静地想心事。凉亭里已经有了一个人，我有些意外。刚想转身离开，听到那个人叫我。我疑惑地走上前，才发现是锋。"我在等你。"我知道我当时的表情一定很呆。"你怎么知道我会来？"锋笑了笑，没回答。再说出来的话让我的表情更呆，"做我的 GF，好吗？""你不是开玩笑吧？""真的，比珍珠还真。"直觉想问为什么，却没问，我也不知道原因，好像就应该相信他。"我给你一晚上时间考虑，明天一早我在你宿舍门口等你答案。"那天晚上是锋送我回宿舍的，刚好让好友晨看到了。晨问起来，我就索性和盘托出了。没想到晨竟一副听到天方夜谭的表情，让我觉得有些无奈。后来，我就稀里糊涂地做了锋的 GF。我不知道做人家 GF 到底该做什么，没有人给我演示过。我做得极其简单，什么都由锋替我挡着。篮球赛时，我只在一旁静静地看，休息时递上一瓶矿泉水，我甚至从未为锋洗过一件衬衫，一切都好像是理所当然的。若要说真有什么不好之处，也只是时不时地看到某些女生带着敌意的目光，可看多了也就无所谓了。

两年的时间好快，眨眼就过去了，锋要毕业了。当所有人都为离别伤感时，我仍静静地置身事外。我不知道为什么我会这么冷淡，也许应该说是冷血，锋选择了一座很遥远的城市，他说要好好地去打拼一片天地，然后带着我一起去分享他的成功。我静静地听着，其实我有自己的想法。我知道这世界变幻莫测，谁也无法预测未来，海誓山盟也不过是过眼云烟。但我没有告诉锋。

当春天即将过去的时候，锋也要走了。我送锋到车站，并没有感觉什么是生离死别。我祝福着他,他也反复嘱咐我要照顾好自己,要等他。那一刻,我觉得我有什么要对他说,却不知道是什么。锋也似乎要说什么,最终也没说。

锋走了一个月了,那时我才发现,有锋的日子真的很幸福。人是不是总要到失去后才知道珍惜,才知道后悔?突然好想去与锋常去的凉亭。跑到那儿,意外地发现晨一个人在那里,好像在哭。我过去叫她,"晨,你怎么了?"晨慢慢地抬起头,眼中的敌意让我不禁后退了一步。那目光我太熟悉了,看了两年,早已看麻木的目光,如今却在好友晨的眼中看到了。"晨,你怎么了?我是语儿,你的好朋友呀!"晨突然笑了,很凄凉,"好朋友?真的是好朋友吗?好朋友你会不曾发现我一直是那么喜欢锋,还是你根本就是故意的?为什么?为什么你明明不喜欢锋,却硬要霸占他两年?你怎么可以这么自私?"晨一口气说了好多。连反驳的余地都不留给我。我无力地申辩,"晨,不是的。你听我说,我不知道,真的不知道。你相信我。"晨恨恨地跑走了,我独自跌坐在地上。我知道,我已经失去晨这个朋友了。

锋发了很多封 E-mail 给我,可我一封也没回。我搬了宿舍,故意不让锋找到我。我知道,锋已经在一步步向成功迈进了。我不是不想见他,而是未来太渺茫了,谁也无法把握。当爱情来敲我的门时,我没能留住它。如今,即使是守着那扇门,又还有什么意义呢?

不管怎样,我都祝福你,锋!

■文/坏 坏

冰淇淋恋爱

1. 我和阿朵

六月，栀子花开了，大朵大朵的白。

我和阿朵手挽着手，在校园这香香的夜色里漫步。阿朵跟我说起一个她才看来的笑话，我笑得拼命捏她的胳膊。

阿朵也稀里哗啦地笑。笑完了又说一句跟我说过千百次的话："冰淇淋我们谁也不要恋爱好不好，不然留下的那个好孤单。"

"放心。"我说，"我才不会晚节不保。"

"我也不会。"阿朵说，"不过毕业后我就要和你比赛了，看谁先嫁出去！"

这真是一个很伤感的话题，其实我们很快就要毕业了，在学校的日子只能以天来计数。而且毕业以后，我和阿朵就要分开，一个到南方,一个到北方。我和阿朵做了四年的好朋友,她是我的上铺,是她教会我叠漂亮的被子和在拥挤的开水房里奋力而得意地抢出两瓶开水来。阿朵有一头天然的卷发,特别是洗过头后,卷得惊心动魄,那是什么样的发型师也做不出来的效果,而且她性格大方,敢作敢当,非常的可爱。她则说从没见过我这样的女孩子,让人忍不住地想疼爱。

我们一见如故。

在我们班上,也只有我和她一直都没有谈过恋爱。当别的女生和男朋友卿卿我我的时候,我和阿朵往往是在宿舍里恶狠狠地下着象棋,谁输了,都会急红了眼,扭着对方非再来一盘不可,直到终于有一方心服口服无心恋战才罢休。

四年来,我和阿朵之间形影不离无话不说,亲密的友情别人羡慕得发酸。但我和她之间也有些绝口不提的往事,那就是关于凌。

2. 关于凌

我想我和阿朵是同一天爱上凌的。

凌比我们高一届,是学校乐队的主唱。那一次联欢会我和阿朵一起参加,凌一开场就抱着吉他来了一首罗大佑的《乡愁四韵》:"给我一瓢长江水呀长江水,那酒一样的长江水,那酒醉的滋味是乡愁的滋味……"那时我们刚大二,虽不算是新生,但这思乡的歌还是妥帖地呵护了我们愁肠百转的乡愁。那夜的阿朵显得格外的兴奋,看着凌的眼睛像夜空里亮晶晶的星星。

可是,凌却先请我跳舞,他比我高好多,在他的怀里我非常的不自在,我的舞步凌乱而狼狈。凌说,早就知道有一个叫倪冰的漂亮的小学妹,没想到有这么漂亮。我怀疑他对所有的女孩都是这样甜言蜜语，但我心里还是喜欢。他带着我跳舞的时候，阿朵正在唱一首王菲的歌，那歌词很有意思，"第一口蛋糕的滋味，第一件玩具带来的安慰。太阳下山，太阳下山，冰淇淋流泪。第二口蛋糕的滋味，第二件玩具带来的安慰，大风吹，大风吹，爆米花好美……"

"她的头发就像爆米花。"凌批评说。

"你没听她正唱，爆米花好美？"我笑着说。

"我还是喜欢你这样的女孩。"凌的唇边扬起一丝微笑，"她俗气了些。"

"如果你不喜欢我的朋友，"我推开他说，"也不必喜欢我。"

凌立刻向我道歉。

后来他又请阿朵跳舞，在闪烁的灯光下我看见阿朵把头埋在他的怀里娇笑，想必凌一定也是讲了什么让她开心的话了，凌也在笑，把阿朵搂得更紧了一些。我听到我心里微微失落的叹息。但我不允许自己不快乐。

很长的一段时间里，我都以为阿朵和凌恋爱了。因为阿朵老在我面前提起他，而且每个周末都拉了我一起去看校乐队的彩排。确切地说，是去听凌唱歌。凌唱着那些情歌的时候常常会看着我们微笑。阿朵也看着他笑，头一点一点地合着拍子。我却常常不知不觉地别过头去，不敢看他。

终于有一次，凌从舞台上下来，邀请我们晚饭后一起去喝茶，我找借口说去不了，凌当着阿朵的面说："怎么？怕我吃掉你？"

阿朵哈哈大笑说："你别小看冰淇淋，她胆子大着呢。"

"是吗？"凌转头对阿朵说："我看你的胆子比她要大得多。"

"看对了，"阿朵说，"她不敢去我敢去！"

那晚，我去了姨妈家。阿朵独自赴约，穿着她心爱的蓝色长裙,她的脸红红的。分手的时候,她就那样脸红红地对我说:"冰淇淋你还是不要去你姨妈家了,陪我一起去好么?"

"不好啊,"我说,"我要是真去了你又会嫌我多余了。"

"不会不会!"阿朵说:"你永远也不会多余。"

但她到底也没有坚持,最终还是自己去了。

我坐在姨妈家的沙发上恶狠狠地啃着一个苹果,想像阿朵和凌坐在门口那间叫"蓝月"的灯光幽暗的茶坊里说着那些暧昧的话,命令自己不许伤心。

可是苹果没有啃完就接到阿朵的电话,她在那边哭得气喘吁吁。我问她为何?阿朵直骂凌是猪,请了她喝茶,却在茶室里和另外三个男生打扑克牌,完全把她晾在一边。

"你快来,"阿朵说,"替我教训这个家伙。"

我心急火燎地赶回学校,阿朵在公车站牌下等我,双眼红肿,低声说:"冰淇淋我自尊伤透了。我再也不要见他!"

我把阿朵安顿到宿舍里,这才出去找凌,凌果然还在"蓝月"打牌,见了我,有些吃惊地站起身来。我板着脸对他说:"你不觉得自己过分了?"

"如果是你,"凌说,"结果会不一样。"

"不稀罕。"我说,"你伤害我姐妹,就得向她道歉。"

"行。凌说,"你说什么都行。"

"那么不打牌了,"我说,"跟我去宿舍哄她。"

"你想好了?"凌说,"你确定?"

我怕再说下去,他会真的说出什么来,我转身离开。

不管怎么说,我讨厌他让阿朵不开心。其实更重要的是,我不相信凌这样的男生会为谁而停留,他踌躇满志,爱情永远只能是调味品,我才不会上当。

没想到第二天凌真的来道歉,说了不少好话,我说你说再多也没有用啊,最好是唱首歌,凌就真的唱,好几首歌串来串去逗阿朵开心,阿朵虽然安慰了些,但是笑容还是牵强。

我悄悄地走开,心里渴望凌能更多地安慰阿朵。

3. 月光倾城

凌毕业的时候在离这里不远的一座城市找到了一份相当不错的职业。我们一起祝贺他,那晚他多喝了一些酒,大家都有一些伤感。

那天晚上,女生宿舍的楼下突然传来很优美的吉他声。那时我们刚刚梳洗完毕躺上床,那吉他声就完美无缺地从窗口飘了进来。阿朵扑到窗口,然后我听到她压低声音的尖叫:"凌,是凌!"

真的是凌。

凌在唱一首我从来没听过的歌。

夏天夜晚的月光像轻纱一样笼罩在他的身上,从四楼往下看,只能看到一个模糊的剪影。整个女生楼都沸腾了,有女生跑过来对阿朵感叹:阿朵你真是幸福啊,八十岁的时候也不会忘记有人这样向你表达过爱情。

阿朵在那样的歌声里痛哭失声。但是她没有下楼。

我也没有。

凌唱完后就起身走掉了。

我坐在我的小床上抱着腿,心却一路追着凌的脚步而去,月光一下子变得铺天盖地,但我没有表露伤感和激动的机会。

全世界除了凌,只有我知道,那首歌其实是唱给我的。

我有把握。

凌走后整整一年,我和阿朵都不再提他,仿佛从来不认识他一样。别人谈恋爱的时候,我们就关在宿舍里下棋。爱也好,恨也好,我知道我们都想念凌。但是我们都不说。

后来我知道那晚他唱的是《月光倾城》,就把歌词抄在了一张纸上,然后把那张纸压在我的枕头下面。我没有告诉阿朵。

4. 重逢

没有想到会和凌重逢。

那是我们毕业的前一天。天热得让人喘不过气来,炽热的阳光无孔不入。离愁别绪像夏日骄阳一般折磨着我们。阿朵比我幸运,她在北方的父母已经替她找到了合适的工作,我高不成低不就,只能等待机会,心情一直处于低谷状态。

阿朵说:"冰淇淋我有个好主意,我们去买两条一模一样的裙子来穿,回家的时候一穿这裙子就想到对方。"

"好。"我说。

我们穿着一模一样的大花裙回到学校的时候已经是黄昏了,在学校的门口我们见到了凌,他背着一个背包,风尘仆仆的样子。看到我们非常地开心,说:"看看你们俩,真恨不得是孪生姐妹才开心。"

那天晚上我们一起吃饭。我喝了很多的酒,醒来的时候,是躺在宿舍的小床上。阿朵正在收拾行李。我记得,她的火车应该是中午十一点。

我的头还是有些疼,呆呆地看着阿朵忙碌。看了半天,忍不住问:"凌呢?"昨晚的事我真的是一点也记不起来了。

"在楼下。"阿朵说,"一会儿送我去车站。"

"他专程来送你的吗?"我撑起身子,装作若无其事地问道。

"也许是吧。"阿朵笑得有点诡异。

"可是你要回老家,你们怎么办?"

"那有什么?"阿朵说,"两情若是久长时,又岂在朝朝暮暮,冰淇淋你还记得我跟你打过的赌么,看我们毕业后谁先恋爱,你说我这算不算是赢了?"

"当然算。"我说。

5. 阿朵的信

凌果然在楼下,他成熟了很多。我不敢注视他。我想起很早以前在书上看过的一句话,那句话大意是说爱上一个人也许只需要一分钟,可是忘记却需要长长的一辈子,看来真是这样。

我想这一次是阿朵让他回来的吧,阿朵总是比我勇敢,既然忘不掉就努力地去争取,所以她可以得到想得到的任何东西,也可以比我幸运。想到这里我沮丧极了,至少昨晚不该喝醉,那么还有机会听凌唱那曲叫《月光倾城》的歌。

在站台上我和阿朵哭得很厉害。火车要开的时候,阿朵伸出手来和我紧握,松开后,我的手里多了一个淡蓝色信封。

车开了,我迫不及待地拆开阿朵的信,四年来,这还是阿朵第一次写信给我。

亲爱的冰淇淋:

当你看到这封信的时候,我已经离开了你的身边(这话真老套,不过你原谅我吧)。

抱歉我是一个那么粗枝大叶的好朋友,让你无端地受了那么多的委屈。

不过,我已经将功补过了,不信,你往身后瞧瞧?

我只是把你放在枕头下的歌词寄给了他而已,其他的,我可什么也没说。

我亲爱的朋友,我知道你是如何真正地爱着我,这份友情是我永远也不会丢掉的美好财富。我真的愿意输给你。

恋爱吧，冰淇淋！

永远爱你的爆米花

我转过头，在火车的轰鸣声中，凌正把手插在口袋里，朝着我微笑。

我是你的
爱情调味品

■文/崔 浩

　　我是惟——个目睹孟憧三次恋爱失败经历和无数次伤心记录的人。这一点如果我不说,孟憧永远不会知道。

　　高中毕业那年,我和孟憧同时考取了省城的一所大学。在一个古老的地级市,我和孟憧是家门相对的邻居。临行前,孟憧的父母让我替他们照顾孟憧,我以一个男子汉的名义昂首挺胸地应答下来。孟憧也当仁不让地抱住了我的胳膊,一脸的阳光灿烂:"理所当然!谁让你是我的大哥哥!"事实上我并不愿意做孟憧的大哥哥,不仅是因为我只比她大一岁,而且这个称呼太过于明朗过于扩大两人之间的直线距离。

　　但孟憧却一心一意地把我当成了她的大哥哥。大一一年我共找过孟憧32次,在前10次她的舍友戏称我是她的情郎,10次都被孟憧否决,她固执己见地向每一个舍友解释我是她的哥哥。从第11次开始,她的舍友见我必称哥哥,认定了我是孟憧的亲表哥。我有苦难言，只好理直气壮地以哥哥的身份照顾孟憧。有时我也不免窃想:也许孟憧情窦未开,有谁可以保证有一天哥哥不会变成意中人?

本来大——一年内我可以去找孟憧40次,但到第32次找她时舍友声称不在,竟说她约会去了。我一路走一路想一路气愤难当,孟憧不会看出比亲哥哥还亲的哥哥在过分热情和关爱下隐藏的私心杂念,她怎么可以这么做?她竟然可以事先没有丝毫征兆地去谈恋爱。

一周后,孟憧乖乖地主动找到我,向我承认了事先没有声明的错误,然后又挤眉弄眼地把我逗得挤出一丝笑容,就一把挽住了我的胳膊:"哥,你帮我参谋一下。他叫何林,一下子送了我三枝玫瑰花,我陪他看了一场电影。何林问我对他的印象如何,我说初试合格,等候通知参加复试。哥,我的幸福在你的手中,帮帮我好不好?"

于是我就打扮一新和孟憧一起考试何林。何林一见我就伸出手来,笑得很自信:"你是孟大哥吧?我是何林!常听孟憧提起你。"我纠正他的错误:"我姓叶,全名叶蓬。孟憧没有告诉你?"

何林的笑容没有了,看看我,又看看挽着我的胳膊的孟憧,明白了什么:"原来如此!孟憧,你耍我!"然后飞也似的跑掉了。

孟憧一脸的惊讶与不知所措:"何林,他,他怎么了?"这个孟憧,是真糊涂还是假装聪明?我只好实言相告:"孟憧,你怎么选上了这样一个小心眼的小男生。所以说,以后凡是有任何重大举动都要先向我请教一番,知道吗?"孟憧不知有没有明白这一点,只是连连点头称是,乖巧可爱得像是一只小小鸟。

孟憧第一次恋爱被我有意或无意中扼杀了,而且不动声色不着痕迹。我暗中为自己果断出招叫好。

我和孟憧如此相安无事地过了两年平静的生活。我们交往

103

密切,互相关怀和照顾。但孟憧对我无数次的暗示均视而不见,不知她是假装还是真的无心。好在孟憧一直在拒绝众多男生的追求,乖乖地和我在一起。尽管我们两人对此事的认可方式不一样,孟憧认为我们是兄妹,大大方方的友谊关系,我却私下认为是恋爱,亦假亦真的恋人关系。我不管这些,只要两人在一起就行,日久生情或者造成既成事实都可以,过程可以不同,但目的是共同的目标又有何不可呢?

然而还是我错了。错不在于我的用情专一和执著,而是因为孟憧的多情和对我的忽略。大四时孟憧又遭遇了一场恋爱,一场来势凶猛、轰轰烈烈令人猝不及防的恋爱。仿佛一阵风就将刚才还在我身边小鸟依人的孟憧刮得无影无踪。

事情的发生是这样的:孟憧打电话找我时我不在宿舍。回来后舍友传话给我说孟憧让我近期内不要去找她,她会很忙,忙到没有一点时间见外人。这是什么意思?我有些质疑舍友的夸张。舍友的表情有些怪异:"不知道你到底是怎么一回事?不知道你们到底是怎么一回事?我敢打赌,你所谓的妹妹又将上演一场史无前例的恋爱!"

我一连去孟憧教室和宿舍突袭了不下20次,结果我的执著和固执打动了孟憧的同学兼舍友颜妍。她用一种复杂得让人心跳加速的眼神看向我,声音轻柔得如一泓秋水:"那个男孩儿叫季风。孟憧不让我们告诉你,但我实在不忍心。如果你确实孤单,我可以陪你走一走。"

我想最没出息的我却干了一件最为勇敢和光荣的事,我大手一挥,颇有"风萧萧兮易水寒,壮士一去兮不复还"的慷慨与悲壮,只说了三个字:"谢谢你!"然后毅然决然地夺门而出。

季风果然是季风,来也匆匆去也匆匆。一个月后,正当我灰心失望暗下决心再也不肯原谅孟憧的第二次背叛之时,孟憧眼泪汪汪地前来找我。一见我的面，孟憧二话不说拉起我的手就走。一向颇以为有些英雄气概的我又做了一件平生最没出息的大事，我低下头一言不发地跟在孟憧身后，乖得像个做错事的孩子被母亲领回家。

走到操场上的无人处，孟憧毫不客气地借用了我的肩膀，泪雨纷飞哭了个淋漓尽致。我只好轻轻地用双手抱住孟憧的肩膀，任凭她的泪水浸湿我刚刚买来的平生最贵的一件衬衣。

持续了 5 分 36 秒，孟憧抬起头来，一双红眼睛气愤地看着我："人家哭了那么半天，连劝都不劝一下，真不够朋友!"什么，我简直要七窍冒烟了!你欢乐时只顾自己欢乐，你失恋了或者被人甩掉了却要我为你分担忧愁，究竟是谁无情无义，重色轻友?但我是一个男人，岂能与小女子一般见识。我让笑容堆在脸上："孟憧，失败是成功之母，所以失恋是恋爱之母，你也不用太为一些不值得的人伤心。再说，你不是还有我吗?"

孟憧不哭了，小脸一仰："谁失恋了?是我把他一脚端了。臭季风，不知道我爱他有多深，居然同时和另外三个女孩打得火热。真是大笨蛋，捡了芝麻丢了西瓜!"我真的无法形容自己的心情，心一直痛到深处。孟憧，你看到我的笑却不知道我的泪;孟憧，你懂得我的好却不明白我的心。

我还是笑："是呀，谁也没有我用情专一，你为什么不选我呢?季风是随季节而变化的，一年有四季，所以季风有四个女朋友很正常，你又何必大惊小怪呢?"

孟憧忽然柔情万丈起来："叶蓬，我很想爱你，可是我觉得我们距离太近了，近得让我对爱情失去了幻想。"见我脸若冰霜，不为所动，孟憧眨了眨眼睛："好吧，别生气了好不好?让我考虑考虑，考虑好了就一言为定嫁给你!"

大学毕业后我们都留在了省城。孟憧一直以来什么也不说，她的投入没有我的多。对于孟憧，我自始至终得不到她一点感动的回应。爱的回报也应该是爱，而不是别的什么。

孟憧再一次毫不留情地伤了我的心。这一次她爱上的是她的上司，一个有家有室、事业有成的中年男人林常。我无法诉说自己的感受，也不想劝说孟憧放弃。孟憧应该明白自己到底在做些什么以及她为什么要这么做。

孟憧找到我时我正在无所事事地翻一本杂志。孟憧忧心忡忡的样子表明她又一次完全投入了全部感情。为什么始终不是我？我不让失望和无奈写在脸上，静静地聆听孟憧的烦恼。

"叶蓬，教教我，我该怎么做？林常一直对我说他非常爱我，可他又不肯离婚，总是找各种理由推脱。我想离开他又下不了决心，只有你能帮我了。帮帮我，好吗？我好累，三次恋爱都是伤心之旅。"

孟憧依偎过来，一脸的无辜与企盼，摇动我的胳膊："叶蓬，所有朋友中我最相信你。我们做了六年的朋友，再有两年就赶上抗日战争了。风风雨雨坎坎坷坷真不简单呀！叶蓬，为什么你就这么好呢？为什么你这么好，到现在还没有找一个女朋友呢？"

我想一个女人再傻也应该明白一个男人守在她身边长达六年之久是什么意思，一个男人没有任何理由和借口为她做任何事是为了什么。孟憧不是不明白，是她故意在这么做。而她这么做的惟一一个原因就是她不爱我。

我实言相告："孟憧，你爱不爱我没有关系，但你必须爱自己。赶快离开林常，不要再和这样的已婚男人玩感情游戏。你的爱情是你的全部，而他对你的感情只是日常生活的一种放松，日常饭菜中的一点调味品。"

孟憧走时忽然无限感慨地说："晚了，一切都晚了。叶蓬，我怀了林常的骨肉。"

孟憧仍与林常的感情纠缠不休，而我已彻底走出了对孟憧6年的渴望和守护。因为我认识了项佳，一个有个性、有见解且对我温存似水的女孩。就如爱孟憧不需要理由一样，爱上项佳我也无法准确说出爱情的动力源自何方。我对项佳如实地诉说我6年的感情奔波，项佳久久无语。终于她双手环过我的脖颈，肯定地说："一个男人如果6年一直去爱一个忽视他的女人，并且远离她的欢乐安慰她的悲伤，你是我心目中的爱情神话和偶像。我希望我是上天送给你的礼物，因为你深沉似海的情感总需要有一个宽容的女人来收藏。但愿我是！"

　　我将要和项佳结婚的喜讯告诉孟憧时，孟憧一脸的惊讶和难以置信："我已离开了林常，正准备告诉你，为什么你不等我一下？为什么？"

　　项佳从我身后闪出，向孟憧伸出手来："孟憧，我和叶蓬认识刚刚6个月，6年了你始终不肯将感情托付给他，而6个月我就决定将一生托付给他，这是原因之一。"

网络测爱

文 /黄源来

快下班的时候许莹打来电话，说她在学校让我去。接电话时，我清楚地看见安装不久的来电显示话机显示的号码是县城的。她总是这样，不时耍点小聪明。我说我今晚有事。"不会是跟女孩约会吧？"我不知道怎么跟她说，搪塞几句，草草收线。

许莹和我从小学到大学一直是同学，毕业分配也在同一所中学，只是我未报到被借用到县委办公室。认识我们的人都认为我们是天造地设的一对，我们的关系比朋友亲近比恋人差一小截。许莹好几次营造气氛引导我说出那三个字，可话到喉咙口，我就是说不出来。关键的时刻，我都潜意识地躲避她挪近的身体。我多次对自己说，不爱她就离开她，不要误了她的青春，可我总是把持不住要去找她。

许莹周末回县城总先到我的单身宿舍，帮我打扫卫生什么的。忙完之后，她就用我的网名上我常去的聊天室。她并不喜欢网上聊天,她的真正目的是检查我是否有中意的 MM。

跟嫣然打得火热,我以为是偶然,不想那是必然。

那天,我常去的聊天室里七嘴八舌都在谈论甲A联赛。我本来就没有相对固定的聊天对象,对足球也一窍不通,刚想离开,一位网名为嫣然的新客主动跟我打招呼。这天,我们聊得很开心,于是相约每晚九点网上见。

聊了数天,嫣然竟然从我的语言中猜出我的职业、年龄、爱好、外貌、生活习性等等,我也向她描绘她在我的心中的容貌,我问她是否吻合,她含糊其词说大概如此。

网上遇到嫣然后,我没再去找许莹。许莹也破天荒周末没来找我,可几天后的一个晚上,她突然来到我的宿舍,依旧查看我的信箱,问我:"你的信箱怎么全是编辑的邮件?常上网,遇到中意的美人没有?"

"瞎侃吧。"

"听说有人迷恋网上恋情,结果弄得家破人亡妻离子散。"

"虚拟世界,真真假假,但肯定也曾成全若干美好的姻缘。"

"你也想成为若干中的一员?"

我不敢深谈下去,岔开了话题。眼看九点将至,许莹没有回家的意思,我急得在宿舍里踱着步。许莹占着电脑,津津有味地聊着天。差两分钟就九点了,我紧张地注视着荧屏,担心嫣然出现点击我。"你怎么平白无故冒汗,是不是病了?"许莹回头看我,我摇头。"没事就好,我不玩了,你也早点休息吧。"许莹突然离开电脑桌。我长长舒了一口气。

"你怎么才出现?"

"有事刚回来。"

聊了十来分钟,嫣然说她手机响了,要去接听。回来后问我:"我刚接到一位一直在追我的同事的电话。我没告诉他在跟你聊天，你说，我这种心态是不是说我有点爱他。虽然我在公开场合说过不爱他。"

"爱与不爱真的很难说。拿我来说吧，我以为我至少有些爱她（我和许莹的事，我曾告诉过嫣然。）但认识你之后，我才体验到恋爱的感觉。我越发觉得我和她肯定没戏。"

嫣然许久才回话："这么说，你不爱她，从来没有爱过？"她的打字速度突然出奇地快。

"你怎么啦？你打字的速度可从来没这么快。"

"我激动。你真的不要她？"

"不是要不要的问题，我们本来就没什么。"

"好！你有种，我们见面。你敢跟我见面我就相信你一点也不喜欢她。"见面？我懵了。电脑上立即显示："时间，明天晚上六点整；地点，中山公园第七张椅子；接头标志，左手拿一束玫瑰。"她不由分说下了线。我等了一个多小时也不见她回来，只好也断开链接。刚想把所有"证据"销毁，想起明天的约会，我犹豫一会儿，决心将它们留着：以此为契入点，让许莹有个缓冲的空间。

嫣然的突然约会，我激动了一天一夜。下了班，同事走了，我稍微打扮一番，拿起早已准备好的玫瑰准备出去，电话骤然响起，又是许莹刚刚打过的电话号码。犹豫一会儿，刚想去接，却断了线。看看手表，不赶时间来不及了。

傍晚的公园很冷静。在第七张椅子坐下刚好是六点，左寻右觅就是见不到一位拿玫瑰的女性。时间一分一秒地过去，我借着路灯故作平静地翻阅手上的书。眼睛盯着书，双耳却倾听周围的脚步声。有点不耐烦地站起来，搜索的目光却望见一个熟悉的身影，是许莹；她一闪就不见了。我恍然悟到这是许莹设计的圈套，一种在大庭广众之中被剥光衣服般的耻辱激怒了我，我恨恨地把鲜花一扔，大踏步往单位走去，脑中一片糊涂，全不管紧急刹车的司机的恶骂。

"源仔！源仔！"是许莹在唤我，我连头也没回。她气喘吁吁跑过来，搜着我的手，"你不要命啦，车辆这样多。"我抽回手，穿过马路，甩开她。

我把自己关在宿舍里，任凭许莹如何敲门也不开。没有比让人窥视到隐私更叫我尴尬的事，对许莹的厌恶与痛恨占据着我的心。

许莹再次来找我时，我对她已无爱无恨。她诚心诚意给我赔不是，说她是爱我到不能自持了才出此下策。我满不在乎地冲她说："过去就让它永远成为过去。"许莹垂头丧气流着泪离开。

几天后，我打开信箱，收到嫣然的一封信，她说那天傍晚，她背着许莹也到中山公园，她看到我丢魂失魄的样子伤心了好几天。她说："许莹是我表姐，我帮她是觉得好玩，想不到给你造成伤害。心灵的创伤是一种难于愈合的痛，我深有感触。你知道吗，从表姐那儿我了解了你的许多情况，在与你网上交谈中，我悄悄爱上了你，只是因为她是我的表姐，我不敢做对不起她的事。如今，她告诉我你们之间没戏了，我心中窃喜，要是你对我真的有一点感觉，周末同一时间同一地点同一标志，我们再见一面，好吗？"

我应约而去，嫣然虽然没有许莹漂亮，但我的眼睛还是为之一亮。爱情就是这么不可思议。

两年后，我和嫣然结婚。洞房花烛夜，嫣然却告诉我，说未见面之前她根本没有爱我的感觉，之所以那样写，只是给我一点安慰。她说她以为我看了信之后会一笑了之，不会再去约会，以牙还牙惩罚她，想不到我还是傻乎乎如约而至。她说："看到你正儿八经的样儿，我心动了。""你以为我不会去，为什么自己去了？""就担心你万一去了见不到我，那伤害无异于伤口上撒盐，你非一蹶不振不可。"真诚相对，我们的心才越走越近。

■文/杨晓丹

说来或许令人无法相信，我的初恋仅仅是一个淡淡的影子。岁月如梭，许多情节现在回想起来，固然有种因天真而衍生的浪漫，却总不免感觉有点可笑，当然也有点点遗憾。

那时正值豆蔻年华，与父母一起住在机关大院里，因为住户多，彼此间不是很相熟。同龄人也多，但我是不太爱主动搭理人家的。每天抱着书本早出晚归，星期日邀一两个同学来打羽毛球，或者围着花坛谈理想和人生，日子虽过得平淡倒也很轻松开心。

有一天回家后，意外地发现临院的窗台上夹了一封淡蓝色的信笺，没贴邮票，也没有署名，展开一看，立即被那一手清秀飘逸的书法吸引住了。信写得很短，说知道我的名字，并经常见到我，感觉我是一个快乐善良的女孩，很想能与我通上几封信，感染一些快乐的气息。如果我能应允，就敞开小窗，他便会写来第二封信。

信写得很简单,不知为什么我的心却"怦怦怦"跳个不停。虽然我不是个封闭型的女孩,但因为爱读书的缘故,心思细腻早熟,我嗅得出埋藏在平淡语句背后更深一层的感情。可是鬼使神差,我还是开启了那扇小窗。

第二封信果然来了,署名为"章",他谈了自己的个性及抱负,说最喜欢在阳台上欣赏我与同学们打羽毛球的风姿。他说他准备考美院,听到我的笑声他的思维才活跃,只是不明白既然我这么爱笑,为什么对周围的邻居,却总是板着脸一副严肃的样子呢?

我仿佛从来没听过周围有个名叫"章"的男孩,我回了封信放在窗台,总想认识他,另外请他帮忙画张肖像。

他的信总在黄昏我回家之后就能发现,那时正值初夏,明媚的阳光加上心中的秘密,让我感觉生活的无限美好。他画了张肖像给我,颇为神似,看样子已注意了我很长一段时间了。只是他不肯与我见面,怕破坏我心中的感觉。

我们住在同一个大院里,每天闻着同样清新芬芳的空气,在同一条小径上散着步,甚而称呼同样的一些邻居为"伯伯、阿姨",可是我却不认识他。我与一个不曾相熟的人经常通信,告之他我的一切喜怒哀乐。为了他,我甚至荒疏了课本,甚至不再与别的男生说话。

为了知道他是谁,我走路都变得有些神经兮兮的了,见到院里每一个带些书卷味儿的斯文男生都怀疑是他,末后却又一一排除。我更加频繁更加招摇地邀朋友来打球,为的是发现立在阳台上观看的人。可是我失望了,每个阳台不是空空无人,就是仅有某个主妇在晾晒衣物。他做得那么天衣无缝,简直让我怀疑他是否存在,只是每天的一封信,或是一幅小画,又证明着他虽然神出鬼没,却真实存在着。

渐渐的,我们的信里已开始涉及那些滚烫敏感的诗句了。一次他寄来一幅画,是枝半开的玫瑰,我在画上补了一道流水,写上:花自漂零水自流。一种相思,两处闲愁。还寄给他。第二天,他终于在信里说:"晓丹,我相信你的血管是涌动的,是同我一样的灵性,让我们见见面吧,或许面对面的交流能让我更深刻地了解我。"

我们约好明天黄昏,在花坛前见面,因他认识我,就由他先呼喊我。

第二天,我简直无心上课,下课后就一路奔回家,穿上最漂亮的裙子,系上最靓丽的发丝带,甚至涂上了妈妈的口红,然后拿上了一本书,来到花坛前。

许多人从我身边走过,投掷来不同的目光,我也努力睁大眼睛,在路过的人身上扫描:这个,不会是,那么土气;那个,不会是,一脸的痘子;他么?更不会是,长得太难看了。可是等到月亮穿出了云雾绽放出温柔的笑脸,呼唤我的人却始终没出现。带着满心的失望,我怏怏不乐地离开了花坛。

接连好多天我都没有收到章的信,我放在阳台上的信他也没有拿走。我头一次领会了什么是失落,一种莫名的哀伤笼罩了我的心房。

终于,当夏季快要结束时,我的窗台上出现了"蓝色天使"。章写道:"对不起,晓丹,或许是我的过错,艺术家都是完美主义者,对别人要求太苛刻,却忽略了自己……那天,当我发现一个打份俗艳的女孩将不屑的目光从我脸上移开时,我就知道,我们是不可能的了……我将离开长沙,因我已考上了理想的大学,或许不会再见到你,但你悦耳的笑声我永远不会忘记。"

我的泪水慢慢溢了出来,湿透了信笺,轻轻一扬,我将它扔进了风里。

　　我从头至尾"爱"的是一个没露过面的人，一个淡淡的影子。我想或许那时我与他因为年少无知才仅会将目光停留在人的表面。可是爱一个人，本身就意味着得具备某种勇气去接受所爱之人的种种缺点与不足。明白这一点，需要多长的年月啊！所以初恋虽然美丽，却因为不成熟而容易失去。

■文/猫 猫

为爱疗伤

一

宛儿失恋了,故事老套却真的让人很伤心。窗外正下着瓢泼的雨,宛儿坐在计算机前,输入了一个网名:raingirl,她正在申请加入一个网上交友俱乐部,在个人简介里,她写道:我是个雨中的女孩,希望网络那边的你可以为我打一把伞,带我走出雨季。

二

回应很快就来了,是一个叫蓝迪的男孩。他在E-mail里写,雨女孩,请把你的故事告诉我吧,我也许没有伞,但我会伴着你,一起跑出这个雨季。

宛儿回信给他,她在信里告诉他整个故事,用一种极其平淡的语气。宛儿不知道蓝迪能不能看出她的悲伤,但她现在已经可以用旁观者的心态来看整个事件了,虽然她心灵上的伤口还在,但血已经止住了。

蓝迪的回信很快,出乎意料的是他并没有写什么安慰的话。"我不想说什么",蓝迪写,"你一定已经够受了,还是告诉我你未来的打算,看看我能够帮你做些什么。"宛儿起初有点担心蓝迪是个坏人,网络这东西,就是这样令人无法看清对方,但是现在看来,蓝迪是个务实的男孩,宛儿也就尊重起他来。于是,她告诉蓝迪因为失恋也许会放弃考大学,结果蓝迪在回复的 E-mail 里果断地说,把你的电话给我吧,宛儿,让我每天督促你读书。

宛儿觉得有点突破,从 E-mail 到电话是个突然,但是宛儿禁不住还是把电话告诉了蓝迪,她实在需要友人的鼓励。

第一次接到蓝迪的电话是深夜 11 点半,清脆的铃声吓了宛儿一跳。

电话接起来,却是陌生的嗓音,"你好,我是蓝迪。"天!宛儿心里有一些说不出的失望,又有点松了口气似的。

"你好,我是宛儿。""今天复习得怎样?""哦,我……"很奇怪地,宛儿觉得蓝迪的声音有如一个兄长般,她很自然地与他聊起了学习,告诉他她的进度,而他也和她共同制定了一个学习计划表,要她照做。

"我以后每天都会在这个时候打电话来的,你一定要努力,一定不要让我失望。"结束的时候,蓝迪这么说。

宛儿愉快地答应了。

那天晚上,宛儿睡得很香,自从和他分手后,她已经好久没有睡过一个好觉了。现在,蓝迪的电话又给了她希望,她心想自己一定要好好读书,将来出人头地,做个名女人,让那个负心人后悔到死。

三

蓝迪是个说到做到的人,从此之后的每天深夜 11 点半,电话铃声总是适时地响起。

"宛儿,你好!"蓝迪总是这样开头。

"你好,蓝迪。""今天复习得怎样了?""哦,我复习到……"

在蓝迪的督促下,宛儿每天都努力地读书,不过,蓝迪除了读书的话题,很少和宛儿谈起别的,尤其是他的私事。他的长相、年龄、是否工作等等,宛儿都不知道。

在最初的时候,宛儿也问过蓝迪这些,但蓝迪说,网络就是网络,不要把它和现实生活联系起来,这样才是比较明智的做法。

终于要临近高考了,宛儿在电话里告诉蓝迪她新的忧虑。有一门课没有达标,必须参加一个由校方办的强化班,强化班天天都要上课,而且路很远,虽然只有 3 个礼拜,但是……

"蓝迪,我真的有点想放弃,只剩 1 个月就要考试了,路又这么远……"

蓝迪听后半晌不语。

"宛儿",然后蓝迪说,"如果我是你的男朋友,一定天天都来接送你回家。""蓝迪,你不要这么说,我心里很难过。""宛儿,你想要看看我的照片吗?"

"蓝迪,我……""我发给你。"

那时宛儿第一次看到蓝迪的照片,在打开电脑的时候,宛儿不知怎么,心里非常紧张。刚刚点击了图片,一张照片就刷地打开来,宛儿心里一跳,她没想到蓝迪是个如此英俊的男孩。那是一张半身照片,蓝迪在上面笑得如此灿烂,他有一双非常明亮而有神的眼睛。

"蓝迪,"宛儿说,"我看到了,你长得非常英俊。""谢谢你。我其实家里也非常有钱,我有自己的车子和别墅,你信不信?那张照片就是在我家别墅门前拍的。"宛儿想起那张照片里蓝迪灿烂的笑容后面如茵的草地,心里不禁有点向往。

"宛儿,我是不是比你男朋友的条件更好?""嗯……是的。"宛儿不知蓝迪为何要这么问。

"如果我做你的男朋友,你会不会忘掉过去?是不是觉得扬眉吐气?""……""我的确挺喜欢你的,可是我家里不会接受一个没有学历的女孩子,如果你能大学毕业,我就做你的男朋友。"……

宛儿没有想到蓝迪会说出这样的话来,但是这么多天来的交往,宛儿觉得蓝迪是个非常好的男孩,守信用,重情谊,而恰好是以前那个他身上所不具备的。宛儿想,如果这只是蓝迪用来让她读书的方法,那自己也就认了,如果是真的,宛儿禁不住希冀着……她并不太在乎房子和车子,而是蓝迪这样一个素不相识的灵魂,竟会如此关心着她,她实在是无以为报啊。

四

宛儿开始她最后的冲刺,每天她风雨无阻地赶到强化班,而每天当她回到家的时候,蓝迪的电话总是给她许多的温暖。

五

到考试那天,宛儿心里说不出的紧张和担心。不仅因为考试,还因为蓝迪。蓝迪终于答应她,等她考完试就到校门口来接她。宛儿因此在前几天格外地用功,绝不能让蓝迪失望!宛儿想,面包会有的,一切都会有的。

考试终于全部结束了,宛儿在校门口焦灼地等着蓝迪。校门口站了不少等女友的男孩,然而所有的人都走完了,蓝迪还是没有出现。

蓝迪没有来,他也不会来了,等宛儿终于确认到这一点的时候,她不禁失声痛哭起来。

而且,还不仅如此。蓝迪消失了,他再也不打电话,也不发E-mail给宛儿了。就好像世界上从没他这个人存在过。

宛儿并不恨蓝迪,他是来帮自己的,他也许是听了自己的故事无比同情,所以想要让自己振作起来。现在,他觉得自己的使命完成了,当然就功成身退了。他那么好的条件,怎么可能看中平凡的自己呢?又或许,他的那些条件都是他编造出来的呢,为了让自己有个美好的希望,努力去拼搏。

宛儿想,蓝迪是个好男孩,她真的感谢他,只是,从此以后,自己再也不会去相信网络了。

然而,故事并没有结束,一年后的一天,宛儿忽然又收到蓝迪的E-mail:

"亲爱的雨女孩,我是蓝迪,也许你已经不记得我,也许你心里还在恨着我,请你原谅。我现在已经在美国的旧金山,我有一点是始终瞒着你的,就是我并不是个健全的人,我是个坐在轮椅上的站不起来的人。我其实始终都记挂着你,但是那时我看着你每天如此辛苦地去读书,却只能够通过电话给你些许安慰,而不能亲自来接你、送你,我心里是多么的难过。本来,我已经放弃了希望,但是我答应了你,如果你考上大学,就要做你的男朋友,我不愿意你见到我的时候,我还是坐在轮椅上的模样。因此,我终于接受了我在美国的叔叔的帮助,来美国治疗我的腿。现在通过一年的治疗,我终于可以站起来了!我是多么高兴啊!虽然我那时是为了帮你,但是,叔叔说得对,帮别人有时候也是帮自己,如果没有你,我也不会有今天。因此,我现在第一个想看到的就是你,我的宛儿。医生说,等到了 2003 年,我就可以和正常人一样行走了,所以,我想告诉你,到了 2003 年,我会回来,回来见你,回来做你的男朋友,不知你还会接受我吗?"

　　宛儿不知如何形容自己的感觉,一切仿佛是个梦,然而又是如此的真实,宛儿禁不住要咬一下手指头才会相信。

爱你等于爱自己

■文/袁 焱

大学时代崇尚"爱你等于爱自己",那么,爱一个人还需要什么理由吗?我和涛的相爱很简单,只是彼此欣赏的同时,常常有种默契存在,让我们心照不宣地认肯这份情缘。

大二暑假,涛提出带我到他成长并久居的城市——福州市见一见他的父母。当时,跟涛和爱一起走,对我而言,就意味着我的幸福和快乐。于是,我带着对未来生活甜蜜的憧憬,欣然和涛一同登上飞往福州市的航班。但是由于天气因素,飞机晚点,凌晨一点零五分才抵达福州市。在飞机场,八点半就等候我们的涛的母亲和司机带车来接我们,令我更深感不安的是涛的父亲也在百忙之中早早在潮福城大酒店等候我们的到来,这样隆重而热情的场面,使我受宠若惊,像宝宝得到了心爱的玩具一样,毫无城府地满足,久久地沉浸在幸福之中……

经过半睡半醒间熬过的第一夜,仍在猜想着:初次见面每个细节都无可挑剔的涛的父母是否会真正接纳我？这担心不为自己，而为了心爱的涛。

在福州市，白天涛自告奋勇地为我做起导游。学习军事法学的涛还是个摄影迷。涛带我去看闽江，去看西湖，去逛熊猫园，去左海公园，去江心公园，去逛动物园，去鼓山，去逛夜晚迷人的步行街，去好世界……天呐！短短五天去这么多地方，如今回忆起来，当时真的是马不停蹄，分秒必争，不知疲倦。记得他的眼睛闪着光，并用他的相机记录下我当时纯洁、自然、快乐的无数瞬间。比我大五岁的涛留给我的仍旧是极具责任感的大男孩模样。涛说我是一块夹心饼干，生活在虚拟与现实间，时而又任性地沉默，令人牵肠挂肚、捉摸不定。

每天有涛在身边，我感到自在，很安全，我们都想要相守一辈子，可苦于一种相思两地闲愁，最后终于劳燕分飞。涛曾在我的手机上留下了这样的短信息："我的最爱，你牢牢占据我的心，你应了解我的为人我的态度，我一直认为有你也只有你，才是最最理解我的，我的女神，不要以一点挫折就否定我对你的爱，你是使我动心动情的女孩，我终身都会保证对你的爱。"我也给涛的手机留了短信息："刻骨铭心的爱拥有一次已是相当走运了，天下没有不对的父母，我只在乎你的选择。"

那个高温的盛夏，我却冷得发抖。于是，突然决定去大西北，我想看看高高的宝塔山和涓涓的延河水，看看嘉峪关的古长城，看看敦煌莫高窟的飞天女，看看额济纳旗夕阳中的骆驼队。欣赏那份凄美的荒凉的同时，我想问一问：生，一千年茂盛；死，一千年不倒；躺下，一千年不朽的大漠胡杨，这世间是否真的有超越时空缠绵悱恻的爱情？于是，我像中世纪的简·爱一样穿着黑色衣裙，一个人走进戈壁滩、大沙漠去凭吊我的初恋。

大四整整一年，我撑得好辛苦，拼命地学习和写作，几乎每个夜晚都躲在被子里流泪。

　　大学毕业后的日子平平淡淡的，所以那份爱才更坚实，更持久。明白了这些，爱就不会被生活所淹没。尽管我和涛天各一方，但心中仍为那份爱守候。因为有一首苏格兰民歌唱到："如果你爱谁，就该让他自由；如果他回到你身边，他就是你的；如果他不再回来，你就从未真正拥有他。"于是，一个雨天，我撑着伞走着，路过邮局买了一张明信片写道："世界上本来没有海洋，我每思念你一次，天便落下一滴泪，于是，就有了伤心的太平洋。一切没什么的，重要的是经得起考验的我们值得为爱守候。不为别的，只因你我深爱着对方。"填上涛留下的地址，我就有了心跳漏掉半拍的感觉，将明信片塞进邮筒，傻兮兮地坚信：冥冥之中注定我和涛有缘相爱一回，那么就一定会成全我们相守一世吧！

　　九年后，由于工作需要和个人努力，已是一个内心成熟的职业记者的我终于调至福州市。为我们相守的爱仍孑然一身的涛已成为当地小有名气的律师。如今，我们拥有一个人见人爱的儿子，婚姻美满幸福。

　　其实，生活是可以让人充分享用自己的时间和空间的。一个人所做的事情，即使付出再多，只要心甘情愿，就是一种幸福，只要不放弃，就会拥有感天动地的爱。因为"爱你等于爱自己"。那么，爱一个人还需要理由吗？

■文／温桂英

爱情骆驼

　　刚认识河时，他有一辆掉漆少件的自行车，这是他除了行囊以外的全部家当，为了生计，它载着河，穿梭在茫茫的人海中。日后，我们又赋予了这辆旧自行车新的使命和一个骄傲的名字——爱情骆驼。

　　我出生在秋天，这是一个收获的季节，可我却只收获了秋天中的一片落叶。坐着它乐呵呵地去浪迹天涯，没想到天涯那边没有家。异乡的高楼之上，我离星星近了，可我离家却远了。那赶不走驱不散的惆怅，埋在我内心深处。月下老人在天涯这边安排一个飘零的他，从此，不仅是我一个人在陌生的都市中飘泊，还有他。

　　那熟悉的路口，常常有一辆旧自行车，伴着那矫健的身影，朦胧中我感觉到爱从这里悄悄地开始。河在前，我在后，骑在爱情骆驼上，一路欢笑，好不潇洒，身后是被我拉下的女同伴们，她们拉拉手,挤挤眼,然后齐声喊道:"小鸟伊人飞呀!……"

口袋空空的日子,我们骑着爱情骆驼去旅行,寻找一些与口袋无关的游戏。看一看雾凇是不是还憨睡在枝头,悄悄走过,不忍心破坏那份宁静;看一看春草发了几个芽,心中装满了期盼;听一听雨点的心事,分担它那份淡淡的忧伤。原来,大自然中的万物是这般有情有意,我们得到了意外的收获。

夜幕降临,那一幢幢拔地而起的高楼,向人们展示都市每一刻的变奏,一扇扇窗口亮了起来,远远望去,像大森林中鸟的巢。这么多窗口,竟没到一扇属于我们,后来,我们终于想出了答案——那是还没到属于我们的时候,面包会有的,有爱情骆驼为我们作证。

斗转星移,日月记载着生命的轮回,我们已经相恋了三年,爱情骆驼便在我们中间奔波了三年。风吹日晒,酷暑严寒,它默默地坚守着自己的岗位,无怨无悔。一天,爱情骆驼清晨便停在我宿舍的门口,它的主人正默默地望着远方。原来,河是为了拥有自己的窗,要去异国他乡。我们的离愁倾泻下来,打了一个情结。身居异国他乡的河,在烈日下辛苦地劳作着,汗水打湿了脚下的土地,我不只一次地问,是不是爱就注定去漂泊,是不是爱就注定去等待?等待过了绿肥红瘦,时空早已把相思化作浓浓的酒。

一年之后,爱情骆驼佩带一个漂亮的铃铛,载着河,再一次经过那熟悉的路口,将我从宿舍接进一扇明亮的窗。就这样,没有婚纱,没有彩车,一路驼铃声声,我作了他的新娘……

风雨飘摇中,我们撑起了一个家,爱情骆驼自然也成了家中的一员,它驼回油盐酱醋,驼回平淡真实的日子。望着爱情骆驼日渐衰老的容颜,我们心中很难过,它和我们一起跋涉在爱的沙漠,不管怎样恶劣的环境,我们都未屈服,因为我们坚信前方有绿洲。

　　若干年以后，也许夕阳中走来了一对相依相伴的老人，来探望昔日的老朋友。膝下的儿孙在倾听着一个爱的故事。不经意间，将爱情骆驼的铃铛碰响了……

等待长大

等待长大

■文/Ki Ki

一

　　我和 TJ 是由别人介绍认识的，他比我大两岁，在 A 中。当时只觉得他好好玩，总是像个孩子似的不停地讲话，样子有些像漫画中的滕真。之后就半年没有联系，只是偶尔在路上见到打声招呼而已。

　　真正的相识是在暑假时的篮球场上。我是个视篮球如生命的女孩，他也一样。于是大家约好清晨 5 点到 A 中打篮球。在篮球场上，他可认真起来了，找不到一点孩子的影子，我们一对一，可我根本不是他的对手。看着他运球、过人、上篮、再运球，我只有兴叹的份儿。偶尔走"狗屎运"碰到球要投篮却被他一个"大火锅"盖了下去，让我这个有四年篮球史的女孩无地自容。我决定要在半年之内榨干他身上所有的运动细胞。玩累了，我就会坐在一边瞧他玩，一滴滴汗水顺着他乌黑的头发滑过白皙的脸庞，眼里闪烁着一份执著。于是每天操场上都会出现我和 TJ 练球的身影。空闲时，我会抱着篮球发呆，我发觉自己的心情开始起波澜了。

二

然而在感情萌动的时期，我和 TJ 之间却出现了"第三者"Ron，他是个高高瘦瘦的"眼镜兄"，也是 TJ 的同学。于是，两个人的球场变成了三个人，于是 TJ 变得不爱说话了。而"眼镜"却总是和我找话聊。都是些无聊的话，说他爱上了一个女孩，问我该怎么办？我当时大笑他的"无知"，看好了就追嘛。他似乎很激动的样子，说了声："好！"Ron 对我很好，每次玩球累了时总会及时送上一瓶可乐，可我对这种碳酸饮料并不感兴趣。

三

渐渐地，我发现有 Ron 在的时候，TJ 就很少出现，他总会以一些很牵强的理由为自己的不存在而辩解。很难得有一次我们三个人聚在一起，Ron 出去买水喝，TJ 很不在意地说了句："Ron 爱上你了！"我大笑 TJ"白痴"，并说这是不可能的事，除非 Ron 头上有包。

"你不相信？"他竟吃惊地问。

"如果他真追我，那我一定答应他。"我脱口而出。

TJ 没言语，似乎无所谓的眼神中藏着苦涩，之后便是沉默，直到 Ron 回来。

玩够了，想回家，我和 Ron 坐在了小巴的最后面，TJ 却以后面太颠为由,坐在了前面。汽车很顺利地向前行驶着,我觉得车内的气氛很压抑,让人有窒息的感觉。终于 Ron 开口了:"想知道我心中的那个'她'是谁吗?"我一惊,不会吧?难道 TJ 说的是真的?"哦,不,我不想知道!"我试图让 Ron 闭嘴。Ron 却控制不住自己:"不,我要说,'她'就是你!"……完了,脑袋好像十几台机器一起作业,轰轰地响个不停,我不知道该怎么办,只觉得这回死定了。我在半路就下了车,一个人在街上漫步,天好阴,像我的心情。一阵风吹乱了我的长发,不一会儿,就下起了小雨。雨越下越大,淋透了我灰色的心。想着和 TJ 以前的快乐日子,又想着他对 Ron 追我之事的冷漠,心里好矛盾,之后,我大病了一场。再之后我一赌气信守了自己的"诺言"上了 Ron 的"贼船"。球场上又由三个人变成了两个人。

真正和 Ron 相处后,才发现他是那么无聊,我深深感到没有 TJ 的日子,生活平淡得像一杯白开水,索然无味。然而我只剩下回忆可供参考,好可怜!

四

岁月走得如此匆忙,只让风扫落了满地的落叶。一个秋天的午后,我与 TJ 在路上不期而遇了。

"KiKi"他叫住我,"你还好吧!"他少了往日的欢颜,让我觉得好陌生。

"我很好,你呢?"

"我?我……我想告诉你,如果没有 Ron,那么,现在在一起的应该是我们!"……

我慌了,原来只以为自己是在单相思,原来他也和我一样没有勇气。我心里一阵乱。我好留恋,我又好后悔,为什么,当初那么轻率地答应了 Ron……之后我买了一对活蹦乱跳的金鱼送给 TJ,那是我的精神寄托。再之后我们又许久不见了。

五

直到有天晚上,我做了个噩梦,梦见 TJ 牵着我的手,在车水马龙的大街上跑。Ron 拿着枪在后面追,谁知我脚下一滑摔倒了。TJ 把我从地上扶起来的时候被 Ron 一枪射在了胸膛,接着是满地的鲜血和 Ron 阴险的笑声……

我被吓醒了,满头是汗,从眼角流下了晶莹的东西,咸咸的。我打电话把这个梦完完全全地告诉了 TJ。他笑了:"我说我不会那么笨吧,原来是你扯我后腿呀!"

我觉得好委屈,挂断电话,有种想哭的冲动。于是借来《星语心愿》连看了 3 遍。觉得我失去了 TJ 与秋南失去"洋葱头"一样的悲伤。我为"洋葱头"而哭,为秋南而哭,更为自己和 TJ 而哭,于是我学会了唱《星语心愿》。

"……眼睁睁地看着你,却无能为力,任你消失在世界的尽头……找不到坚强的理由,再也感觉不到你的温柔……就向流星许个心愿,让你知道我爱你!……"

觉得自己好幼稚好可笑。那只是梦而已嘛!为什么自寻烦恼呢?那个该死的梦,我恨它,也恨梦中 Ron 阴险的笑,可我也不想伤 Ron 的心,他对我真的很好。

六

但我发现我骗不了自己,因为我越来越讨厌和 Ron 见面。于是我就有了第一次的失约,之后是第二次、第三次……也许我所做的一切超出了 Ron 的容忍限度，周六中午他约我出来，说是有重要事。我们去了老地方。Ron 很直接地问："KiKi，你还喜欢我对吗？"那么可笑的问题，我没有回答。我不想说谎，我不想再玩这种虚假的感情游戏，但我没有勇气说出来。"你还喜欢我吗？"我又是沉默，望着天空发呆。当他问我第四遍时，我觉得自己心跳得好快，就像是火山即将爆发，我只丢下一句："我想回家！"拔腿就跑。身后传来 Ron 的哭喊声："KiKi！"好惨的声音。我捂着耳朵，心里想着："别追来，别追来……"我拼了命地跑回了家。

心里好弊闷，难受得很。我没有喜欢过 Ron，从始至终都没有，当时只是赌气。我想我是太坏了，为什么要伤害 Ron，而且又那么深？我的心麻木了，选谁？在爱你的人和你爱的人中做出选择实在是太残酷了！可是当硬币抛向空中的那一刹那，我心里早已有了决定！TJ！TJ！满脑子都是 TJ。我快崩溃了。之后 Ron 没有来找过我。

七

三天后，我收到了 TJ 的来信："……一对'红孩儿'没死，它们很快乐地活着……我好幸福，但我不能对不起 Ron，他真的好喜欢你！原谅我！……"还没有看完信，电话铃声大作："喂，KiKi，如果你还有点人性就把 Ron 留下，他在火车站，还有 20 分钟时间！""啪！"电话挂断了，是 Jon（Ron 的兄弟）打来的，好凶！

车站？20 分钟？发生了什么事？伴随着一大串的问号，我飞车赶到火车站。站台上没有多少人，Ron 背着包，站在那里。"Ron！"我喊着跑过去。Ron 先是一愣，然后说："你终于来了！"我鼻子一酸，强忍着没让泪掉下来，我说，"对不起 Ron，忘了我吧！祝你一路顺风！"我不知自己什么时候变得这样没有"人情味"。Ron 的脸色由刚刚惊喜转为大大的失望了。他转身一个箭步上了车。"呜——"火车开走了，我心里像卸掉了一个重重的包袱，一下子轻松了好多，我的天空又放晴了。

我给 TJ 回了信："……让爱穿梭于心灵的缝隙，把美丽绘进灵魂的深处，我会将它封存，岁月不能泯灭的东西，最终将再次弹拨心弦，让我们等待长大……"

后来，我的功课越来越忙了，已没有时间再穿梭于篮球场上，那个"惹祸"的篮球正静静地躺在角落里，等待明天，等待长大……

后记：二个月后，收到 Ron 的来信，信中说他在 C 城一切都好，偶尔也会想我，信的末尾还说我们永远是好朋友。我好感动！

我爱船长辛巴达

■文/红 豆

我一直在寻找一个辛巴达那样的男孩，他微微一笑，世界上没有无法解决的问题，勇敢、机智、幽默，给人以安全感，就像我的爸爸。

或许人生正如阿甘所言是一个巧克力盒子，你永远不知道下一块是什么，所以才应该等待和寻找。

那时候，我正寂寞着，日日夜夜上网，我用的昵称是"我爱船长辛巴达"，寂寞着的同时仍在聊天室里春风得意风花雪月。

已经忘了是怎么认识阿奕，因为实在有太多的人和我说话。很多人喜欢我，很多人骗我。他们对我说，你真可爱，你很特别，我喜欢你，你喜欢我吗？我都没当真。我怀疑他们都是骗子。

他们到最后说，打电话好吗？告诉我你的电话号码吧。

我说不。我对每个说喜欢我的人说我不相信，然后就不理他。接着再找一些会喜欢我的人。

我以为，我玩得很好。就像从温柔沁香的秋桂树下走过，弹一弹衣襟，只余千般幽香，却将满身落花万般坚决地抖下。

不是被人伤了心，只是铁了心的坚冷如冰，不希望被欺骗罢了。有谁会责怪我呢?那天，阿奕也就像个一般的网友一样，给我留下了电话号码。他对我说，给你打电话好吗?我说不。他又说，那么你打给我。我说不，没有钱。他说，给你发电子邮件好吗?我说不，我太懒了，什么也不想看。

后来，他半天无话，我以为他掉线了。准备关闭悄悄话窗口。他才说话了，为什么你这么防备?我愣了一会，回答:因为太多骗子。他说，我不是骗子，你相信我。我说，很多人都这么说。他说:我第一次让别人打电话。我说，很多人也这么说。他说，难道你没有感觉?我说，很多人说过了。

最后，他说，你才是个骗子。不过，还是打电话吧。再见。

我说，再见。

又和许多人海吹神聊了好久，只觉得越发寂寞无聊。我离开了那家网吧。心里想着他的那句话"你才是个骗子"，莫名其妙地笑了起来。

夏日的黄昏，懒且暖，夕阳下香尘细细，我突发奇想，在街边的电话亭里给他打了电话。

忘了他的名字，只记得他的姓。

装出小女生的口气，决定继续骗他。后来，IC卡里没钱了，我对他说，没钱了，如果你愿意，就打过来吧，我去外婆家，号码是……十分钟后过来，好吗?

他说，好的。又说，我不是骗子吧。

我笑了起来，轻轻地挂上了电话。

直到第二次通话，我才知道，他比我小一岁半，于是不能再骗他，语气也一本正经了起来，让他叫我姐。

他的声音非常非常好听,非常非常爽朗。

很多次我都会想起一句话:这一生,我们能够决定的事很少。可是,至少我能够决定,电话是打,还是不打。但,终究为什么还是打了那个电话呢?

我和他说了很多,因为素不相识,也因为距离。我说,我的眼睛很漂亮,我最喜欢辛巴达。我的初吻在三岁时献给了楼下的贝贝,它是一只小狗。我只喝红茶,还有,爱吃杏仁。他说,他一米七七,家住大连,很帅,十六岁,不是骗子,人很好。有一网友叫Vva,还有,他有一个女朋友,很温柔,并且,他那里可以收到辽宁卫视(那里正放辛巴达)。

有时候什么也不说,或许是极短极短的瞬间,沉默忽然移步过来,他的呼吸近在耳旁,我心底,有刹那的冲动,又满怀惆怅。

我们说的,无非都是一些没有意义的话,可是我很高兴,很开心。北方男孩特有的幽默、爽快,让我微微心动。

也只是心动而已。

罢了。

我想,我喜欢的还是辛巴达。夜色温柔,海浪轻轻起伏,月光泻在甲板上,辛巴达站在船头上,静静地注视着,他的目光那样温柔宁静。如星光下,狮子轻嗅一朵玫瑰花样的宁静。

阿奕,不是辛巴达,他说,他有女朋友。

我很久没有给他打电话,心情像一杯黑咖啡,在时间的餐台上越放越凉,终于灰飞烟灭。

最后一次打电话,他不在家,我跟他妈说,那个号码不能用了,我回家去了。

那天晚上喝皮蛋虾仁粥,微烫,氤氲的热气升上来,迷蒙一片,空调下我身心皆凉,把不知所以的泪滴在碗里,不断地提醒自己,爱与被爱,都是残酷的东西。

　　我只是没有想到，后来，我竟当真了。原以为，只是无聊生活里的一项消遣，只是假期里的一个无伤大雅的玩笑。我对自己说，如果你是一个骗子，又骗过了谁？

　　我们再也没有通过电话，他不知道我的号码，我没有再打给他。隔着一张网，我们很近，隔着现实世界，我们太远。我去了别的聊天室，真的没有再见过他。

　　然而我还是会想念他，在一些隐约的深夜时光，想念那些快乐的瞬间，和他诗一般的声音。

　　不知道告诉他电话号码会如何，再打电话给他会如何，或许他会喜欢我，或许我会喜欢他……所有可能与不可能的猜测，让我知道自己只是寂寞。

　　有时候午夜梦回，很希望问一问他，那个住在海边的，知道我爱吃杏仁的男孩，会不会是我的船长辛巴达？

我的窃贼女友

■文／于心亮

*很*多年来，总想拥有一头长发，长长地，飞扬在风里随着风儿飘。直到有一天，麦琪离开了我。她说：你伴着你混蛋的格子爬去吧。我说：不走行吗？麦琪说：不行。我点点头。麦琪就抚了抚我的头发，亲了我一下，然后没有说再见，就轻轻地走了，跟炊烟一样。

那个夜晚，我没有开灯，只是在黑色的夜里，吸着烟，数了无数颗红色的星星。

也就是那个夜晚，我决定留长发了。头发是人身上长得最快的东西，我不能让它轻易地弃我而去。因为我现在什么也没有了，我很孤单。

但是我还有胡子。每个清晨，我都会精心地将它们刈割掉，就像农夫蹲在田园里锄掉荒芜的杂草。因为胡子这东西不仅耽误我吃饭，而且还妨碍我吸烟。

以前和麦琪在一起的时候,我总是留着短发,平平的,只为麦琪喜欢抚摸我的头发,称我为"刺猬"。现在麦琪走了——我们分手了。我极少出门,连窃贼撬我的房门我都懒得理睬。窃贼不怕我,在我的房间里走来走去。我伏在桌子上专心致志写我的东西,直到写完最后一个字,我从衣兜里掏出一大把零钱来说:老兄,麻烦您出去帮我把信发了,余下的,留着买茶喝吧。说完话,我转回身来,然后我和窃贼就双双地愣住了。

窃贼说:我以为你是女人。

我说:我以为你是个男人。

说完以后,我们俩都很尴尬地笑了一笑。

窃贼说:你怎么是个男人?

我说:你怎么是个女人?

这一次,我们又笑了,很不好意思似的。我说:请坐。窃贼摆着手说:不……不了,我还有事,要走。我说:求你件事。窃贼说:啥事?我说:麻烦你去邮局帮我把信发了,余下的钱,你留着买茶喝,我只剩这么多了。窃贼看着我,掩住满面惊疑,小心地接过来一大叠的信还有一小把零碎的钞票说:谢谢你。我也说:谢谢你。

窃贼走时很小心地给我阖上房门,也许这是她的习惯,但是我很喜欢这种轻微的几乎没有声音的动作。我走到床边倒下去,心脏挤压着我的血液在血管里很汹涌地澎湃着。我想怎么会这样?说不定那美丽的女窃贼的身上就掖藏着一把雪亮而锋利无比的刀子。

我没有钱了,一分也没有。我喝着自来水啃硬面包。我想,如果有一根香肠就好了。屋外流浪的野风在吹口哨,一声一声的,很尖利。后来风跑到房屋跟前敲窗,我没去理睬,我在啃我的硬面包。再后来,房门就被打开了。我以为是风儿进来了,却不是,站在我面前的那名女窃贼。她向我伸手说：光贴邮票就花了 64 元，而你给我的钱总共才 42 元 8 毛 2 分，你还我钱。我摊开双手说：没有了，只有硬面包。

女窃贼在我的房间里走来走去地看着，她说：除了书还是书，你喜欢看书？

我说：不，我最喜欢看的是稿费汇款单。

女窃贼很正经地看我说：你是作家？

我说：不，我只是一名文学小卒。

女窃贼不再晃来晃去了，她坐在我对面，异常认真地盯着我的眼睛说：你肯定是大作家，你留着长头发。

我就在她的话语中很轻快地笑起来，我说：不以为我是女人了？

女窃贼不好意思地笑着去喝我杯中的自来水，她说：我叫米米，你呢？

我说：我叫老木。

黄昏到来的时候，我又走进桌子上台灯的晕黄里，我说：饿了，有硬面包和自来水。

米米说：好的。

后来我听到米米在一个劲地咳嗽，米米说：老木，你能不能不抽烟？

我就把烟掐灭了，捏着笔，愣着眼，在灯光下发呆。

米米说：怎么不写了？

我说：也不知为什么，不抽烟，就写不出东西来。

米米怔了一会儿，然后说：算了，抽你的烟写你的东西吧，我走了，记住，你还欠我钱。

我说：稿费来了，双倍还你。

米米撇撇嘴说：得了吧，还是先给你的硬面包里夹几根香肠吧！

在米米轻微的阖门声里，我燃起一根烟，却依旧迟迟写不出一丁点东西。我愣了一会儿，便把烟掐灭掉，然后悄悄走出门去。

屋外的月色很美，月亮很大。寂寞的广寒宫里，吴刚在伐树，桂花太香了，在太阳升起之前，吴刚总没有勇气砍下最后一斧。水样的月色里，我也闻到了很清晰的桂花香，那是米米遗下的。我一路循着轻追快跑，仿若一只觅食的田鼠。长发在我的脑后飘起，我感觉我快要飞起来了。米米在前方一个人走路，孤单着，只有影子伴她。我停下脚步，在她后面，慢慢跟着。有好长的日子没有走出屋门了，不知不觉中，街旁的老桐树已掉叶子了。

拐弯的地方，米米突然止住脚步，她用狐疑的目光看我，用警惕的声音问我：老木，你啥意思？

我站在米米的眼光里，嗫嚅着嘴唇说：我只是担心你，一个人走夜路。

月华如水，我见到米米亮亮的眼睛里突然有东西闪现出来，但随即就被米米随后拭去，说：谢谢你老木，回去吧，我没事。

我站在月光下，不动，长长的头发在我的腮边轻拂，有一点微痒，还有一点清凉。我脱下外衣罩在米米身上，说：夜黑风寒，小心着凉……

我赤裸着膀子回家去，路上打了无数个喷嚏，吓飞了栖在路旁老桐树上打盹的夜鸟，还引得巡夜的警察扭头注视了我老半天。

米米来还我衣服，依旧是悄悄地撬开我的房门，她提来姜汤给我喝。那一天依然有风，我们坐在房顶上看鸽子。风把我们的头发和鸽子们的羽毛都吹得飘浮起来，像流溪中荡漾的水草。米米把我的硬面包掰给鸽子们，看着鸽子们飞起飞落，米米很高兴,她问我:你为什么留长发?

我说因为我喜欢。

后来我也问米米:你为什么做……窃贼?

米米没有说话,只是笑笑,然后专心地去喂鸽子。

我们一直在房顶上呆到夜晚,一起看夕阳落山,看晚霞烧红天空,看月亮升起来,看吴刚抡着斧头一下下去砍美丽的桂花树……

晚餐是米米做牛肉面给我吃,味道很鲜美。我说我真想像牛那样,能在以后的日子里反刍回来,慢慢地含在嘴里咀嚼。米米笑嘻嘻地说:如果你喜欢,我以后每天做给你吃。

我说:真的?

米米说:真的。

我们认真地拉了勾,然后我去吞云吐雾地爬格子。而米米呢?则在鼻子上蒙了块湿毛巾,躺在我床上看书。米米说:我想洗手。

我说:门后有脸盆,盆里有肥皂。

米米把一只苹果扔到我的脑袋上,说:我想金盆洗手,退出江湖,你懂不懂?

这下我反应过来了,我说:那真是一件值得庆贺的事,说说,为什么想洗手?

米米说:我想一心一意做牛肉面给你这个穷人吃啊!

我的手一哆嗦,把稿纸给划破了。

米米说:你可以用电脑写啊,发 E－mall……

我说:当我每顿都能吃上一口热汤饭的时候,我立刻就把那家伙给扛回来……

米米说:这还不简单吗!

……

我把自己的长发规规矩矩地束在脑后，像一条老老实实的牛尾巴。这是我第二次出门，我想我应当把自己收拾干净一点。我去找麦琪。

麦琪不说话，用眼睛问我。

我用唾沫滋润我干裂的嘴唇说：求你，帮我救个人。

麦琪说：谁？

我说：米米。

麦琪说：米米是谁？

我说：给我做牛肉面吃的人。

麦琪的眼睛尖锐起来，她说：我为什么要帮她？

我说：只有你能帮她，因为你是律师。

麦琪冷笑起来，她把全身的汗毛都变成一根根毒刺朝我投射过来，她说：你有钱吗？请律师得花很多钱……

我把手中的汇款单递给麦琪，说：这是我收到的一笔稿费，280元，不够，还有我的衣服……

我赤裸着膀子走出麦琪的办公室。麦琪从我背后撵上来，她把稿费汇款单连同衣服一起砸在我的脑门上：让米米死在监狱里吧！

……

我给米米配了一把房门上的钥匙。这样，米米每次回来，都用不着撬我的房门了……

米米在街口开了一爿小面铺。三个月后，她送了一台电脑给我。我的双手在键盘上敲敲打打，没有时间来抽烟，反倒把烟给戒了。这样，米米就不必用湿毛巾来蒙住自己的鼻子了。

我的长发还是留着，风起的日子，依旧会飘。我常想，米米第一次到我这里来，如果不是见着我的长发，她是不是早就逃远了？

别人的女朋友

■文/赵 冬

我把女孩子分为三种，一种是一块冰，孤傲骄矜；一种是一瓶花，芬芳甜美；另一种是一片云，神秘飘逸。第一种我敬而远之，不接触，不交往；第二种我赏心悦目，初时浓，久时淡；第三种我心驰神往，昼思之，夜梦之。叫冰的女孩子实在不好接近。自尊心强的男孩子不会有兴趣征服她；叫花的女孩子的确温柔可人，她最容易捷足先登，在所有的女孩子尚未行动之前，就已经挽住了白马王子的胳膊；叫云的女孩子真真切切地让人魂牵梦萦，她总是远远地在那里轻盈地走来走去，想摸又够不到，想忘又挥不掉。她就永远缠绵在心里，朦胧地诱惑着你……

现实生活中，叫冰的女孩有可能成为对头；叫花的女孩有可能成为妻子；叫云的女孩有可能成为偶像。世界上能被称之为偶像的，就一定独具其特殊的朦胧，特殊的魅力。就因为朦胧，就因为神秘，就因为得不到，所以就永远让人为之钦羡，为之崇拜，为

147

之感慨，为之牵肠……其实，任何一件东西再昂贵，再珍稀，只要得到了，也就失去了其自身的魅力。

几年前，我曾有一位很不错的女友，正因为她各方面都非常出色，所以对我的要求也就特别高，伴随而来的就是许多不愉快。一位好友曾半开玩笑地对她说："可得把你的男朋友看住了，不要让别的女孩给抢跑啦！"她讲我听的时候，神态是那样无意，似乎这种担心是多余的。她告诉我，就因为她自己太出色了，才对我百般挑剔，我很不愉快。由于她对我的苛求，使我下决心要离开她。实际上，被她说成的缺点，在别的女孩子眼里恰恰都是优点。比如不爱讲话不善表达正是男人的深沉，不会来事不会献媚正是男人的个性。我现在理解她了，她是因为爱我才这样挑剔的，挑剔的目的无非是希望我这样去做一个完人。所以即使是优点，也总想在鸡蛋里剔骨。而我在其他女孩子的眼里，却是别人的男朋友，那种神秘和朦胧，使我又成了一个颇具魅力的男孩子。

自己没有女朋友的时候，总是欣赏别人的女朋友，漂亮、文雅、聪明、伶俐……可别人的女朋友再可爱也是属于别人的，并不属于自己。为什么这样的女孩子自己就遇不到呢？小说里，电视片中，似乎所有的男孩子都能寻找到一位可心的女朋友，但现实生活中可心的女孩子究竟都躲到哪里去了呢？越感到疑惑，就越容易听到一些有趣的论调，什么"儿子自己的好，女朋友别人的好，老婆也是别人的好。"什么"当你终生难忘地爱上了一个女孩子，那么千万别去跟她结婚，永远保持这份神秘的感情，如果跟她结了婚，那种神秘、那种刻骨铭心的爱将被岁月和时光磨砺得荡然无存。"失去了心目中的偶像，该多么残酷呵！

坐在花丛里读诗，一位身穿白裙子的姑娘向我走来，双手捧着一本绸面日记。她那轻盈的脚步声重重地敲击着我的心鼓，那目光令人陶醉。

"我是个爱诗的女孩，很想听听您对诗的理解，也希望能跟您学学写诗。"

好哇！好呵！我高兴地接受了她的请求："我们可以互相探讨。"

"我叫竹，是松的女朋友。"她在自我介绍。

我脸上的微笑和内心的欢喜一下子僵住了，对她刚才的那份热情一下子散远了。又是一位别人的女朋友，松是我的同学，关系很好。竹为什么要把松搬出来呢？是不是担心我会爱上她，先敲一下警钟让我听听？于是，我快快不乐地应酬着她，胡侃乱谈，两个多小时连自己也记不清都说了什么。从此对松也有了意见，他自己有个女朋友有啥了不起？干嘛让她到我跟前卖弄？嘲笑我么？等着瞧吧！

天是我的朋友，挑了好些年，终于挑了一个叫月的女孩子，乐得整天合不上嘴。有一次，天把月领出来向我介绍，多少还有点炫耀。我自然替天高兴，没想到月从此却经常光顾我的陋室。给我唱歌，为我说笑话，帮我洗衣，替我收拾房间。我有点害怕了，暗自告诫自己，自己是个君子，千万不能去夺别人的女友。

我开始对月冷淡起来，每次她来，我不再专门陪她，总是找些事忙着，不让她帮忙。我桌上的小镜框里镶着一张照片，那是我在白色的雪地里照的，月对我说："我喜欢有雪的地方，能不能把你这张照片赠给我？我非常喜欢那里面的白雪。"

我不好拒绝一个女孩爱雪的要求，只好把照片摘下送给了她，尽管我也挺喜欢月，但我却不能做对不起天的事。我忽然想起日本电影《生死恋》中的野岛，夏子和大宫……

过了一段时间，天愁眉苦脸地找到我，说月变了，他去找她，月连理也不理。问题严重了，我告诉天，让他去争取，我绝不再让月对我抱有幻想。

　　虽然我不再理月，月还是跟天分手了。有一天，月找到我，一边哭一边说："我不干涉你的选择，反正，我爱你！我要等你，一直等到你结婚那天为止。"

　　我不再羡慕和喜欢别人的女朋友了！别人的女朋友再美再好也是别人的。那三种类型的女孩子，不论哪一种，只要她是自己的女朋友，自己才能爱得深，爱得真，爱得理直气壮！

但愿还有雨

■文/小　明

天气在第二天就转晴了,雨后的第二天。

　　我坐在教室里,看着对面的白色建筑一点点地染上太阳的光辉,像嗅到了今后长长的酷暑天气般,有些悲哀。我那套着胶鞋的脚不自觉地在桌下乱蹬,仿佛才醒悟今早没有例行地晨跑。前桌夸张地惊叫一声转过头,瞪起那美丽的眼睛质问我:"喂!你怎么回事啊?"我从报纸堆中抬起头,装出无辜的样子,一下就成了毫不知情的人。她气呼呼地骂道:"你少跟我装样了!你的腿有毛病啊知不知道烦着人家,拜托别那么自私好不好!"

　　我扬了扬眉毛,刚摆好反驳的姿势却忽地没了兴趣。我知道前桌不是个气量狭小的人她只是无聊,无聊得再不能克制自己去学习无聊的东西,无聊得连听歌看小说都讨厌除了睡觉外不知做什么好,无聊得甚至希望和人吵吵架。因此当我只对她耸耸肩膀时她就极失望地转过身去。

我没有叹气，把视野重新调到窗外，顷刻竟感到了无语的震撼：太阳的光芒已迅速占满了整面的墙，动作敏捷毫无商量的余地，教室也被映照得亮堂堂。我懊悔错过了刚才的过程，一边让那光强烈地刺激我的视网膜。亮光在我眼中晃得厉害，耀眼的一片朝我热烘烘地靠拢过来。我的呼吸开始急促，体内热血暗涌，腿酥热酥热的又要蹬地，完全是考体育试前的状态；我还有一种感觉：自己随时都可能吐血而亡。

其实我的血压很正常，身体也好好的，期中考试则是十几天以后的事，我大可不必提早这么多天来紧张的。我更加不是因为阳光而兴奋，虽说地球万物都需要它自己也不例外。我为何躁动得难以自持？这也是我想弄明白的问题。

翻看前天的报纸，以色列又对巴勒斯坦开火了，被寄予厚望的阿拉法特上台也难以控制时局。我呆呆地盯着报道忽然想此时身处巴勒斯坦多好，因为处于战争中的人们思想可以很单纯，什么都不想只一心祈求和平。什么时候我们也可以有单纯的信念，单纯得可以一眼望底？

中午和阿妙并肩走在校道上。阳光比预想中还要灿烂，不知为何我的心里又涌起熟悉的燥热来。忽然以一种很奇怪的心理扭头看肩旁默默无言的她。阿妙静悄悄地抬头对我笑一笑。我惊讶这就是天天与自己朝夕相处的人。我们之间就像找不到话题的陌路人，永远没有办法进入彼此的心里。但我无论到哪里哪怕是上厕所都拉上她。我害怕孤身一人走在人群里，因为怕会遗失了自己。我拉着她像抓着根救命稻草。我想让人知道我并不是形单影只的，我身边有人可以依靠，哪一天我被开水噎死会有人及时发现，兴许还可以抢救过来呢。我悲伤地想我真是利用她了，用着不十分卑鄙的方法。然而她总对着我笑，她像在说她是清楚这一切真相的，还像安慰我说我们只是相互利用罢了，小傻瓜不要伤心。

　　黄昏眨眼就到了，天边并不绚烂，浅黄色的阳光温和地抚摸着翠绿色的窗框，窗前，一个身影正忙碌着。我心中一动，凑上前去调侃地问："怎么，千纸鹤发芽了么？"本以为会引来会意的一笑，不料她却认真地答："不会那么快的呀。"

　　我一时怔住。

　　昨天看到这家伙傻傻地把纸折的千纸鹤埋在盆栽的土下，当时我还对她说："大妹你神经病啊你连一点生物常识都不懂吗？你这是动了哪门子歪念你想改良土壤也不必这样啊！"可是她只专注地铲她的土，理都没理我。

　　我发觉大妹不是一时心血来潮玩浪漫那么简单，紧盯着她瘦削的眼睛我问："到底怎么啦？不会是爱情受挫吧？"

　　"见鬼吧什么爱情，"大妹苍白的脸终于浮起可爱的笑容，"我只是种下我的心愿，天天浇灌它，看看三年后会有什么结果。"我的心震了震，因为三年后就是我们的高考。我装出淡淡的样子说大妹你真傻，你什么不可以种啊偏偏种什么千纸鹤，换了我我就种枇杷。大妹笑笑继续忙她的。那一刻我真怜惜她。但又有谁会来怜惜我们呢……

　　自修时收到两封信，是从前的同学写来的。两个人在信里诉说了一大堆几近雷同的事情后，结尾却大为不同：一个送了我一片树叶标本说希望下雨时它能湿漉漉的，永远灵灵气气的样子，说要永远祝福我云云；另一个结尾简单但含意深远：她向我打听一个人。

　　两封信都牵起我不同程度的疼痛的回忆。首先将时间定格在初三，我会记得那一天我们抽空去散步，她不时摘着花圃里嫩嫩的叶子。我说你别残害植物呀，她却调皮地继续摘，一边说："小时候这一片叶子可以有多少种玩法呀！"

"啊?"我愣了愣,"是嘛,连最高难度的叶哨我都会吹。"

"没什么稀奇!那时候什么都可以无师自通的。"

"可是现在不行了。什么都忘了。"

"别提现在!现在连装枝笔套都不会了!"

叙述另外一件事情就得将时间移前一点。我和写信给我的那个人之间的故事并不复杂。如果有一个剧片说的是两个女孩喜欢上同一个男孩,知道这一情况较早的那人不动声色地在短时间内取得另一个的信任,并且成为她亲密的朋友;然后那一个又在恰当的时候让另一个知道这件事,那一个先是红着眼睛黯然说退出,结果是另一个大动朋友之义更为坚决地退出了。这个剧片说的就是我们的故事。"那一个"女孩是她,"另一个"女孩是我。后来有人对我说你真傻你知不知道这彻头彻尾是个骗局。她一直在玩你,我苦笑,说我明白着呢。我心痛着继续和她保持友好,自己骗自己说很欣赏她的谋略,一边却清楚自己并不打算从中学得一招半式。

她在信中向我打听的人,就是那男孩,他现在和我同校。

回信时我的大脑异常清晰,往事一幕幕的像过电影,我可以记住每一个细节。只是我的胸口像被悲痛苦闷堵塞住了,不能呼气也不能流泪,双腿再次变得酥热,早上出现的症状再次袭击了我。

我伏在桌上写呀写,一边安慰自己说我的血压很正常是12/8,我们这些和平年代的孩子长在蜜罐里每天都很幸福,我们现在播下希望,将来就一定会有沉甸甸的收获……

当晚跑出校外寄信,回来时看到一位妈妈样的阿姨在孤独地招揽生意,我跑过去买了一只温热的糖心糍,在路上边咬边让甜甜的馅漏出来。

我终于还能在熄灯前赶到宿舍。暖暖地把自己裹在被窝里,半夜里似乎听到了淅淅沥沥的雨声。我梦起了我整个的童年时代，我们都是渴望下雨的孩子，我们可以在雨天里穿长筒雨靴，重重地踏踩泥地里的水洼，让快乐的泥水溅起来；我们撑着伞去使劲儿摇树木，听抖落的雨滴噼噼啪啪地打在伞上；我们都幸福地笑闹着，不分彼此，也没有猜忌。我们都不去想太多，只单纯地希望天能下雨，下雨……

真的。希望纯洁的雨水永远不要停。

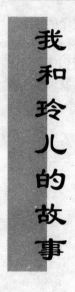

我和玲儿的故事

■文/磁 石

一

　　我同往常一样轻快地走进教室，立刻感觉到那双熟悉的眼睛又射到了我身上，两个多月了，我每次都会有这种被监视的感觉。

　　我若无其事地走到坐位上，眼睛的主人仿佛是无意似的左右瞄了瞄，很自然地低头看起了小说。我看着她得意地轻笑了一下，当然，她是不会看见的。我很佩服她的镇定，抑或说是演技，但是很可惜，她选择了一个错误的对手，致使自己的心思被猜了个七七八八。

　　正在我暗自得意的时候，她忽然抬头冲我笑了一下，一下子将我美好的心情破坏无遗。天呀，我该不会是有病吧，别人看到她的笑容都会神魂颠倒好半天，可我为什么只感到害怕！

不行，我堂堂一代才子怎能如此失常地呆站在这里忍受她无声的嘲讽，这又怎么对得起我天才的称号呢？虽然这外号是自封的。

一念至此，我便强迫自己笑了笑，然后不等她反应过来便坐到了坐位上不再回头。

二

"怎么了天才，害怕了吗？"同桌兼好友岩贼笑着递过来一张小纸条。

我瞪了他一眼，说："你小子别乱猜，我有什么好怕的？"

"还装蒜，告诉你吧，经过一个多月的调查研究、推理证明，在下发现了一个关于玲儿的大秘密。怎么样，有没有兴趣知道？"他又递过来一张纸条，我知道他是不想让玲儿听到。

"没兴趣。"我也写起了纸条。

他又贼笑了一下，不禁令我感到一阵发怵，莫非，他的狗鼻子又嗅到了什么异味？

"告诉你吧，傻小子，玲儿喜欢你。"他干脆将一本练习簿放到我面前飞快地写道。

"别胡说，没那回事。"我回头看了看玲儿，她正在把玩着一支圆珠笔，好像没注意我们。

虽然我早已料到这种情形，但此刻经他挑明之后却仍然感到头皮发麻，我想到了大学。

"没那事？嘿嘿，你小子自己看看吧。"他摸出一张折叠得很精致的纸条递给我——

辉：

　　放学后校后小树林见，有事面谈。

玲儿

顿时，我的大脑一片空白，纸条在手中也瑟瑟发抖起来，如我的心一般。

三

远远的，我便看到玲儿娇俏的身影在树林边徘徊。我竭力平抑一下自己激动的心情，故作轻松地慢腾腾地踱了过去。

"辉!"她惊喜的声音如仙乐魔音传入耳中。

"嗯。"我望望她明亮的双眸，机械地应道。

"辉，我……我想告诉你我……我……"她的脸红了起来，说话也结结巴巴的。

"我……知道你要说什么。"我轻声说。

"你知道?"她眼睛一亮。

"嗯，可是……可是我们不能，我……我得好好学习，我得考上大学，我……我没有精力去浪费。对不起。"我艰难地说道："我不想堕落。"

她的脸色一沉，声音也不自然起来："我想你是误会了。我只是想告诉你，你的《花开一季》发表了。喏，这是你的信。"

她将一封信放到我的手里，手指无意间碰到了我的手掌，令我心头一震，她的手好凉。

"你可要请客呀。"她将手收了回去，笑着说，不过我看得出来那笑是强挤出来的。

"那我先走了。"她转身离去。

我看着她渐行渐远的背影，忽然便有了一种若有所失的怅然。我用力甩了甩头，企图抛去这令人不快的感觉。

四

失去了才知道她的可贵，自从发生了那件事后，玲儿对我冷淡了许多，而我，也因此懂得了那份失落。我终于发现，我爱她！谁说青春不言爱，难道我这刻骨铭心的感觉会是假的吗？玲儿，你不能原谅我了吗？

五

"玲……玲儿，我有话想和你说。"我说。

"对不起，我得赶快赶回家去，不然要挨训的。有什么话改日说吧。"她拒绝了。

"玲儿，我发现我其实……"

"我得走了。"她拎起书包就往外走。

"我爱你，玲儿。"我冲动地拦住了她，冲动的话脱口而出。还好，其他同学都走了。

她明显一怔，但随即便残酷地说："对不起，中学阶段我不准备谈恋爱，我不想堕落。"

天啊，我竟然自食苦果了！

六

"辉，别喝了。"岩来夺我的酒杯。

"让开。"我粗暴地推开了他，将一杯酒倒入口中，顺势倒在床上，口里还不停地念叨，为什么受伤的会是我？

当晚，我就那样睡了一夜，次日醒来，哦，不，已不算醒来了，我已经躺在了学校附近的小诊所里，高烧 39 度。

　　迷迷糊糊中，我感到一只冰凉柔软的手在摸我的脸，很舒服的感觉。我用力睁开眼，赫然看到玲儿沾满泪痕的脸正在眼前。

　　"玲……玲儿，给我一次堕落的机会，好吗？"我吃力地想坐起来。

　　"你为什么那么傻？"玲儿用力点了点头，按住我欲起的身子，"我们不是都清楚现在该做什么吗？美丽的花是要等到花蕾饱满时才能开的呀，不然，会过早凋谢的。"

　　哦，我若有所悟，身子一下子轻松了许多，想起我昨天的作业还没做呢！

■文/左永霞

扮酷风波

本人系本校优秀学生，本班优秀学生干部——一班之长，平日里，本人在班里说话那是一人之下，"万"人之上，真可谓威风八面。可最近本班学生大多受"污染"严重成为新新人类，扮酷当然是不可少的，可本人竟也把持不住，居然也被"污染"了一回。

看着班上那些五颜六色的脑袋，身上那一身乞丐式的破牛仔服，脚底下也不论男女都成了"高的世界"。我看着那个眼红啊！不行，平日里的什么活动，我都打头阵，今天就我落后，可仔细想想，别说让教导主任知道了，就算是让学生会知道了，处分事小，乌纱帽难保事大。唉，管他呢！对了，刚才我好像听说教导主任今天去拜访他丈母娘去了。至于那几个学生会的，再说吧！

拿着早就准备好的钱。吹着得意的口哨，直奔商业街。好半天才认为把自己打扮得可以了，就杀他个回马枪，让那帮小子看看本班长的厉害。来到教室门口，看着影子上蓬乱的头发，我赶紧用手整了整。当我把教室的门推开，屋内顿时一片静默，同学们一个个瞪大眼睛看着我，有的甚至还站了起来。我忙面带笑容说："别这么看着我，咱们这又不是第一次见面，以后就不用举行这么隆重的欢迎仪式了。"可他们的神情还是和我刚才进教室时一模一样。突然，我觉得他们看的好像不是我，而是我的后面……我心中暗想：该不会是冤家路窄让那几个学生会的家伙给盯上了吧？一扭头，啊！这下全完了！惨了！看看身后那几双瞪得像铜铃似的眼睛，我只好临时抱佛脚了，我万能的如来佛祖啊，救救我吧！可我还是没有能够逃脱，乖乖地被他们"押"了回去。

"你可真不愧是优秀班干部呀！瞧，连这裤腰带都出来一起风光了！"我赶紧解释道："哥们儿，不是那么回事，我刚从 WC 回来，还没来得及整理，我现在就整。"说着我就把裤腰带往腰里塞。"那你身上这身破衣服，还有你这一头的黄毛怎么解释啊？"唉，真是一波还未平息一波又来侵袭。直到现在我才明白任贤齐唱《伤心太平洋》为何那般投入。多亏本人的三寸不烂之舌，说什么家里穷，营养不良什么的，这才陈仓暗渡，就算是稀里糊涂地过了关吧！糟了，要是让他们看见我脚上那双五寸高的大头皮鞋，可真是"两脚筑起千古恨"，就把裤子往下拉了拉，唉，不拉倒好，这一拉反而引起了他们的注意，看来，我这次可真是阴沟里翻船——惨到家了！

次日早晨，同学们听到广播时，都向我拥来。"嗨！班长，恭喜你被学校点名表扬！""班长你真厉害……"我真想找条地缝钻进去。此后几个星期里，我见到熟悉的同学就左躲右闪的，面子啊，我算是全丢尽了！

好不容易盼到了放暑假，抓起书包就飞也似的往家赶。到了家，我整天坐在电脑前上网聊天，无聊中，便使我更加想到外面去酷一下，起码也对得起谢霆锋，对得起整个假期。于是乎，本人赶紧"全副武装",来到街上,只可惜本人头上还缺少一个关键条件,以至于回头率几乎为零。

拿着票子来到一个饰物店,叫那老板在我耳朵上弄两个洞,只听"咚咚"两声,本人的热血便涌出来了,且伤势甚重,好半天才止住。主要原因乃本人儿时打针遗留下来的优良传统之太激动了。"天最高,我的快乐至上……"哇噻,回头率为100%。

因本人170厘米高的个子,50公斤重的身体,一碗饭怎能支撑得住。我一回家就从冰箱里拿出东西吃,只听楼下响起了"咚咚咚"的脚步声。扭头看墙上的钟,原来是妈妈下班回来了。妈推开门就向我走了过来,我还没反应过来,妈妈就揪着我的耳朵把上面的耳环给拔了下来。

"你这个臭小子,干什么不好,居然敢背着我们打耳洞戴耳环,你是翻了天啦!以后要是让我再看到你这样子,看我不把你耳朵给拧下来,知道吗?"

我这只容易受伤的耳朵啊,我这苦命的耳朵啊!

朋友们,前事之师啊,以后如果你想扮酷,可要三思而后行啊!

永远神秘的女生宿舍楼

■文／徐洪钢

稍微活跃一点儿的高校，是允许女生事先登记后进入男生宿舍的，但男生则是绝对不可能踏入女同胞们的"闺房"的。

于是，男生宿舍里讨论话题最多的总是女生宿舍里会是啥样。是否像我们一样满屋狼藉，床下洗脚盆里堆满了脏衣服和臭袜子，而这样的环境下她们依然能"出污泥而不染"，走出宿舍后便是一个靓丽可人的女孩子？是否她们的抽屉里会藏有酒瓶酒杯，桌下也会偶尔扔满烟头？是否夏夜她们也会像男生一样光着身子在宿舍走廊里肆无忌惮地晃荡大声喊着热？是否……

于是，能够寻找机会"冲入"女生宿舍楼瞧瞧，强烈地刺激着一群大男生的好奇心。很不幸，从未听说过有谁能成功地进去过。女生宿舍楼下那两位守门的老太太时刻保持着高度警惕，牢牢盯住门外站着的那一群或等女友或打望的男生，宛如保卫中国女孩们贞节的最后一道防线里的宪兵。

再于是，今天我也就有了一点儿骄傲的回忆资本——因为我和室友们曾两次进入过那座女生宿舍楼——你信不信？

第一次是在刚入学参加新生军训时。那天下午，连长来到我们排，左看右瞧挑了十几名新生，我大概就一副老实相，所以有幸名列其中，一路人马跟着连长就进了女生宿舍。原来军训的枪支放在女生宿舍楼底层的一间空屋里，连长是带我们去扛枪的。刚进宿舍大门，两位老太太便如临大敌。其中一位立刻冲上通向二楼的楼梯"横刀立马"，俯视着我们这群"来犯者"，另一位老太太则寸步不离地数着我们的人头，跟着我们进了贮枪室，又吆喝着大家快点儿扛枪离开，生怕哪位老兄一不小心溜了号迷失楼中。

这就是我们第一次进入女生宿舍楼。若说当时有何感想，就只觉得自己似乎当了一回小偷，偷闯进了别人的家——当然那时我们是绝不会这么说的，只会嘻嘻哈哈回去对别的男生说我们刚进了女生宿舍楼，恰巧看见某寝室的门开着……

我第二次也是最后一次进女生宿舍楼是在毕业之际。那天班上几名女生打电话过来说请派人去帮她们搬行李。当下几个小子就兴冲冲地跑了过去。

照例地，在女生宿舍门口遭到了两位老太太的阻拦。一番合情合理的解释完全失效后，几个小子狠兴大发，反正毕业证都到手了，索性就放开手脚与两位老太太大吵一顿，把几年来对这幢宿舍的神秘感和因之而来的被侮辱排斥感统统泼洒了出去。楼上的窗户探出一个个披着长发的脑袋，茫然地望着楼下那几名与老太太争吵得脸红筋胀的男生。

终于，老太太们招架不住了，只得同意派两名男生上楼去。大概又是因为长相老实的缘故，我和另外一位兄弟终于有幸登上了这座"梦中的阁楼。"

可怜的是那位老太太，气喘吁吁地跟着我们爬上了七楼，一面激动地喊道："不准打望！不准东瞧西看！"

当然，我们也并非真的就是另有非分之想之辈，能够踏进这女生世界，便已觉荣幸。于是径直进了那几名女生早已拆得乱七八糟的寝室，扛着行李，又昂然回首走了出去。

就这样，我们告别了那所学校，告别了那矗立在校园里仿佛一座炫示中国女子贞节牌坊似的高高的女生宿舍楼。

『票贩子』史记

■文/鲁 奇

盖世太保的恩赐

我和倩儿的事吴老师这么快就知道了?怎么会?即使在学校的"非恋爱区"内,我们也连手都没拉过呀!是寝室那些家伙告密?不可能!老青猴他们绝不会那么不讲义气!那吴老师为什么找我呢?

我带着这个问题走进了被喻为"集中营管理处"的学生科,"盖世太保"吴老师端坐其中,我低着头进来,像个犹太人。

见我进来,吴老师先走到门口带上门(这有些反常,以往都是他用表情示意我们去带门的),然后又对我笑了笑(我的天呢,他为什么对我笑呢),接着,才拉出他办公桌上的一只抽屉,拿出一个纸包递到我面前。我看了看吴老师那一反常态的笑脸,又看了看眼前的纸包,心脏几乎要跳了出来。可没办法,就算是一枚炸弹,此刻我也要吃下去的。我小心翼翼地打开那个纸包,仔细一看,竟是一大卷子学生电影票,足有100多张。

"我找你来就是为了这事,我打算这些票将来由你来卖。"吴老师的口气温和得令人吃惊,简直和他平时查寝室时的样子判若两人。

果然,事出有因,吴老师告诉我这些电影票是学校对面那家电影院的。近来,电影院不景气,几乎谈不上什么票房,因此,经理便找到校长,希望学校能帮着卖一些。因电影院是学校的关系单位,校长不好意思推辞,又不好意思亲自出面,就下派给了吴老师,这样一来,重任就顺理成章地落到了我的头上,吴老师让趁此机会和广大团员接触,开展团的工作。

原来,电影票的票价是3元,电影院只收2元成本,剩下1元由我支配,不仅如此,卖票还有免费看电影的待遇,同时还美其名曰:电影宣传员。

我一向手头拮据,连个冰淇淋都没给倩儿买过,这个送上门的好机会哪能错过。况且,我又不好驳吴老师的面子(虽然他没有强求)。我当即就答应了他,他让我明天去影院办理工作证。

我出了学生科就去找倩儿,倩儿听到这个喜讯后并没有流露出欣喜的神情,只是冷冰冰地说了一句:"悠着点,两全其美的事并不多见。"我清楚她的意思是不让我太张狂,但这并未打消我的兴奋。

回到寝室后,老青猴他们一窝蜂围住我问长道短,他们得知我被吴老师请去喝茶,以为我会凶多吉少,没想到我是咧着大嘴回来的,问我为何如此美滋滋的,我却缄默不语,大家猜我不是疯了就是傻了。

当晚,我憧憬着财源滚滚的浩大场面,激动得半宿没睡。

有执照的票贩子

我遵照吴老师的指示去找电影院经理办工作证,经理得知我的来意后亲切地与我握手,然后,就开始滔滔不绝地向我介绍最近的几部大片,工作证(票贩子的执照)也办好交给了我,随后,又给了我数十份的电影介绍,一切装备发放完毕后,我就成了名副其实的"票贩子",经理鼓励我好好干,如果业绩突出,影院将会给予我经济上的奖励。

回到学校,经过一番筹划,我决定先从我的同类——各班级团支书入手,我假借团委的名义找到他们,张口便是:"为了更好地把班级团活动搞起来,把同学紧密团结在团支书周围,更为了解决住宿生的业余文化生活,学校将给学生提供看电影的机会……"然后再将电影介绍塞给他们。

后来,我又通过学生科检查寝室的同学在检查时将电影介绍发放到各个寝室。当然,每个介绍后都写上我的班级、姓名,以便联系。

不到一天,我卖电影票的事便在校内传开了,我的名气也像赵薇一样在全校迅速走红。

晚上,在食堂,倩儿对我说:"没想到你这么快就成了名人,你知道我们班的女生都说你什么吗?"

"我又没犯法,能说我什么?"

"说你投机倒把!"

"叫她们说去吧!看人家有了好差事就眼红!"忘了说明一点,我们校除盛产高材生和美女外,还盛产长舌妇。

不过,倩儿的话还是让我有些不安,如果她们都这么看我,那我的票谁来买呢?卖不出票我算什么票贩子!

整个晚自习我都心事重重,老青猴安慰我说万事开头难,第一次做生意与第一次到女生寝室送花同样富于挑战性,这是一个极好的锻炼机会。后来,我趴在桌子上睡着了,梦见倩儿提出要和我 PASS,她考上了大学,而我却落榜了,她喜气洋洋地走了,我却痛哭流涕地喊她的名字,她对我说:"你已经像你的电影票一样,成了废纸一张。"

什么?我成了废纸一张,这太刻薄了吧!我正欲和倩儿争辩,老青猴推醒了我,我周围还围了一群满脸嬉笑的男生,他说有美女找我。我揉揉睡意朦胧的眼睛,走到门口一看,果然一个比倩儿还漂亮 100 倍的美女笑盈盈地站在那里。

我抑制住自己的兴奋走出教室,假装漫不经心地问那女生有什么事找我。这时我才发现走廊里竟有七八个美女,其容貌在超出倩儿 200 - 500 倍之间不等。

100 倍的女生小声对我说:"听说你这里有票,我也想买点……"之后,200 倍和 300 倍女生纷纷掏钱给我,其他女生也慷慨解囊。原来她们找我只是为了买电影票,这多少让我有点失望(其实我希望什么呢),不过,我的一番心思终于没有白费,我的电影票已经开始脱手了,这也不能不让我高兴。我掏出电影票一张一张撕给她们,然后,她们的人民币也一张一张地走进了我的钱包。

一次出手 15 张票,净赚 15 元呀!

回到教室,班里这帮臭小子一阵哄笑,并且一个个凑到我的跟前,对我甜言蜜语。原来,他们也想买票还厚着脸皮讨价还价,有的竟然提出赊账。是我的朋友就想找便宜,没门!这要传出去,我以后的工作可怎么做呀?公事公办,不合理要求我一概回绝。

战绩辉煌

随着国内几部大片的上映,买票的人也与日俱增,我也忙得不亦乐乎,有时上课我都在心里默默数钱,晚上则一头扎进电影院大饱眼福。想约倩儿,她却借口要学这学那。也罢!独自看又何尝不可!

由于我把自己的大部分精力都奉献给了卖票这个伟大事业当中,积劳成"困",导致课上经常鼾声阵阵、呓语连连。老师起初苦口婆心劝我,见没有效果,便大发雷霆,骂得我狗血喷头。

老青猴那帮家伙在提出数次不平等条约未果的情况下,决定与我分道扬镳,睡在我上铺的兄弟因为电影票成了睡在我上铺的仇人。这样也好,大家独木桥阳关道各走一边,省了许多麻烦。倩儿算够意思,除书本外,从不与任何有生命的物体进行亲密接触,和我也是若即若离,老天保佑,不和我 PASS 就算万幸喽!

然而,据我所知,我在学校大部分学生中仍是好评如潮。不然,怎么能在不到两个星期的时间就把 100 张电影票全部卖光了呢?除去为了拉拢极个别者(当然是能帮我大量销售电影票的人)白送了几张电影票外,我净赚了 90 元。同时,我还发现了一个可喜的现象,走在学校中,我的回头率及向我行注目礼的人数明显上升(都是女生)。

我把电影票成本钱送还经理,他高兴得脸上的山沟沟都变成了一马平川。他当即又掏给了我 200 张新票。

我依然是红人

等到我好不容易才做通倩儿的思想工作,她答应和我一起去看电影《我的父亲母亲》时，我的那 200 张电影票已经卖得只剩下 20 张了。

电影院里，我没心思看电影（我已看过 5 遍了），只想和倩儿交流交流这段时间的感受。谁想倩儿对我的话置若罔闻，只顾着用像章子怡似的大眼睛目不转睛地看着电影中傻瓜般奔跑的招弟，还夸张地边看边掉眼泪，气得我真想一头撞死。

后为，倩儿终于说话了。她告诉我现在学生们对我极其不满，有人已经知道我在票价上做的文章，说我是财迷，黑心肠，甚至有人要打我一顿出气。这让我多少有些扫兴，不过为了不破坏倩儿的好心情，我答应她把最后这 20 张电影票卖完，我就去辞职。倩儿意味深长地看了我一眼，然后幽幽地说："那要等到什么时候啊！算了，奇奇，朋友一场，我能说的做的我都已经尽力了，你自己决定吧！"我心里一惊，她该不是要和我 PASS 吧。然而倩儿并没有再说什么。电影结束时，倩儿平静地走出电影院。深秋的风打得倩儿一阵哆嗦，我急忙脱下自己的夹克披到倩儿的身上，倩儿没有拒绝，也没有说"谢谢"，她的反常愈发让我心里没底。

回到寝室时，我的那帮兄弟还没有回来，平时拥挤吵闹的寝室一下子空旷安静得出奇，我孤独得有点恐惧。唉，其实就是他们回来了，我也仍是孤家寡人一个。自从卖票后，所有的人都背弃了我，远离了我，想起这些，我的心里不免泛起阵阵凉意。

寝室里那些家伙嚷叫着进来时，我已在半梦半醒之中了。

第二天上午，有人来买票，我才从怅然若失中彻底清醒过来。我无精打采地把手伸到夹克里去掏票，摸了好半天，才发现电影票不在兜里，可钱仍好好放在那儿。

我回到寝室，翻了个底朝天仍没个结果，我忽然想起昨天晚上老青猴他们回来时的声响，对！一定是这些家伙干的！

果然不出所料,晚上这帮家伙就露出了马脚,他们居然大喊大叫说去看电影,还问我去不去,简直太猖狂了,我抓住老青猴的衣领要和他理论,他说他不知道是怎么回事,只知道有人请全班20名男生看电影,其他男生也这么说。这话鬼才信,可他们人多势众,我只好作罢!

我没有证据,只能看着他们大摇大摆进电影院,我在门口监视了一个小时也未发现为他们出血的人。

又气又火又冷又饿,当晚我就感冒了。第二天是星期六,醒来屋子已空无一人,桌子上有一张纸条:"奇奇,昨天在外面冻坏了吧!电影票钱如数奉还,但票可不是我们偷的,以后不要再在男厕里数钱了,那里不卫生,回到我们中间来吧!全体室友。"翻开夹克兜,200张票钱一分不少,我的心里一热。

我把200张票钱送还给经理,并提出辞职,他大吃一惊,恳求我继续干,还承诺给我工资,我仍毅然辞职。

统计一下,这段时间卖电影票,共赚了256元。恰巧学校此时正组织为特困生捐款,我毫不犹豫地将钱全部捐出,就让它取之于民用之于民吧!我比校长捐的还多,名字被写在红榜顶端,我又一次成了红人。

倩儿的三件事

几天后,倩儿主动找到了我,说要请我看电影,并要告诉我三件事。

一、倩儿说那20张电影票是在我请她看电影那天晚上,她从我披在她身上的夹克里拿的,她只想让我早点辞职,免得千夫指,众人骂。

二、吴老师其实并不希望我卖票,他也是没办法,如果我推辞,他也不会勉强,谁料我是那么贪财!

三、倩儿对我说:我们 PASS 吧!做好朋友如何?

吴老师早在 1 个月前就找过倩儿谈话,我和倩儿的事他早已知晓,他说我和倩儿都是比较优秀的学生,对于这种事老师不便干涉,由我们自己解决会更好。

倩儿与我 PASS 我并不感突然,是我料到的,其实自始至终我们也并未怎样,连手都未拉过,纯洁得如一块水晶。

我问电影票的事,倩儿说那 20 张票是大家买的,并不是她一个人所为,要谢就谢大家。

电影还是张艺谋的《我的父亲母亲》。招弟依然傻瓜似的跑着,跑着……

我和倩儿静静地坐着、看着、感动着……

■文/易 明

在 女孩的生活中，因为有了男孩的存在，生活便变得丰富多彩，充满乐趣。

女孩与男孩最初的邂逅是在那个午后洒满阳光的小河边。

那天，阳光透过树叶间的空隙歪歪斜斜地洒在地上，映射出斑斑驳驳的光点。

在这样一个温暖的中午，女孩与男孩用一种传统的见面方式——握手——而认识了彼此。然而，就在他们握手的那一瞬间，刹那已化为永恒，永远地留存在女孩的记忆之中，不再开启。

阳光是那样耀眼又是那样绚丽！

在那之后，在男孩送女孩回家的每一天中，女孩都很开心，她尽情地与男孩玩耍着，因为她知道迟早有一天他们会分开。这样她可以没有任何遗憾！

偶尔男孩没有与女孩结伴而行,这时,女孩会强烈地感觉到她失去了一件极珍贵的东西。女孩于是意识到:自己开始在乎他,开始喜欢他。

又是一个阳光灿烂的下午,女孩与男孩相约麦当劳。女孩对男孩说清楚一切以后,仰起脸问男孩:"你喜欢我吗?"男孩欲言又止,最终告诉女孩:"我喜欢你!"女孩无言以对,在与他四目相触的那一刹那,两颗年轻的心灵都深深地震撼了。他们从彼此的眼中读出了那份伤感。女孩突然有种想哭的冲动,但她忍住了。因为她倔强地不愿承认她是很难放弃这段感情的。

此刻,他们任凭时间从身边溜走也毫不在意。他们就像一个圆和另一个圆,不在乎半径的差别,只要守住自己的轨迹,珍重相切的瞬间就已足矣!

窗外,天色渐暗,该回家了。

就像从前那样,男孩依然送女孩回家。不同的的是,从今以后,这条路上将会只留下女孩孤独的脚印,而那一串熟悉的男孩脚印将消失在茫茫的夜色之中……

马路上,亮起一排排街灯。

终于到了分手的那一刻,女孩与男孩站在川流不息的街头,他们互相凝视对方。女孩微笑地对男孩说一声"再见"。男孩平静地对女孩道一声"珍重"。

然后,他们彼此朝相反的方向径自走去……女孩转过头来,望着男孩的背影久久不愿离去。

女孩在心中默默祈祷:"男孩,但愿这一切的结束是一个崭新的开始,但愿你我后会有期!"

■文/赵 冬

青春之门

我是一个喜欢在人家门前徘徊的孩子，无意间看见小花猫或蓝风铃什么的，都会引逗得我在人家门口默默地瞧上半天。我的一双眼睛以外永远是一扇门，把自己内心世界与外面的大世界隔绝开来，于是心中就总是酝酿着孩提时代的那种清纯，于是眼睛就总是贪婪地向门外张望。

从前一直认为那扇门很大，大得连风雨都推不动。那时门里只有爸爸、妈妈、姐姐和玩具熊，一本旧旧的连环画早就翻烂了；一首催人入梦的童谣早就唱厌了；一段关于公主与巫婆的故事早就听腻了……可门却关得那么严，我出不去，只好经常站在窗前，夏天看窗外的白鹭在云里钻来钻去，心儿便也插上了翅膀飞出大门；冬天用手在窗花上模仿各种野兽在雪地中的脚印，每一串脚印都跳到了门外……懂事的时候，我就试图接近那扇门，有时间就与它培养感情，跟它说话，给它唱歌，向它做鬼脸儿……

可是不论我怎样讨好，它都不理我，它离我好远。

后来，我可能是长大了，在某年某月的某一天，那扇门竟訇然向我洞开了。我一下子仿佛置身于另一个清新的世界，跑呵跳呵，朋友也多起来，调皮的鸟，溢香的花，青翠的山，幽蓝的湖，还有伙伴的友情，对知识的求索，对女孩子那种神秘而清纯的爱慕……排山倒海地向我涌来。穿越过一段时间的隧道，我终于跨过了这扇既陌生而又熟悉的大门。

当初发表小说的那会儿，刚好 20 岁呢！多少人夸我，夸的是自己金灿灿的年龄，心里自然产生了一种凌驾感。于是，自己得天独厚的年龄便成了人前夸耀的话题……那时候的念头实在有趣，总希望在莽莽苍苍的林子里，拥有一个散发着松脂和梅香味的小木屋。莺啼燕啭的朗日，有一位穿着缟素细花衣裙的女孩来轻敲虚掩的门……夜幕降临时，你睡在屋内，我守在屋外，你会用一根纤细的草叶拴住柴门么？我想自己应该不会冒冒失失地闯入……

蝴蝶总是游离思绪之外，从日记里翩翩地飞出来，飞过悬浮于目光河谷的竹影那边；飞过我们青春期乍暖还寒的旋流之中……

如今许许多多的念头都像吹出的肥皂泡一样转瞬即逝；再也不敢为自己的年龄而骄傲了。

这就是我所踏上的青春阶梯么？这样的年龄悄悄地来了，这样的季节悄悄地来了，谁也无法拒绝，谁也无法回避。青春的门应该是属于诗的，它不仅奔流着执著的血浆，还燃烧着热情的生命。清晨，我在它的轻唤中醒来；夜晚，我在它的抚慰中睡去；仅仅只是在短暂的瞬间，我便迎来了青春之门，我便告别了青春之门，向人生的又一新领域奋力攀登。仅仅只是在短短的路途中，便留下了一生中最多最多的回忆……

想停下来深情地沉湎一番，怎奈行驶的船头却没有铁锚；想回过头去重温旧梦，怎奈身后早已没有了归途。因为时间的钟摆一刻也不曾停顿过，所以使命便赋予我们将在汹涌的大潮之中不停地颠簸。

生命不是一张永远旋转的唱片，青春也不是一副永远不老的容颜。爱情是一个永恒的故事，从冬说到夏，又从绿说到黄；步履是一个载着命运的轻舟，由南驶向北，又由近驶向远……你看在那阳光明媚、金色羽毛升起的地方，矗立在歌吟里，掩映在诗词中的不分明是一扇神奇玄妙的青春之门么！

昔日重来

■文／王伦科

一

她的真名自然不叫雪儿。但是，我却私下里称呼她雪儿。因为她像冬天里的雪一样晶莹透明，纯得可爱，我想那定是前世圣洁的铃兰花今生在我梦中开放。可是，她又是有棱有角的，让人渴望而不可触及。我是多么想握握她那双温柔的小手啊！又害怕深深地伤害了她……

那是几年前的事了。

第一次认识她，是在女生宿舍楼下。当时，我陪兄弟斌去女生楼前约会。我本来是不肯去的，奈何斌死活拽我，才极不情愿跟着去了。我说，斌，我去了不是充当两个二佰五的灯泡，把你俩干的事情都暴露在大庭广众之下吗？斌说，没事的。你文章写得好只要你将我的意思转达了，你就可以走了。我说一言为定。

那时候，大约是因为刚刚军训完的缘故。我和斌都西装笔挺，中指贴着裤子中缝，头发油光可鉴，鼻上涂香心无旁逸，目不斜视地盯着女生楼门口。那天不知道是什么好日子，进进出出的女生很多，而且目光总会瞄向我和斌的身上。

我很是为斌得意。毕竟如今这年头，能像我这样为他出生入死，像斌那样丢人也要拉上我这种傻冒来垫背的，不多了，我实在是焦头烂额好生纳闷：是哪位女生仙姑下凡龙女再世令我和斌在女生楼下让人大饱眼福欣赏了一个多小时呢？一道秀丽的风景线啊！

伊是千呼万唤始出来。斌用胳膊碰了碰我说："站好，过来了。"

我实实在在是应该谢天谢地谢我老妈，生了我这么个儿子脑子抽了筋松了弦的。我发现情况有变，一大群女生推推搡搡朝我们过来了。我是两股颤颤几欲先走。这可不是闹着玩的呀，这种事若让我新疆的女友梅误会了，"断送一生憔悴，只是一句话：拜拜。"

我没有走。是因为那群女生堆里有个身影闪入了我的视野。一张白白净净的脸，镶嵌弯弯的柳叶眉，一颦一笑一泓秋水；那双乌黑的眸子像珍珠，像宝石，晶莹而明亮，折射出清纯、善良、可爱的那面；鼻子微微上翘，娇小而玲珑，像是经过天工巧匠精雕细琢后遗落人间的；红唇玉齿，耳垂含羞配得恰到好处；还有那长发，流过脸颊像一带无风牵挂的帘，还有我主耶稣，赐予她蒙娜丽莎的微笑。一对飘香入万家的酒窝，给人酒不醉人人自醉的遐想。

你问我感觉是怎样？我告诉你。本少爷肺要气炸了，眼前星光四射。那位可人儿正和斌低低私语。

斌拉了我一把说，走吧！怎么样了？斌说，她拒绝了我。我想斌是在扯谎。有点不信地看着他,斌沉重地点点头。我拍了拍斌的脑袋,说:"革命尚未成功,同志仍需努力,这样靓的女生怎么能一锤子定音呢?"

我又问,还可以站两个小时吗?斌说,为什么?

等她回来……

二

夜晚,我翻来覆去睡不着觉。白天那位可人儿的一举一动都像是电影在我眼前重放,我很心痛,主人公怎么会不是我呢?

我不能强迫自己闭上眼睛去酝酿梦意吧?爬起来,站在窗前。对面马路两旁几盏昏灯发出淡淡的光,互相辉映。把电线杆的影子拉得很长,很长。我低下头,地板上几只焦黄的烟头还散发着青烟,缭绕上升。

我坐在床沿上,掰着大拇指说:算了吧!忘了吧!

第一,我是不忠。这样会对不起远方的梅。

第二,我是不义。有愧兄弟斌对我的厚望(斌还指望我能帮他呢),君子不夺他人之美。

食指这时总是微微地弯曲,像是在引诱我。啊!多么美丽,多么新鲜。

我又掰到了中指,我必须放弃了。长痛不如短痛。无名指跟着倒了下来:啊,是多么美丽,多么新鲜!你能忘掉吗?

日子一天天过去。每个夜晚我关于掰指头的辩证法,把马列主义、毛主席他老人家的思想全用上了,最后答案似是而非,却确定不下来。实实在在有进展的是,我打听到那位可人儿有个可爱的名字:雪儿。爱好:旅游、文学、画画。

日子像决堤的春水,一泻就跑了三十天。在这三十天里,我可以说是文思泉涌。有时,半夜醒来,明月正绕行窗前,地板上洒满了月光。我翻出一支蜡烛在被窝里。情话与梦话一齐来,爱意与屁味一齐飞,洋洋洒洒一挥而就。

第二天,我总是春风得意自我感觉良好把头天晚上整出来的贴出去。我就躲在一旁,眯起左眼,吮着右手指头注视着雪儿的反应。

事情出乎意料。雪儿竟然趴在桌子上睡着了。我想,大概是文章里的梦味犹存,传染给她了吧!

操!我狠狠地揪着自己的头发,又捶打脑门。我贴出去了什么?那是写给梅的情书啊!

梅:

你好吗?

一日不见,如隔三秋兮……

二日不见,如隔六秋兮……

三日不见,如隔九秋兮……

四日不见…………

蝌蚪

××年××月××日

啊!多么美妙的句子,你看我多么才华横溢!哈哈,哈……

看到用文学"曲线救国"赢来爱情的希望渺茫后,我只有将千种情愫万般风情压抑在心底。

日子又在无聊中一天一天过去,我依然过着单盆糊口、拖鞋垫脚的生活。我变得很懒,懒得回宿舍去取饭盒都嫌累人。而是花3毛钱买个快餐盒,要一大盆菜,几个馒头就趴在长条桌上甩开腮帮子,一通饿虎扑食囫囵吞枣,稀里糊涂就把它消灭得干干净净。然后两手一推嘴巴一抹,走人。回到宿舍,倒头就呼呼入睡。

这种日子持续了很久。直到有一天，就在夕阳之下喧哗之中岁月之外天地之间，就在斜我30度的右前方，坐着粉颈低垂纤手缓抬眉心轻蹙樱口微启的雪儿才彻底结束了。我端正了自己的吃相，显得很是漫不经心，一粒粒地往嘴里送，自以为很隐蔽地监视着她。雪儿的一切动作都是那么优美，让我心口隐隐作痛……

上食堂成了我最期待的一件事情。我到处搜索雪儿的身影，我坐遍了她前后左右每一个角度的位置，捕捉到了她每一个迷人的造型。那时候，我常叨念着一句莫名其妙的话：爱我的人和我爱的人。

三

又赶到星期五的最后一班。学校为了关照我们这些外出求学的学生，每个周五晚都要在礼堂放两部大片。

这是耶稣他爸的主意，雪儿就坐在我前排。在电影开映前的几分钟，雪儿转过身对我说："你对你的女朋友也太不忠心了，让我做姐姐吧！以后我代她监管你。"

唰，我的脸像抹了一层猪血。面对苦心经营没有结果后不期而至的相遇，你是怎样的感觉呢？我有一种热泪盈眶的感觉，一种叫温馨和幸福的东西溢满了胸膛。那晚，我和雪儿聊了很多、很多，我只是记得自己一口一个姐姐长，姐姐短地叫。

在汹涌的岁月中，在滚滚而来的万丈红尘中，在那些寒冷悲伤平静欢欣的时刻，我都会记住有一个关心我，疼爱我的姐姐——雪儿，在我的心灵最深处播种下亲情的种子。

有期待的日子总是走得很快，一天天仿佛没有我们负重的脚步。公园里至今还回荡着我们的欢歌笑语，马路上今天还奏着我们铿锵的"进行曲"。时光也许会流逝，但历史永远不会泛黄，有一种精神永远不会失落。在兰州石化学院、亲情、友情……

<h1 style="text-align:center">四</h1>

天塌东南地陷西北，时光如梭，斗转星移，昨夜星辰昨夜风……红楼隔雨相望冷……一种相思两处闲愁……多情自古伤离别……月有阴晴圆缺，人有悲欢离合……

我终于明白，佳人看重的并不一定是才子，还要看你脸上的地理分布情况和"财纸"。所以，后来我和梅分手，则只能怪我爹娘没能优化组合给我一张妙脸。

而且，我听很多女孩子说我冷漠，无情。

其实，我的冷漠只是在外表。我也不想去解释是谁抛弃了谁，谁是谁非，爱情啊这东西本来就要两厢情愿，强求不来的。

无情者是我。我坦然。

那段时间，我饮着不幸的爱情苦酒。

泪洒落在我心头

像冰雹砸落在春天

啊！那打骨朵儿的玫瑰

坠落是一片片忧伤

这是一场没来由的灾难

忧伤不是我期待的结局

泪洒落在我心头

那是数不尽的悲哀……

我一定是忘了好了的伤疤忘了痛的教训。以前，埋藏在我心中的千种情愫万般风情竟死灰复燃。我用了一个字把自己定格于桎梏的靶子上：兽。

这时候，一个不幸的消息传来。有人向雪儿吹响了爱情的号角。我有一种预感，怕雪儿会经不起他们糖衣炮弹的攻击而离开我。这些可恶的家伙，是没把我放在眼中。想把雪儿从我身边挖走。我知道冥冥之中注定的那个伟大的时刻已经来了。我已是乌江边的项羽，易水河边的荆轲。再见了，没有爱情就没有痛苦与欢乐的白开水一样的岁月！

我忍不住单相思的煎熬花了整整三个晚自习的时间，才完成了我本世纪以来最伟大的情书，长达十五页。言辞恳切，申请与雪儿建立更深一层的关系。

但是我发现我错了，我不该写这封信。

正如一尊雕像，你能每天看她一眼，已经是一种幸福。如果你非要拿到手不可的话一不小心就打碎了。

雪儿的回信很痛快，是将我在信中痛骂了一顿。至于骂些什么，我想就没有说出来的必要。我相信她当时是出于气愤或者有难言之隐吧！

卢梭说："我们之所以爱一个人，是由于我们认为那个人具有我们能尊重的品质……聪明、美丽、才思敏捷，品德高尚、心地善良，热情，有爱心……"这些，雪儿全都具备。

我实在猜不透雪儿在想什么。以前至少能和她有说有笑，逛逛街，看电影之类的。而现在，她一看见我就逃得远远的。实在躲不了，就板起脸，蒙娜丽莎式的微笑不再重视。

我已开始逃避现实。虽然我时常不由自主地想起雪儿。但我不再去找她。我一向尊重女孩子和她们所说的每一句话，不管她们的话是真心还是假意。我没有必要去做。

五

我是不会相信雪儿有男朋友的。果真如此的话，那她在我脑海中的最后一丝美丽也将飘零。我更愿相信，她是属于我的。看见她和别的男孩子在一起，我的心总是无声淌血。我欺骗自己说，那是雪儿的哥哥。

一个学期，一个学期过去了。我的成绩单上大红灯笼高高挂。我以前总是认为凭着老爸手里的"王牌"——权力，为我谋份工作是轻轻松松的事。可是，当我到舅舅办的公司玩耍时，看到卖苦力的小工饱受那些自诩是某某大学毕业的学子的指责与凌辱，我的心深深地颤栗了。我又认识到知识和能力的重要。至少不会受别人的气吧！

我决定干些实实在在的事情出来。

听说，雪儿有了男朋友了，只是听说而已。虽然心中有万马奔腾，只觉得有千刀万剐万箭穿心，一回头，便是万劫不复，一抬脚，已是万丈深渊。

我抹了一把眼泪。还是慢慢平静了下来。

我最终只有将这段感情定格在姐弟情分之上。

我还是很懒，懒得进食堂吃饭，懒得和大家一块闹着玩，懒得去关心班里发生的事情，懒得去在乎别人怎样议论自己。我只想一个人独处。

我今天依旧过着单盆糊口、拖鞋垫脚的生活。每当夜幕降临的时候，围绕在我身旁的是尘世间俯首皆是的寂寞。我已经习惯了，因为这世界上，总得要有一些人活得轰轰烈烈，另外一部分人过得平平淡淡。

有人问我还想谈恋爱吗？我说想，不过不会是现在。

只是在寂寞的长夜,当我像一匹寂寞的狼,在那洁白的稿纸上完成我寂寞的长嗥,揉揉红肿的手指,缓缓点燃一支劣质香烟时,我的心情才愉快起来……

良宵佳梦,蛰伏着春花开谢,秋月圆缺。

冰心玉骨,孕育着人情冷暖,爱情悲欢。

风中亮出自己的旗

4

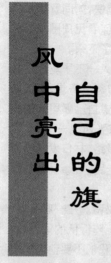

风中亮出自己的旗

■文/崔　浩

林日发现了施城的秘密。

放学回家要走过一条长长的林阴道。林阴道的尽头便是繁华的中山路。林日和施城正好在这一条林阴道上同路。到了中山路林日向东，施城往西。林阴道又长又寂静，常常有传闻让林日又惊又怕。她很想和施城一同走，但施城却不理会林日，他健步如飞，把林日甩得远远的，丝毫不顾及林日的渴望与感受。

林日知道，施城无论在班上还是在课下都是一个怪人，他一个人孤独地坐着，很少与同学们说笑。作为团支书，林日很想知道施城的心事。有几次试探着问他，都被他冷漠的眼神拒绝了。林日就猜想施城有心灵孤僻症。施城越是孤独，就越与同学们疏远。

星期二放学晚了，物理老师的一张试卷占去了近一个小时的时间。林荫道上愈加昏暗，林日心中有些恐慌，加快步伐想追上前面的施城。但她越快,施城就故意走得越快,如同背后长着一双监视林日的眼睛,没有一点男子汉的风度。看见周围渐渐围拢上来的暮色,林日又气又怕,眼泪几乎要掉了下来。

终于到了繁华的中山路,来来往往的行人一下子驱散了林日心中的惊恐。就在施城往西走的片刻,林日忽发奇想,跟踪施城这个家伙,看他究竟干些什么。林日不知道自己哪里来的勇气,她小心翼翼地跟在施城的后面,还故意东张西望一番,装作漫不经心的样子,生怕被施城发现。走了一段路,林日发现施城其实根本没有察觉身后有人跟踪他,他低头走路、心事重重的样子说明他对这一切一无所知。

连续拐了几个弯后,林日发现了施城的秘密。在一座低矮、破旧的平房前,施城的奶奶正守望在那里。一阵低低的话语后,林日听见施城因生气而愤怒的声音:"奶奶,我们不要他们的东西,他们离婚后谁也不管我们,我们不稀罕他们的可怜!"林日明白了一切,她偷偷地折了回来,原来施城这么可怜,我们责怪他真不应该。林日决定帮助施城,一定要让他快活起来,树立起生活的信心,回到同学们的友谊中来。

林日找到了最要好的朋友柳若水,告诉了她施城的一切,说:"我们一起帮助他,好吗?"柳若水点点头,想了一想说:"像施城这样的情况,他的自尊心一定很强。我们帮助他还不能让他知道。"林日为难地问:"那怎么办呢?"柳若水眨眨眼睛,笑着说:"放心吧,有我吧!你忘了我的外号叫'小机灵'啦?"林日也笑了,是那种会心的很有含义的笑。

像往常一样,施城低着头走路,想着一些心烦意乱的事。他知道林日远远地跟在他的身后,他不是不想去帮她,而是因为他很自卑,担心自己的好心被人误解。同时他也在本能地拒绝着别人帮助,他不想让别人知道自己家里所发生的一切。正胡思乱想时，施城忽然听见身后林日尖厉而恐慌的叫声："施城，快来帮我！"

回头一看，只见林日孤独无助地站着，有两个高大的黑影从两侧向她围了过来。是坏人？施城想也未想便冲了过去，一腔怒火在他心中燃烧，他最无法忍受的是以强凌弱。两个坏人见施城来势汹汹的气势，没有和他照面就溜之大吉了。林日惊恐未定地说："谢谢你，施城！"施城点点头，转身要走，被林日叫住了，她怯生生地说："施城，你以后能和我一起走吗？这条路太暗了，我害怕。"看着林日真诚而无助的目光，施城想了一想，终于说："好吧！"林日笑了，施城也笑了。林日发现施城的笑容中隐隐有一丝自豪的神情。

上英语课时，施城在课本中发现了一张小纸条。起先他并不在意，拿起来就放到了一边。但一股香味引起了他的怀疑，他打开纸条一看，上面写道："施城，你好！我想说的是你是我心目中最优秀的男孩子，为什么你不和别人一争高低？相信自己吧，我期待着你的转变！请你一定要记住，有一个女孩在时刻注意你的一举一动。"没有署名，也没有日期，但施城的心还是激烈地跳动起来。

很快同学们都惊喜地发现了施城的变化。他先是穿着整洁起来，开始和同学们笑着说话，然后他又开朗起来，开始和同学们一起大声讨论问题。看到这一切，林日和柳若水相互看了一眼，会心地笑了。

施城不久又收到一张纸条："施城，你好！我很高兴看到你的转变，其实你是一个很开朗很活泼的男孩子，是什么让你失去了欢乐而多了忧虑呢？别再封闭自己了，让同学们一起来帮助你吧！"

春季运动会快要到了，可是班上仍缺少一名长跑健将。本来不参加这个项目的比赛也可以，但长跑正是一个班实力的最佳体现。林日作为运动会的筹备人之一，为班级的荣誉很是着急。柳若水说："我看施城很适合长跑，怎么样？"林日说："如果他能自己报名就好了。"柳若水说："不用着急，你看我的吧！"

纸条恰到好处地出现在施城的面前："施城，你好！我想你有实力夺得长跑第一名，为什么不自告奋勇地报名呢？努力吧，我等着你的好消息。"

运动会动员大会上，林日说："谁愿意报名参加长跑呢？"同学们面面相觑，却无人应答。柳若水着急地看着施城，施城正低着头坐在那里，似乎正想着什么心事。

林日有些失望地说："看来这个项目我们只好弃权了。"

"我，我想试一下，可以吗？"是施城的声音。大家都惊讶地看着施城。施城站了起来，继续说："我想为班级争光，同时也想证明自己的实力，希望大家能给我一个机会。"雷鸣般的掌声淹没了所有的话语。

运动会上热情高涨的人们喊声震天。施城紧紧咬住距离自己只有两米远的第一名。还有两千米，一千米，施城汗流浃背。就在这时，他听见林日清脆而响亮的声音："施城！"然后是全班同学异口同声洪亮的声音："加油！"施城精神一振，咬紧牙关第一个冲到了终点。在同学们的欢呼声中，施城摘取了属于冠军的一面红旗。他扛着旗朝同学们跑去。同学们扯着嗓子喊："施城，好样的！风中亮出你自己的旗！"在风中，红旗哗哗作响，映红了一张又一张的笑脸。

回家的路上，林日和施城肩并肩地走着。施城的脸上写满了兴奋与激动，他挥动右臂，豪气冲天地说："林日，有我保护你，没有人欺负你！"

林日笑着说："施城，其实你是一个很坚强的男孩子，只要你努力,你也会成为同学们的一面旗帜。"

施城低头不语。林日知道他并没有完全地敞开心扉。走了一会儿,施城抬起头来,支吾着说:"告诉你一件事,你不许对别人说。"

林日使劲地点了点头。

说完家里的情况,施城忽然害羞起来,他小声地说:"林日,再告诉你一个小秘密,你要替我保密。"

林日高兴地点了点头。

林日把施城所说的一切告诉了柳若水。柳若水乐不可支,问:"他看了我写的纸条,感觉怎么样?"

林日说:"施城很高兴居然会有女生赏识他,他说虽然他不知道那个女孩子是谁,他一定会努力,成为我们班最亮丽的一面旗帜。"

两人一起笑着看向窗外。窗外阳光明媚,远处的操场上,施城像一面在风中迎风招展的旗帜一样正在意气风发地踢球。

林日想:要不要把那天晚上的真相告诉他?要是施城知道那两个坏人是我和柳若水找来的初中同学,他会怎么想?

■文／chigy

人鱼的眼泪

我花两个晚上看完《麦田守望者》发觉其实我和霍尔顿很像，拼命地想逃。

一

这个季节很怪，昨天还干燥得让人全都枯死掉，今天就开始下雨了，雨很大，全世界都好静，屏住呼吸，真担心自己的呼吸会震碎这份安静，这份难得的静谧。

不知为什么，老在有雨的早晨醒来，感受有雨的空气，"这样很好"，我对自己说，其实，这的确没什么好，也没什么不好，在这个时分里，一切全是静止的。在网上认识木鱼，是很久以前的事了，不过也不久，只有半年的时光，只是我活在一个不同的世界，时间也没有任何意义了。

那个时候，每个窗口都吹进冬的寒意，没有雪，一片雪花都没有，干冷干冷的。空气中弥漫着心酸的味道，到现在我都还能感觉当时的心酸和阴冷。

"你为什么叫'流泪的人鱼'呢？"

"那是因为，我是鱼，而我很伤心，现在，也许永远。"

"那么，美人鱼，帅哥王子来了。"

这是我和木鱼第一次认识的对白，从那以后，他都一直叫我"美人鱼"。我想，这段感情也许就是从这里开始的吧！

二

木鱼告诉我，他现在极想听一张 CD，我知道是卡朋特兄妹出道时的那一张，我几乎跑遍了这座城市所有的唱片店，终于在一家要转业的店里找到了那张 CD。

我给木鱼寄去了，感动得他在电脑上连打 10 个"谢谢"，觉得自己真的挺好笑，这么无聊。

我搬了一个新地方，办了一年休学。新家邻居是一对聋哑夫妇，他们自己有一个菜园，常常送些新鲜的蔬菜来，我妈烧好了，就叫他们过来吃。看着他们打手语，心里就想流泪，我心里一直有一个念头，这念头关乎天长地久，但是，我明白，这是一个永远的神话。

三

再往后讲，就是秋天了，我买了一本书，花了整个秋天，自己学了手语，慢慢地就深入了这个无声的世界，这个世界很平和、从容，我想，像木鱼这种不得安生的家伙，永远也体会不到这个世界。

我闲来无事，老发 E-mail 给木鱼，他却不常发给我。不过，我不怪他，凭他的性格，一个小小的空间不能锁住他的。

妈妈老是陪着我，到了这里，我就成了她的全部，快乐和忧伤的源泉，只是，我已不太笑，也不太哭，整天恍恍惚惚的，只是他们也习惯了。

四

木鱼说要份我的美人鱼档案，我就给了过去，没想到他也发了份帅哥档案给我，那份档案里，不论身高、年龄、爱好全都跟流川枫一模一样，气得我连发多份电子邮件过去骂他不要脸、不要脸。

没想到，他又很快发了封 E-mail 回来，只有 4 个字："我想见你"，这次，我真的哭了，我忽然想起那个念头，那念头关乎天长地久。

我在电脑前面坐了一个下午，我一遍一遍地对自己说："别哭、别哭，又没什么不好"，可泪水就这么止不住地流，人鱼的泪其实就是气泡，会随风而逝的气泡，掉进了水里，就不见了。

吃晚饭的时候，我已经流不出泪来了，父母已习惯了我恍恍惚惚的样子，什么也没有问。

再次在网上遇到木鱼，他就跟我说，在那家 coffee shop 见面，几点钟之内，我说木鱼你就拿本《麦田守望者》在门口等吧！

我知道那家 coffee shop，很近的，坐地铁只有一个小时，原来我和木鱼之间的距离这么近，一片天空下，一份相同的天气，只是两个不同的天堂，我算我们呼吸着同样的空气，但我知道,我们看到的却不是同一份美丽,截然不同的世界,我知道,但这已不重要。

五

我去了那家 coffee shop,在与木鱼约定的时间前 3 个小时,这样,我便不会有失约的愧疚了,至少我去了,带着《麦田守望者》,带着一份约定,带着那个念头,那念头关乎天长地久。

我想我该走了,因为我的腿都站麻了,我想留下什么,证明我曾来过,可我不知道该留什么。于是,我把《麦田守望者》扔到了地上,我想,如果木鱼捡到了,会知道我曾经来过,留下过什么。

于是我静静地离开了,因为我看见时针 7:11,离我们相约的时间只差 1 小时了,其实,我只是走开了一点儿,我只想走到一个能看见他的地方,而他却看不见我。

我沿着这条街一直走,我告诉自己,8:11 时立刻回头,可我在 8:00 的时候就开始转身向回走了,因为我很担心木鱼是否发现了那本书,我心里有一点点反悔,后悔当初留下什么,我开始后悔答应赴木鱼的约,我开始后悔去年的冬天不该遇上木鱼,我走得很匆忙,我怕一不小心被他发现了,我怕我的泪会忍不住下落……

从那个戴着棒球帽的男孩身边走过,我注意到他手中的《麦田守望者》,只有一本书,而我的呢?我只是希望它突然消失了。

等我再次反应过来,才发现自己早已泪流满面,冰冰凉凉的感觉像这个冬季一样,没有雨,没有风,就只有干冷的感觉了。

六

我有一周没有上网，没有碰到木鱼，觉得自己突然像一年前那样干燥，像个旋涡，觉得自己和日子都会被一点一点地吞蚀掉。

邻居那对聋哑夫妇还是常常送菜，日子都没有变，只是我的手语已有专业水准了。

再坐到电脑前，发现有两封木鱼寄来的电子邮件，一封责备我没有赴约，害得他在 coffee shop 干等三个小时；一封是说他很久没有见到我了，很想我，我在心里一个劲地说对不起、对不起，泪水就大颗大颗往下掉。

我在电脑上打了封回信，告诉他其实我去赴了约；告诉他其实他很帅；告诉他，我丢了本《麦田守望者》；告诉他其实心里一直有个念头，只是，那天从他身边走过时，我就放弃了那个念头，就当做它是临海的一阵风吹下了人鱼的泪。

这封信，我存着没发。

我跑遍了整个城市，只为找一张木鱼想要的 CD。

我搬了家，休了学，花了整个秋天学了手语。

我去赴木鱼的约，后悔留下了《麦田守望者》。

我看到了木鱼，也喜欢木鱼，但我不想让他知道。

因为，去年秋天，有一个童话，人鱼公主在踏上陆地后，从此不能再说话，而我就是那只流泪的鱼。

是不是听你歌唱

■文/夏　明

　　那天的外语晚课老师没有来，班里乱糟糟的一片，把我的心情都搅得坏了起来。就在片刻之间，一个想法冲上我的脑海——逃课，任我挥也挥不去，于是我立刻拎起书包逃了出去。

　　我想若不是这次逃课，我永远都不会知道这秋天的夜晚有多美丽——深邃无底的湛蓝的天空，若隐若现的害羞的月亮，铺陈满天的淘气的星星，还有星光下迷离闪烁的霓虹。后来，我看见了路边的一盏灯，似乎越来越暗，越来越暗。我走过去，入神地看它——这霓虹下惟一的古朴简单的灯——我发现了一个奇迹，在我渐行渐近之时，灯光又开始亮了起来，我想，这也许是感应灯！于是使劲地跺脚拍手发出很大的声音，可它亮到一半的时候，还是停住了，任我累得身上开始发热也不肯听话。我实在没什么办法了，心里闷得直想打它一顿，后来灵机一动，对着它大声地喊了起来。

过了很久,灯始终没有如我希望般亮起来,我一时觉得太无聊,于是转身,再不去理会它。就在这时,我看见面前有一个男孩子正对着我笑,那笑容又似乎掺杂了一丝无奈,仿佛他正被我这样幼稚的行为击倒,不得不投降。可是,这跟他有什么关系呢?想到这儿,我也笑了起来。我想,他有一个名正言顺的理由笑我,而我也有同样顺理成章的理由笑他,扯平了吧!

恍惚间,听到他说:"你很可爱。"声音低低的轻轻的,像催眠一样充满了磁力。于是我开始有一些喜欢他了,这个夸我可爱的陌生的男孩子。他走近了些,说:"你是逃课吧?"我有点吃惊地挑起眉毛,"你怎么知道?"他笑了,笑得格外得意,他说:"我当然知道。穿着校服背着书包的笨女孩,你自然不会想到这样简单的事。"我连忙低头看自己。天啊!我怎么会穿校服逃课。他的笑声大了起来,含着浓浓的调皮,他说:"一看你就是好孩子,逃课都这么乖!"

这时,灯又要灭了的样子。他说:"我请你吃饭吧,饭馆是不会遇到老师的。"我不信任地瞪他,一双眼睛鼓鼓的,就像在说:"你是不是居心叵测?"他又笑了笑,他总是笑,仿佛我是个奇怪的丑娃娃。我是不习惯和陌生人一起吃饭,这很好笑吗?但冥冥中,我又很想和他一起去,或者这晚的星光太纷乱无章,于是这些平日里不会有的心绪也来侵袭。后来,我说:"你让这灯亮起来吧,如果它亮了,我们就去吃饭。"他诡异地看了我一眼,嘴角微微翘起,眉毛挑上去很高。我说:"真的,不骗你。"他悄悄地走过去,离那灯很近了,他转身对我说:"唱歌吧,你唱完歌这灯就会亮。"我感觉到了自己的心跳,我很紧张,甚至有一些担心这灯会不亮。我不知道这样一个男孩子一旦放掉了,是不是就意味着再也不会相遇。

我说:"不要唱吧,很难听的。"他说:"那灯就不会亮了。快唱快唱呀!"我于是唱了,唱了一首极短的圣诞歌,唱到最后一句时,我看到灯亮了起来。我开始笑了,那笑意止也止不住。我对着他傻傻地说:"亮了!"他说:"是的,亮了!"眼神调皮极了,绝口不提吃饭的事,我却忍不住开口:"是不是去吃饭?"他很淘气地笑,说:"那好吧!"很委屈似的。

那天,一切都好极了——天空、星星、霓虹、明灯,还有那个男孩子,那首圣诞歌。后来想来,我总觉得那像是一场梦,时间一久,我真有些记不得是否真的发生过。

如果不是那天,我又看到那盏明灯——

我对着它唱歌,唱圣诞歌,唱《红豆》,唱《我愿意》,唱《我等你》……可它始终没有亮。我很失望地转过身,这时,我听到一个低低的男声,轻轻地唱:你头发湿了,所以我累了;你眉毛开了,所以我笑了……我感觉到那灯已经亮了起来,笼罩在我的周围,一切都是这样的光明而美丽。我转过身,看到那个男孩子,一边唱歌一边扭动着灯柱上的开关——样子可爱极了。

■文 /严靓靓

就是这样

昨天, 陈苏约我去玩泥巴, 我连想都没想就告诉他: "魔蝎座不喜欢太浪漫的东西, 受不了矫情肉麻也舍不得每小时 20 元的 Money。"他听了略显沉痛, "Viven 啊, 你真应该对自己好一点。"

"我像自虐狂吗?我反问。

"我不知道现在还有哪个高二的女生还没上过网, 没玩过泥巴, 连吃肯德基也要用代金卡。"他凝重的表情使我觉得自己病入膏肓。

"我一直就是这样, 你又不是第一天认识我。"我怒气冲冲地结束了与他的对话。一分钟后陈苏重新打来电话: "Viven, 其实你很会做人。"我怔住了, 因为我从来不知道自己会做人, 而且很会做人, 受宠若惊地放下电话。

晚自习。班里很吵, 我发誓不是有意听到她们的对话, 我向来对隐私很没胃口,所以安顿在我这里很没销路,但她们却不肯放过我的耳朵。于是声声入耳。

"Ada,你仔细想想陈苏他哪好?你有没有听过这段话:'天涯何处无芳草?何必非在校园找?本来数量就不多,况且质量又不好'。"

Ada 黯淡地笑了,像生了一场大病:"那你有没有听过这样一段话?只要一分钟就可以遇到一个人,一天就可以喜欢上一个人,一周就可以爱上一个人,却要用一生的时间去忘记一个人。"Ada 无奈地摇头,"陈苏在我眼里的优点就是——没有缺点。"于是我开始庆幸昨天自己的谨慎,否则我跳进肥皂水里也洗不清了。

陈苏很快从讲台前踱了进来,言道:"Viven,今天中午我的'Flying Dance'来约我吃 PIZZA,告诉你什么叫倾国倾城。"

"谁?"我不解地问。

"哦,网友,忘记了你不上网。"

早在陈苏吹吹嘘嘘时就做好了失望的心理准备。但,我错了,我低估了陈苏对我品位与水准的践踏程度,听以,是的,我吐了。我彻头彻尾地信奉了阿泰的"网络无美女",但又实在太过保守,连陈苏自己也承认任何一个贬义词对她来说都是一种恭维。于是 Ada 放心地笑了,很恶俗却很真实。

"Viven,我告诉你件事,但你别太激动!"陈苏很严肃。

"怎么?你有绝症?"我抬起头问。

"你损不损啊。咱们校新转来一帅哥,简直……"

"喂,你把我当什么人啊?有异性没人性啊?"我义愤填膺疾恶如仇。"那么,转到几班了?"我很快换了另一种语气。

"咱们班。实习班主任。"

"哟,师生恋呢,你还想不想为社会主义建设添砖加瓦了,想不想为实现四个现代化而努力奋斗了?"我郑重其事的表情吓坏了陈苏,我也实在不想再与他搭讪了,人的想像力是那么致命况且为了他是那么不值得。

"Viven,其实你不用刻意躲我,你为他做什么他都不会知道。"陈苏小声喃喃着。

"为谁?"我惊诧地看着他。

"郑还。"他说得很有底气。

听到久违的名字,愤怒到底包围了喜悦:"那又怎么样?做不做是我的事,知不知道是他的事。"我收拾好东西准备回寝室。

"Viven,郑还是谁?"琦琦小声问。

"别多事。"

"Viven啊,其实感情都是在你觉得生活无法再好时开始又在你觉得生活无法再坏时结束的,take it easy,ok?"琦琦信任地点了点头,于是我也无奈地点点头。

"Viven……"一个身影明晃晃地出现在眼前。

"……郑——还?"我不可思议地看着他,"你不是在澳洲吗?"

"在澳洲很没有归属感的,我一直不知道自己是生活在最小的大陆上还是最大的岛屿上。所以就回来了。"他深刻地看了我一眼,"而且,澳洲没有Viven。"

我低头抚了抚头发:"郑还,我得回寝室了。"语气平静得一如什么也没有发生过。

"可我是特意回来的。"郑还似乎很着急地让我相信他。

"不行不行,魔蝎座永远也浪漫不起来的。我真的得走了。"

"但是Viven……"郑还在背后拉住我的手,于是我的书本习题落了一地,我怔怔地看着他凝视我的目光,坚决的沉重的,我似乎很没勇气地低下头,故作沉静地拾东西:"郑还,你突然就回来了，就像你两年前突然离开一样，什么也不说，这种游戏我玩不起，我已经有自己的生活了，摩羯座只喜欢一种稳定的生活。如果有一天你又突然回澳洲，我就要重新适应，你不觉得于人于己都太残忍了吗?"我抱着书缓缓走向寝室，但我清晰地感到背后凝重的目光。"Viven…Viven……"郑还声嘶力竭地喊我的名字，我没有回头，也许我真该对自己好一些。

琦琦在楼下等了我很久，她问"Viven 你怎么没表情?郑还回来你怎么一点也不开心?"我勉强笑了笑我真的好累啊，我想睡觉。琦琦在后面低声告诉我 Ada 已经祈祷整个晚上了希望你接受郑还。我诧异道:"这与她有什么关系?"琦琦说因为你对陈苏是太大的诱惑。我自恋起来:"我对任何人都是诱惑。"琦琦低头不经意地问:"Viven，陈苏、郑还、'海信'你最看重哪一个?""我明天告诉你吧。"

我以一个最肆意的姿势伏在床上，想起 Ada 形容过我的一句话:"Viven 很聪明，她知道狡兔三窟。"我想这就是陈苏、郑还、'海信'吧。可是我不重视陈苏，甚至是在逃避;我以前一直以为我把郑还看得最重，但现在看来，我还是太想知道结果了，现在终于明白了我与郑还的结果就是没有结果，所以我才了解"海信"对我究竟意味着什么?

我静静坐在教室里，老班身后隐约一个模糊的身形，是郑还。难道他真的回国读书吗?我的目光轻掠过"海信"，他正在抄笔记。出乎意料的，老班说郑还是回国任教的实习班主任，我瞠目，一个太可怕的玩笑。琦琦侧目问我怎么办?我怅然词穷，一个"怎么办?"包括了太多的无可奈何太多的不知所措，怎样面对郑还怎样面对海信。我有气无力地告诉琦琦帮我请病假，在老班那请。琦琦厉声:你别那么懦弱好不好?你能请三个月病假吗?但，在我想到办法前不见面就是最好的解脱。于是，我打着病假的幌子给郑还写信。

"郑还:你终于还是回来了,不管你信不信,想不想听,我都要告诉你,我一点都不开心,我一直以为自己很在乎你,但今天我才发现你只是我的借口,拒绝别人的借口,只是论据,证明我专一长情的论据,如果有感情,是的,只有感激之情,我眼里看的心里想的都只有'海信'一个人,我的愿望只有一个,和他考取同所大学。摩羯座追求的只有稳定,而稳定恰恰是你给不了的,因为我们总是失之交臂。"

我悄悄地把信夹在郑还的教案中,想像着他的眼神。郑还不走,我就病假。终于,郑还离开了,没有完成实习任务就回澳洲了。老班找了一个冠冕堂皇的理由为他搪塞。

Ada坐在球场边看陈苏打球,手里牵绊着细细的塑料绳,白色与绿色的完美组合。她正悉心地为陈苏编戒指,每编一个轻吟一遍:我要我们在一起。我直直地看着Ada被夕阳拉长的身影,原来快乐如此简单,Ada回头拉住我:"Viven,陈苏戴上了,你看你看。"阳光下陈苏的右手中指上的确熠熠地闪着光,熟练地运球上篮。

"海信"从阳光的氤氲中走过,接过我手中的书包。"谢谢你。"意味深长的语气,"郑还把什么都告诉你了?"勿须置疑的默契。

"他怎么样了?"

"就是这样。"我淡淡地答。

然后一切继续,就是这样。

■文/水 晶

口哨清亮

那年暑假，我常常拿着书到学校操场上找一个阴凉的地方温习功课。我也会常常遇到一群男孩子在操场上踢足球，其中有一个男孩球技极好，常常让我看得目不转睛。他射门成功时，便会吹一声清亮的口哨回荡在操场上空，仿佛在庆祝自己的胜利，偶尔也会看到他朝我站的方向投来一瞥。我偷偷给他起名叫"口哨男孩"。整个暑假，我几乎每天都去操场，也几乎每天都可以听到那悦耳的口哨音。

一天清晨，我突然被一声口哨惊醒，好熟悉的声音，难道是他？我从床上爬起来跑到窗前，只见一个很帅的男孩子斜倚着自行车，背着书包，车筐里放着一个足球。清晨的阳光洒在他健朗的身体上，显得那么有活力，有朝气，我不禁看呆了。他看到我出现在窗前，露出了一个满意的笑容，然后骑上自行车走了。是他，真的是他，我的"口哨男孩"，从那以后，我每天早上就多了一件事——等待他的口哨声，那成为我生活中的一个重要部分。

一次偶然的机会，我知道他也上网，并且拥有了他的OICQ号码！他的网名只有一个字"等"，渐渐地，我们成了最好的网友。我曾问过他："你有女朋友了吗？"他说："应该有了。"我问"为什么是应该？"他说："我是在暑假认识她的，每天下午她都去一所中学的操场上看我踢球，我喜欢她看我踢球时那种执著的表情，她的眼神让我心动。现在，我每天早上路过她家的时候都会吹声口哨，我是在说：早上好。而她也总是在窗口冲我一笑，我知道那是在说：你也好！我现在觉得自己是最幸福的人！""其实，你不是最幸福的，最幸福的应该是那个女孩，也就是我。"我在心里偷偷地对他说。当然网上，他知道的仅仅是我的网名"水晶"而已。而我每天清晨在他的口哨声中起床，晚上与他在虚拟的世界中相聚，我真的觉得自己是最幸福的人。

一年前，我家住的地方突然失火，还好，没有伤及任何人的生命，但我们却因此而搬了家，离以前的家很远很远。我便再没有听过他清亮的口哨，也就更无法冲他微笑了。奇怪的是网上也见不到他了。我心酸地想：他也许是有别的事情要去忙吧。这样，我便昏昏沉沉地度过每个日子，有几次，我在晚上突然听到他的口哨声，我"腾"地一下坐起来便要奔向窗口，"那仅仅是幻觉，"我告诉自己，于是泪水伴我到天明。

终于有一天，我在网上又见到了他，我颤抖着双手发消息给他："你还好吗？"他说："我不好，我的女朋友突然不见了！我没有她的消息，我看不到她的笑容了！""那你为什么不去找她？""我找了，我每天晚上骑着单车到各个居民区，每走过一个就吹一声哨，我希望我还能在某家窗前看到她的笑容，可是没有，我找遍了全市，一直没有找到她。"原来他这么久没上网是因为在找我，我的眼睛湿润了，"算了吧，等，放弃吧，也许她不值得你这么寻觅!""不,水晶,你不懂,我一闭上眼睛就会浮现出她的身影,还有她纯洁甜美的笑容,我忘不了她,我会继续找下去的,你知道我多么喜欢她看我踢球时的样子……"我的泪水再也忍不住了,等,我多么想告诉你,我就是那个爱看你踢球的女孩,我就是那个让你感到幸福的女孩,我就是那个拥有纯洁甜美笑容的她,可是我不能,因为在那场大火中我被火毁了容。

直到现在,我还经常在晚上听见那清亮的口哨声穿过云端,划过碧霄,传入我耳中,仿佛在对我诉说着什么……

■文/李 扬

电影

我没看重过什么，惟一相信的是爱情，我一直都认为缘分是最重要的，去年夏天我等到了。

我夏天一向很少生病，去年却例外。实在撑不住了，打着雨伞，在雨天去看病，那把雨伞是我以前顶喜欢的，可现在却对它没感觉。坐在医院的长凳上，我什么也没想，静静地坐着。我注意到对面两个人表情很平静，女孩可能生病了，闭着眼靠在男孩肩上，男孩子摆弄着手表，若有所思。他们要分手了，我猜想。（别怪我，我当时发烧）。

走出医院时，后面有人叫我，是那男孩，他说我忘拿雨伞了，我说我不要了，让他帮我扔了。我仔细看了他一眼，真正发觉他很帅。

闲来无事，我去了音像社。一进门我就看见他了，可我装作视而不见，津津有味地选着磁带，我意识到他在望我，顿时有种从地狱被拯救的感觉。我希望他不只是想看我一眼那么简单。其实在医院时,我就喜欢上他了,只是没想到我们有第二次见面的机会。

随便选了一盘,拿去交款。他走过来,侧头向我打招呼,我没想到会这么突然,不过想想这样也好。我们一起出了音像社,他看了看我手中的磁带,问:"你喜欢莫扎特的音乐?"我胡诌说听朋友讲听他的音乐有助于记忆。走到十字路口时,他建议到咖啡厅坐坐,我没加思索就同意了。

坐在他对面,我尽量让自己放松。他看了我两眼,低下头,然后盯着我说:"1个月前,我和女朋友分手了。"是吗,我装作无所谓的样子,可心里却狂喜,暗暗得意,我完全知道他说这句话的意思。沉默一会儿,继续和他谈音乐和文学。

回到家,躺在床上,听着《小夜曲》,脑子里全是他的名字"林川"、"林川"。思前想后,我想自己该做好心理准备,接受他。

一个礼拜后的一天下午,林川约我去看画展。见面时,他说他猜到我会穿白色短裙,所以选了件白色T恤跟我搭配。我耸了耸肩。

缘分悄然而至,我们就这样开始了。来得似乎突然,可我不曾怀疑过。

林川第一次来我家时,他说屋子太乱,杂志、小玩意乱丢,该整理整理。我说乱不是问题,干净就好。后来我们常去旧物店,那里的东西很特别,我们买过几张唱片,没完没了地听。

真实相处不过几个月的时间,可是爱他已经成了我的习惯,我习惯他骑车带我,习惯和他去书店,习惯听他的声音,习惯他看我的眼神,我早就习惯了和林川这样真诚相对。

可是不知道是不是所有美好的东西都会像一颗流星——转瞬即逝,取而代之的是不尽如人意的变化。

星期六晚上，我们照旧去吃日本料理。坐了一会儿，林川问我："假如，我只是说假如，小妍回来找我，你会怎么办?""小妍?"我想起了医院碰到的那个女孩。我不知道林川干吗在现在提起她。我故意漫不经心地说："你希望我怎么办?"林川低头说他不知道。我看得出他在压抑着心里的烦恼。

我隐隐感到那不是假如，虽然这种感觉没有第一次见到林川时的感觉强烈，可我还是被这感觉左右得没了信心，我没有鼓励自己不去在乎小妍的勇气。我开始回想以往和林川在一起的日子，我肯定他是真诚的，那么其他的也就不重要了。

三天后，林川来找我，他显得很疲惫，他说想和我到街上走走。我愈加肯定我自己的猜想。

我们静静地走谁也没讲话，我知道林川在想怎么开口，我也开始为这段感情作倒计时。"小妍找过我了，"他终于打破僵局。可我没出声，想听他往下说，可他只是背对着我站着。如果不是对另一份爱更有信心的话，谁又愿意半途而废呢?我想我该放手了，心竟感到满足。准备结束未尝不是一个好办法。也许是我害怕被放逐，想给自己找退路，但我肯定我不是为了成全。我也不想强迫林川做出什么回答。我只能感谢他曾经给我的一切。

那天没下雨，可能是老天怕增加我的伤心。可我记得那天在街上听到的一句歌词："你曾说过会永远爱我，也许承诺不过证明没把握。"还好，林川没给过我承诺。

阳光下的樱花

■文/叶 颖

有时候，我就很突然、很没有理由地，想见钟阮一面。也许是为了樱花。

坐在计佐家的地板上，计佐问我："为什么总想着死？"

我说："人死如灯灭，所有的一切也就随之永远地尘封了。"

"可是你不是常说人是有来世的吗？"计佐把手中削好的苹果递给我。

他削得极好，也就是为我，他才肯如此用心。平时，他也是马虎蛋一个，和我一样。

"可是，有孟婆茶啊。"唯心唯物，我都是胜利者。

计佐为之气结："说不过你，快吃吧。"

我咬着计佐为我削的苹果，开始想念钟阮。

一个男孩，不能对你太好，太好了，你会烦他，至少不会意识到要去珍惜，譬如计佐；不温不火、水到渠成地有所表示，你才会觉得他是一个值得慢慢品味的人，譬如钟阮。

计佐用单车载我回家，而钟阮就不会，他一定是陪我走上半个小时，虽然累，但很浪漫。相比之下，计佐太实际，并不是不好，只是我不喜欢。

和钟阮的最后一面，是在世纪初圣诞节的前夕。12月24日，学校操场上，我们绕着四百米跑道走了整整两圈。钟阮要到一个我看不见的地方去，是樱花国度——日本。他说他会给我寄樱花过来，可整整半年了，没有他的一点消息。

计佐曾经问我和钟阮是怎么回事，我反问他和我又是怎么回事。计佐说是"哥们儿"，我于是说钟阮也一样。但其实怎么可能一样?!

哥们儿!一个哥们儿走了会半夜三点想他想到胸口发疼?这家伙太惹人恨，走就走了，还给我温柔的一刀，就怕我晚上睡上好觉。

空调吹得我很舒服，我窝在沙发里昏昏欲睡。

忽然，电话铃声大作，我一激灵猛地坐了起来。

"您好，叶颖。"我如背公式一般。

"叶颖，我是钟阮啊。"我顿时失语，大脑一片空白。

钟阮钟阮钟阮。天啊!是我的"哥们儿"钟阮!

"东京好乱，噪音高达120分贝。我想你。"只一句话，我便不再恨他。钟阮就是钟阮。

"樱花呢?四月份就有樱花了。"我开门见山，却也忍不住撒了个小娇。

"卉子不准我给其他女孩送樱花。"钟阮的口气满是无辜。

"卉子是谁?"我傻到极点。

"我女朋友呗!"说完便笑，留我一个人在这边发愣。

三天后，有鸿自远方来，我躲在教室角落里看钟阮中日文夹杂的信,以及,樱花。"樱花送你,算是履行诺言。卉子居然说她要去英国,哈,世界真有趣,总是玩互相追逐的游戏。可是,我太想她,我忘不了她用日语再见时的样子。这么久才给你写信,真是很对不起……"

我请计佐去吃校外的大排档。

是很有趣,我喜欢的人从中国跑到日本去,我喜欢的人的喜欢的人从日本跑到英国去,看来满世界都是思念了。这样未免太累,而我又太懒,看来还是和计佐做哥们儿的好,每日踢踢球,喝喝汽水,吃吃大排档。

对酒当歌,人生几何。

"计佐,别客气,喝!"我恢复假小子本色。不是酒,是可乐。计佐狐疑,却也毫不客气地胡吃海塞一通。

回到家,直奔洗手间,酒肉生活的代价真是不小,莫非是在用食物枪毙自己的悲哀?胃里翻江倒海,只得去睡。

一觉醒来,阳光灿烂,和衣而卧的结果是脖子很疼。有电话过来。

"起了?昨晚怎么样,吐得一塌糊涂吧。我落枕,刚从邻居家借来药,你要不要?刚才队长来电话,在体育场定了场,去不去踢一场啊?计佐比阳光还阳光。

计佐钟阮钟阮计佐,踢球去!

然而我们却无意发现,钟阮寄给我的樱花一夜之间全部失去颜色——明明是标本啊,怎么会呢?怎么会呢?

面对没有颜色、没有生气、什么都没有的花瓣,我终于泪如雨下。

计佐是阳光,钟阮是樱花。

阳光是十七岁的友情,樱花是十七岁的爱情。

然而,阳光下的樱花,终究是要枯萎的。

紫色的夏天

■文/涣 笙

大三。

宿舍里的女生大都"名花有主"，于是周末，除了匆忙地去做家教或者钟点工之外，剩下的时间就基本是约会。

那时候宿舍楼前有棵挺茁壮的树，每逢夏天，就开出数串紫中透着莹白的小花，不怎么出众却很轻灵，给人浪漫又朦胧的感觉，而树下那些手拉手的恋人的出现倒正与这种气氛契合。

那时我正咬着铅笔翻那本试题集锦，心里想着考研。每每孤身一人在空荡荡的宿舍看书时，总有种悲壮的感觉，间杂着"世人皆醉我独醒"的自得。

直到有一天浩城的出现。

一切只因我在某个周二的早晨临时改变了慢跑的路线。正当我沉浸在清晨的凉爽之中时，不远处一个紫色的身影吸引了我的目光。没戴眼镜的我见前面紫色朦胧，一下子便联想起清丽灵俏的女生,于是颇为欣赏地投过去两眼,待到近前才知是个穿紫 T 恤的男生,不由一惊。他却毫不客气地回了我一眼,然后又咧嘴一笑,弄得我莫名其妙(后来浩城解释说,当时我看他的目光像看一只仙鹤,臭美)。

当天下午上西方文学理论课,不限系的大课。讲师 30 岁左右,面孔微圆,鼻子上扣一副黑框熊猫镜,更要命的是他操一口含混而地道的家乡话,听得我晕晕乎乎,一气之下戴上耳机翻开杂志,颇自得。忽然有个小纸团"啪"地打在书页上,我一惊,纸团犹自在书上滚。见鬼!我撇撇嘴展开纸条,上面赫然写着:"佩服阁下的'非暴力不合作运动'。"我抽口气四处一看,一下子看见那个穿淡紫 T 恤的男生,他望着我,嘴角微挑,手中玩着一支钢笔。

我怔了一下,一脸困惑地回过头。没想到一下课他就跑过来,一伸手:"嗨!交个朋友。"舍友见状都一脸怪笑。我当然没伸出手,倒知道了他叫浩城,计算机系与我同级。他皮肤微黄,不算高大,但吸引我的是他的眼睛:眼睛不大,却有一种剑一样慑人的目光。

随后我们的故事便开始了。

浩城喜欢弄"橡皮刻章",方法是将图案用复写纸反印在干净橡皮上,随后用小刀细加"琢刻"。他的"作品"线条都十分圆滑,并不见一些毛糙的痕迹。待到刻毕,蘸上红印泥向纸上一印便成了。他自诩这是"新时代的金石刻术"。他刻成的有 Kitty 猫,亦有林肯头像。我十分欣赏,并决定拜他为师,于是乎开始疯狂采购橡皮。舍友说我得了"恋皮症",我一笑了之。

而我喜欢植物。校门口有棵挺拔的小枫树,每每阳光明媚的时候,从下面走过仰起头都可以看见一片片绿叶隙中细细碎碎的蓝天,心情于是随之舒畅。"我喜欢那些枫叶,它们像天使的手掌。"坐在校门口的咖啡厅里，我对坐在对面吃冰淇淋的浩城说。"是吗？"他看着我，鬼鬼地笑了一下。他喜欢这样笑，一笑起来眼睛微眯，藏匿起平日的慢人，浅浅荡漾着一丝温柔，加上略略上翘的嘴角，很迷人。

　　谁知第二天一早我就收到一枝挂满绿枫叶的枫枝，包在一张旧报纸里，他托人给我捎上来。打开一看，我不禁目瞪口呆。接着是第二天，第三天……从那株可怜的小枫树下经过时我发现树冠赫然少了一块。老天！！我在网吧门口截住浩城请求他放小枫树一条生路。浩城闻言咧嘴一笑，轻轻地说："只要你喜欢，我可以把整株树锯下来送你。""我可不愿背上践踏树木的罪名！"我大声抗议，心中却有一种甜甜的感觉，女孩子嘛，听这种话总会有些心动的。

　　没有课的时候，我们喜欢在一条僻静的石子路上散步，夹道的，正是那种开紫花的树。风过时会有花瓣飘然而落，落我们一头一脸。浩城就喜欢在这时吹口哨——三毛的《橄榄树》，我静静聆听，抬头看他的脸时，却发现他眼中有一种淡淡的忧伤与阴郁，"人长大了是一定要去远方的，尤其是男孩，没有办法阻止。"他深深看我一眼，说。我点点头，却觉得我似乎不能步入他的世界。那条路上人不多，偶尔有一两个长发披肩的女生走过，浩城望着她们的背影，幽幽地说，"我喜欢长发长裙的女孩。"我耸肩，不知为什么，他说了那番话后，我便将头发理得更短，套一件T恤与膝盖以上的短裙。我不喜欢遵循别人的意志，尽管他并未要求我。

　　这座炎热的城市里难得有凉爽的雨天，临傍晚时却下了一阵淅淅沥沥的小雨，雨停后月尚如钩。并排站在教学楼下的屋檐下，我们两个都不发一言。其时，夜尚不深，空气中有些许凉意，莹蓝的天底下，丁香树悠悠闲闲撑着绿绸伞，流泻的月光透过树枝星星点点洒在草坪上。忽然一阵笛声传来，宛转而清妙。"杏花疏影里，吹笛到天明。"我不由轻轻叹道。浩城"嗯"了一声，却吹起孟庭苇《谁的眼泪在飞》，奇怪。我皱了皱眉头。他却戛然停住问我："对着流星许过愿吗？"本不耐烦打断他那美妙意境，我便佯叹道："嗨，老土！"看他一脸迷惑，我信口诌道："现在流行一种方法，每天早晨你看到第一片草叶，就闭上眼许个愿……""知道了知道了！"他吹声口哨："新鲜！"我咬着嘴没笑出来。忽然他偏着头端详了我一会儿，似乎要说些什么，却没说出来。

那时候我是一个清高并自命不凡的女生，每日我行我素。而浩城不同，他很优秀也很活跃，似乎永远是别人瞩目的焦点。早就听说他的系要保送一名优秀生去一家外企工作学习一年，表现好则录用，料到该是浩城。

临走前一天，照例是下了两节晚自习，浩城叫我出去。他双手插在裤兜里，平静地说："我要走了。""我知道。"我淡淡地回答。一切在预料之中。然后我们便是沉默。走廊里是喧闹沸腾的人声，夜很沉闷——这个令人烦恼的夏夜。

第二天，我起了个大早。似乎是无意识的，我换上一条也是惟——条水蓝的没及脚踝的长裙。站在那里，我注视着柔顺地垂下的裙裾，像慵懒的花瓣。走下楼，一级级的台阶似乎很漫长。浩城早已在那里等着了，他斜靠在那株花树上，晨风中，我看见他的头发有些凌乱。看见我的装束，他哑然。我走近他，咬了咬嘴唇，一字字地说："祝你成功。"他点点头，浅浅笑了。忽然他从裤兜里掏出一个纸盒，包装纸是浅紫的。我的心忽然开始抽痛。"喏，送你。"他说。我接过来，他却一下子敛住了笑容，定定地看着我，轻轻张开了嘴。我的心一阵跳动，我知道他要说什么了。我期待着那三个字的出口。

他却什么也没说。

我好失望。

道了珍重。他竟那样走了，在那个阳光和暖的，晨风中花瓣轻舞的夏日清晨。

立在他身后，我抖着手打开了盒子，里面赫然是一瓶干草叶。我一忆，却想起了那夜的玩笑。下面写着："我记住了你的话，这些是每天清晨我看见的第一片草叶，对着它们我许了愿，送你，因为每个心愿里都有你。"

宿舍里的录音机里放着阿哲的《我是真的》——"我是真的爱你，爱到不灰心……你或许难以相信，所以离开我去证明……你是可以放弃，我却不能忘记……"断断续续的音乐里，面对纠结的心愿，我泪如雨下……

那个夏天成长在淡紫花树下的爱情，在不久后的毕业实习与忙乱的分配里几乎都烟消云散。而我再也没有了浩城的消息。

多年后我却时时记起那个夏天，淡紫的夏天，那一段与浩城或许不能算作爱情的"爱情"。忽然就想他那一袭淡紫的 T 恤，岂不就是一个美丽而又忧伤的预言？

小黛玉的浪漫邂逅

■文/颦颦

手握一把绣荷的圆型仿古丝绸扇，着一袭优雅的浅蓝色长裙，脚蹬一双白色的高跟皮凉鞋，袅袅婷婷的我就这样迈着猫步走进了本市重点中学的大门。

九月的校园洋溢着矢车菊的清香。没想到我第一次扮靓，竟会如此成功。走在通往教学楼的林阴小路上，即使阳光很淡，我仍感觉到迎面走来的人们眼中的惊讶。

头回穿高跟鞋即使是踩着软软的落叶，我都是小心翼翼的。耳际不时飘来小鸟清脆的鸣唱，我渐渐沉迷于如此诗情画意的美景了，直到我的一只皮鞋不知被什么绊了一下，整个身体开始向前倾，我的脑瓜才完全清醒过来。完了，糗大了耶。开学的第一天就来个开门红。就在我的膝盖触到地面的一刹那。一只手拉住我的臂膀。

谢天谢地，感谢真主，感谢圣母玛丽亚。我自言自语，根本没想到是哪位英雄侠义相助。"咳,你没事吧!"磁性的男音非常悦耳。我一惊,扭头一看,是一个高个儿男孩,有着一双黑亮的眸子,弯弯的嘴角挂着一抹微笑。清晨的几缕阳光透过密密的枝叶调皮地跳到他白皙的脸庞上,使俊逸的脸庞轮廓分明。

在我发觉自己的失态时,我羞涩地说了谢谢,便垂下眼睑,急急地想要离去。可是我那双可恶的高跟鞋再次与我过不去。在踩到一块小小的石子后,我再一次脚一歪,又差点跌倒,那双修长的手又及时地扶住了我。"咳,你可真有意思,让我来两次'英雄救美'。你才学会走路吗?"我轻轻地摇摇头,故意学古时的女子一般拎起裙摆作了个揖,然后突然扮了个鬼脸,脱下鞋子拎在手上,转身就跑。他一愣,随即明白过来。"嘿,等等。"他从后面小跑着追上来。"知道吗?你挺有个性的。"我的嘴巴一下咧得好大。我真佩服他的坦荡。"是新生吧!哪个班的?""三班。"我扬着两道自认为很秀气的柳眉。"我们是同班。"他有些兴致了,眉宇间流露着浓浓的笑意。"叫我雨辰吧!你呢?""林鞏。"

当我和他一前一后走进教室时,所有人的眼光全都凝聚在我们身上。我不由得脸红心跳起来。随便找个空位坐了下来。他也毫不犹豫地坐在我身后。

"哇喔,鞏鞏,太好了。你和我同一班耶,有得聊了。"大大咧咧的云是我的邻居,她向来如此夸张,人未到声先闻了。"哇,这身衣服太美了。很适合你耶。"突然云又凑在我耳边问:"你后面坐的是谁呀?挺酷的。""他说叫雨辰。""是嘛?"云颇有兴致地掉过头去和那个叫雨辰的聊天去了。我静静地一人独坐着,心里埋怨着云的重色轻友。但是身后的一串串笑声更让我的每一根神经都绷紧了。云居然把我初中时那些糗事全抖出来了。

"哈哈,她很可爱,也很可笑喔!"雨辰的笑让我恨不得找个地洞钻进去。"哈哈,别看她糗事一箩筐,才学可不浅哦。大家都叫她小黛玉。"云毫不隐藏,将我出卖了,我真想脱下淑女的外套,跳起来痛扁她一顿。

好容易挨到放学,一结束我便以迅雷不及掩耳之势往家奔。因为我的脚上还是没有穿那双可恶的高跟鞋,以至于我的金边白色丝袜变成了灰色。

当我迎着许多好奇的眼光冲出校门时,猛然瞧见雨辰骑着一辆漂亮的山地车飞驰过来,微笑着对我说:"林颦,我送你吧!你不会固执地要穿着袜子走回家吧!"我苦笑了一下,无可奈何地坐在了他身后,轻轻地环抱着他的腰。他笑了,一脸的活泼:"你很腼腆,真的很像林黛玉呀!""谢谢夸奖,大叔。"我甜甜地喊了声,让他跌破眼镜:"我有这么老吗?""不是呀!在家里只要比我高的男士除了我爸,我都叫大叔,不好吗?""这倒是挺新鲜的。"他转过脸来,幽幽的黑眸中弥漫着笑意。

清凉的风轻拂着我的几缕散落出来的青丝。我一路上都嗅到雨辰身上那股特殊但是幽雅的清香味。他颇有兴致地谈天说地。而我早已不耐烦了。我的肚子毫不客气地敲着响鼓。

终于看到我家大门上那串叮叮咚咚的风铃。车还没停稳我就跳下来直冲向大门。"别那么急呀,我有这么令你讨厌吗?""不会呀,你挺棒的。长得挺帅,还有就是早上你侠义相助,拉了我两把,但是大恩不言谢嘛!我又何必多此一举呢。"他笑了,啧啧有声地摇头:"太调皮了。你真是个鬼精灵。是不是呀?小黛玉。"我诡秘地撇撇嘴:"想要我知恩图报请你吃饭吗?可以呀!我家有很多速食面,怎么样,要来几筒吗?""唉呀,那我还是不打扰了,免得搞得我营养不良。"他很愉快地说了"拜拜"后便潇洒地骑车远去了。目送着他的身影渐渐地消失,我还在回味着他身上那股奇特的清香。

第二天,就在我托着下巴和雨辰聊天侃地时,我们的班主任进来和颜悦色地说："我来介绍一下你们的语文老师——钟雨辰。他曾是我的学生，你们的校友，刚刚毕业于上海复旦。"

我吃惊地看着雨辰，他笑眯眯地冲我挤挤眼，自信地走上讲台……

桂花飘香的九月，浪漫的时节，我认识了这个浪漫的"BOY"。也许以后会有浪漫的事情发生哦！

穿过你的花园

■文/馨 儿

十六岁那一年，我读中专一年级，认识了一个叫朱的邻班男孩。这男孩长得很帅气，也很冷傲。习惯了被男孩子包围的我不知为什么，总是记着他，那时他已经和他们班的一个女孩子很要好了。

后来由于课程的安排，我们被编到一个大班。同在一个教室里，我不自觉地感受着他的一举一动，偶尔也察觉他投来的目光。我的心告诉我，他和他的女友并不像别人说的那么要好，而他对我也并不是毫无感觉，所以我开始了我的等待，等待他与他的女友分手，等待他向我走近。只是我的信心在等待中渐渐消磨殆尽，看见他依然与他的女友在一起，我终于失望了。

在那些失望的日子里，我尝试着与一些对我好的男孩子玩在一起，但在下意识中，我还是在等他，安静下来依然想他。最后我没接受对我好的任何一个男孩子。就这样把自己抛入寂寞中过了两年。

十八岁生日的那一天,我还是没有等到他给我的礼物。我在平静中许愿:十八岁的天空依旧不要爱情。

我让自己忙了起来,在忙碌中忘却那份寂寞与孤独,忘却等待和遥远的他。为了逃避,也为了自己的前途,我报名参加了会计证的考试,并在课余参加了培训。

到培训班不久,我遇上了阳。与阳的相识真是偶然,直到现在我也不敢否认那是缘分的安排。他是个很聪明也很大胆的男孩子,对我很好也缠得很紧。我不知该如何应付,有一阵也被他缠得承认他是我的男朋友。但在我心里,我总是在犹豫着要不要接受他,不仅仅因为我生日那天的许愿,我知道在我的心里一直都没有放弃过等待,我不愿错过心底的那一线希望。

那一天,我又看见朱和他的女友去看电影,他的女友华脸上填满了幸福而满足的笑容。我心一酸,牙一咬:罢!罢!罢!就算他会回头,我也不会忍心伤害那个善良的女孩。于是,我真正接受了阳,并开始全心全意地对他。

阳不同于我们班上那些少年老成的男孩子。和他在一起,我总有一种很新奇的感觉。他对我的珍视,让我无时无刻不感受着拥有的幸福。那些日子我过得很开心,忘了十八岁不要爱情的愿望,忘了冷静与理智,也忘了朱。我们在一起数星星,看月亮,在山顶看日出,我渐渐越陷越深,变得爱哭又爱笑,并渐渐迷失了自己。

在临近毕业的时候,朱又把座位搬到了我后面。这时也许是我心中没有了等待的怨恨,我们渐渐又和好了。以前只谈些表面的东西,现在居然敞开心扉,平心静气地说起心底的事情与思想。朱说起了他的迷惘——他和他的女朋友。他说他从前以为他与他的女朋友那就是爱情,走近了才知道不是的,但他已身不由己。那是一个好女孩子,他不能伤害与辜负她,甚至不能让她知道他的感觉。我暗叹缘分的神奇,并不痛不痒地劝他。

毕业的那一天,班上在歌舞厅举行毕业晚会。那天阳不知为什么没来送我,我又在别人的劝说下多喝了几杯酒。我一直坐在卡拉 OK 厅的角落里,想着自己的心事。后来我看见朱走过来,坐到我身旁,我知道他是来向我道别的。看着我曾最想拥有的人,酒意上来,我忽然很想哭。

他握住我的手:"今日一别,今生也许就不能再见面了。你真的没有话要对我说吗?想哭就哭吧,也就是这一次了。"

我抽出我的手,捧住脸,泪水无法自抑地流了下来。

朱坐在那里,看着我哭,什么话都没有说。哭了一阵,我平静下来,擦干泪,半开玩笑地说:"朱,我有一阵子对你蛮好的,你知不知道?"

他皱了皱眉,说:"我又不是木头,怎么可能不知道?不过你现在也有男朋友了。"

"其实你对我也很好,对不对?"我又问。

"你自己知道的,何必再问?"顿了顿。

他说:"其实,那个中秋节的晚上……"

我想起那个晚上本来是我们约好一起去玩的,后来阳来接我,我不辞而别。我听他继续说:"那天如我不理智的话,一定会向你表白的,谁知你……多少年来,我第一个中秋节没吃月饼,第一次哭泣。"

我看着他眼中泛起的泪光,无言。那个晚上我甚至没再想起他。摇摇头,我终于没说那两年的等待,一切都已成定局,不会再改变了。我问朱:"华呢?"

他说:"在外面吧。"

我站起身来,对他说:"朱,一切都不会有什么改变了,把一切都忘掉吧，就当我们都喝多了。我们都不会忍心伤别人的心的，而且我们自己也并不明白是怎么回事，对不对？过去了就过去吧，以后给我写信，OK？"

下了舞池，看着朱离开时，一次又一次地回头看我，不由泪流满面。

■文/安　格

本已不够美丽、不够温柔、不够聪慧，本以为只剩一颗算是清纯的心，现在想来一无所长，女孩便只有永远哭泣，因为她没有礼物献给诗人。

有个女孩，凭着几封信一次见面，就认为他是她永远不懂却永远留恋的一段故事。那是她真心体会的，纵然那味很苦，很涩，像他的唇。

夏天才来，穿裙子的女孩出来了，她忽然知道自己原来如此喜欢诗，喜欢诗人，虽然不知道诗是什么，诗人该温柔、深沉或粗犷？不知道穿裙子的女孩能否从初升的花蕊里品出爱情，不知道自己是否真的认为幸福就是过程，于是什么也不想知道，什么也不必考虑，直到有一天诗负女孩，诗人负女孩。

坐在江堤旁，日暮的太阳伴着流水叮咚响，只要闭一下眼，心中就会有灿烂的希望。睁眼时诗人还在，可女孩心中说拥有

233

就是失去。记得诗人对女孩说，你是一只猫，你是一个洋娃娃。可女孩自己知道，她只是一个爱诗的羞涩女孩。

在江堤，女孩希望诗人说"留一留"，表面却漠然。潇洒是装出来的，心情却无法伪装。

女孩去拨那六个号码，只想轻轻说，说好想你，想你昨夜的缠绵，昨夜的口琴，诗人却只会例行公事地说"你好"、"再见。"

诗人会在回家的火车上打扑克；

诗人也会土气十足地说"俺们"；

诗人也认为，只有爱才是男女间最伟大的感情……

人生几何？女孩问诗人，何为永久？何为神圣？诗人劝她，不要胡思乱想。

什么叫做失望，女孩这才深刻懂得。失望的心却也叫相思噬烂，本已不够美丽、不够温柔、不够聪慧，本以为只剩一颗算是清纯的心，现在想来一无所长，女孩便只有永远哭泣，因为她没有礼物献给诗人。

二十三岁的大女孩坐在夏天的书桌旁边暗暗漂泊，但愿还能撞上昨夜的星辰，昨夜的故事。

两个人看的电影

■文／史 鹏

于松一次次把回忆定格在他和阿美初次相识的那个晚上。

20岁那年的冬天，他深深地迷恋上了电影。飘雪的那个晚上，他走进了文化路的迷你放映厅去看一部叫《梁祝》的电影。放映厅里只有四个人，一对不断在低声细语的青年男女中途退了场，最后只剩下两个人。阿美坐在于松前面的座位上，那时他们还不认识。

那是一部非常不错的电影，经过重新演绎的古典爱情故事让于松和阿美一直沉浸在无比忧伤的气氛之中。等到放映厅灯光亮起来的时候，他们两个都木然地坐在座位上。过了一会儿，放映员通过墙壁上的小孔对他们喊：喂，你们坐在那里发什么愣？没看够下次再看！

他们如梦初醒，走出了放映厅。由于下雪的缘故，他们都站在门口犹豫了片刻。她突然问他：你哭啦？他点点头。他也问她：

你也哭啦?她也点点头。他们互相对视了一会儿,都不好意思地笑起来。从那一刻起,属于他们两人的故事开始上演了。

也许是受了电影的感染,于松始终觉得那个晚上从头到尾都充满了诗意:北风吹着雪粒纷纷扬扬地洒满了整座城市,橘黄色的街灯营造了温馨浪漫的气氛。他们肩并肩在行人稀少的街道上行走着,像两个心心相印的孩子。她问他:我看得出你似乎非常喜欢在街上漫步,是吗?他说是啊,我认为一个人在街上漫步的感觉很好。她又说:你看起来有些忧郁。他说是啊,忧郁的感觉也很好。她笑了笑,说:你这个人真有意思。他说我送你回家吧,她说好吧。尽管他们都尽量放慢了速度,但还是很快就到了阿美的楼下。于松以为他的好时光就这么结束了。就在他要和她说再见的时候,她说:把你的手伸过来。于松把手递给阿美,阿美在于松的手心上写下了她的电话号码。有机会给我打电话,她说。于松点点头,然后阿美就上楼去了。不知什么原因,于松一直站在楼下默默仰望着临街的窗子。过了一会儿,他看见三楼灯亮了。于松看见阿美拉开窗帘冲他挥了挥手。

于松一直在想念着阿美。有好几次,他已经按下了那个电话号码的前 6 位数,然而又莫名其妙地把听筒放下。他也说不清楚为什么。无聊的时候,他会不知不觉走到阿美家的楼下,呆呆望着三楼的那扇窗子。有时那里亮着灯,有时那里是一片漆黑。

就这样,两个星期过去了。

那天晚上,于松又到放映厅去看一部爱情片。在放映厅的门口,他看见阿美穿着大衣坐在门前的台阶上。阿美笑着问于松:你是不是把我给忘了?于松说没有。他问她为什么一个人坐在台阶上,她说我在等你啊。她向于松晃了晃手中的电影票:我已经来过三次了,每次我都买好两张票坐在这里等你。看到阿美娇小天真的样子,于松真的感到自己是一个罪人。

于松从来没有谈过恋爱，所以他在阿美面前总是有些不知所措。她问他：你是不是有些害羞？他说是啊，你是我认识的第一个姑娘，而且还是一个好姑娘，我当然有点紧张。阿美说：我喜欢你害羞的样子，其实这样也没什么不好。你看梁山伯，总是那么一副傻乎乎的样子，不是也挺可爱吗？听了阿美的话，于松越发感到她是一个好姑娘。他想，像阿美这样的好姑娘真是越来越少了。

　　他们总是在一起看电影。那天看完电影，于松像往常一样送阿美回家。在于松转身的时候，他听见阿美轻轻叫了一声他的名字。于松回过头来，阿美一下子抱住了他。吻我一下，她说。如水的月光下，于松发现阿美的眼神清澈动人。在低头吻阿美的时候，于松嗅到她头发散发出来的淡淡香气。阿美红着脸跑到楼上，然后拉开窗帘向于松挥挥手。他们像孩子一般重复着这样的游戏，那段时光让于松终生难忘。

　　阿美邀于松去她家，于松却摇了摇头。她问为什么。他说不为什么，就是不想去。阿美生气地跑到楼上，那天她没有拉开窗帘。于松一直也不肯向阿美吐露心中的秘密：他知道阿美的家庭条件优越，而他可能注定一辈子都要做一个穷人。他时常担心他们会不会出现像梁祝那样悲惨的结局。

　　在于松游移不定的时候，他的朋友约他一起去西藏。于松知道自己一直缺乏足够的勇气，也许从西藏回来他就可以直面他和阿美之间的事实。于松向阿美告别，阿美给了他一个包，告诉他路上会用得着。于松始终也没有打开它。他想，有这个包陪伴着就已经足够了，他不需要别的什么。

　　于松去了西藏。在回来的路上，他突然改变了主意。他不想再让他和阿美之间的感情继续下去了，他打算亲手来砍掉他们精心种植的这棵爱情之树。从西藏回来，他只给阿美打了一次电话,说他不再爱她了。没有等到阿美再说话,他就匆匆忙忙把电话挂断了。于松怕他会听到阿美伤心的哭泣声。

距离他们分别已经有两年了,于松一直忘不掉阿美。他时常按下电话号码的前 6 位数,然后再把电话放下。于松知道阿美不会原谅他,但他也不会原谅自己。他让一个朋友陪着他去了一次放映厅,在走到门口的时候,他问:是不是有一个姑娘穿着大衣坐在门口的台阶上?朋友说没有。他打算再去看一次电影,在买票的时候,售票处的老太太对他们说:有一个怪怪的小姑娘总是一个人来看电影,每次来都要坚持买两张票。于松问:"她看的什么电影?老太太说:就是那部《梁祝》啊,据说拷贝已经快被她给看坏了。"

于松流泪了。站在他身边的那个朋友就是我。两年前,我们一起去了西藏。在回来的路上,我们遇上了车祸。这么长时间了,于松始终是这副样子:坐在轮椅上不断地抚摸着阿美送给他的包,眼前是一片漆黑。

青春的海盗船

青春的海盗船

■文/苏 洋

明媚的春天，公园里的空气中都弥漫着美好而甜蜜的味道。宣宣站在我的身边，我听得见清风抚过她的声音。我们面前伫立的是一个正在剧烈摇摆，满载着人们惊叫和欢笑的巨大机器——海盗船。

"我们去试一次吧！"我央求她，"我想这一定很有意思！"可是宣宣却很害怕。她没有应声，只是紧紧地盯着那艘呼啸来去的"船"。她的眼睛里，流露着恐惧和担忧。这个刚从乡下来的19岁女孩，在她看来，海盗船足以带她经历一次死亡之旅。

"你陪我玩一次吧，回头我陪你去逛街！"我继续央求着，并露出我最青春迷人的笑脸。在几天的相处后，我知道宣宣是很喜欢看我的笑的。

她终于陪我坐在了海盗船上，她脸色苍白，小小的身体在我身边微微发抖，我伸出胳膊，很自然地搂住她，和她一起向面前的深渊和悬崖冲去。

温暖的空气变得冰凉而稀薄,扑面而来,令人窒息。我把宣宣紧紧地搂住,她的肩膀单薄,让人怜惜。海盗船以越来越快的速度摇荡,恐惧和眩晕让人忘却了所有的东西。

"我喜欢你!"我在风和阳光的间隙里,附在她的身边,低声细语。

四周的景物渐渐还原,我们回到了现实里。我扶着宣宣从船上下来,她的脸色惨白:"太可怕了!"她的眼睛泫然欲泣,"我觉得自己已经死掉了……"

我们慢慢向前走着,谈话变得小心翼翼。她用探询的眼光看着我——"那句话到底是不是他说的,还是我在急骤的风里听错了?他爱我吗?他会真的爱我吗?……"她渐渐地沉默了,完全很严重很严肃的,这或许关系着她的未来,她的命运……

"这样!"宣宣忽然拉住我的胳膊,语气坚定,"我想回去,再坐一次海盗船!"

于是,她,脸色苍白、身体颤抖的她,再次倚着我,靠在我的臂弯里。风,毫不留情,又一次撕裂了美好的空气。周围的人们投入地大叫,歇斯底里。在风声最大,恐惧最大的时候,我再次靠近她的耳朵,轻轻地说了一句:"我喜欢你!"

我们又回到了陆地,宣宣仍是被我扶着。"你没事吧?"我问。她摇摇头,困惑地打量着我,阳光照着她柔美的长发,泄露出小女孩的温柔心事和焦急。她转过头去,久久地看着那艘充满神秘的海盗船。好一会,她长长地出一口气,说"我们走吧。"语气里满是无奈。

整个下午和晚间,可怜的姑娘被自己的心事折磨得心神不宁,她思考着,在两个答案里转个不停:"是他还是风?究竟是谁对她说了一句'我喜欢你'?"我看见她站在花架下发呆,我知道她是多么想问我一句，但是她不好意思，好几次她偷偷地观察我，带着探询和关切的神情和我聊天，但却总是欲言又止，欲说还休。

第二天一早，我就接到宣宣的电话："今天如果你愿意带我出去走走，我还想和你一起去公园。"

我们走到了海盗船边，宣宣的脸微微发红，从她的眼神里，我看到害怕和兴奋同时燃烧着。

"一起坐海盗船吧！"她仰头问我，几乎是央求的。"你不是很怕吗？"我笑着看她。"不，我不怕的，我喜欢坐它！"她望着忽上忽下的海盗船，带着困惑的甜蜜回答。

很自然，我在适当的时候把适当的话再次交代给她，在说"我喜欢你"的时候，我清楚地闻见她头发里清新的泥土味道。无可否认，在我一生的记忆里，宣宣是我见过的最美好最可爱的乡下姑娘。

再次从恐惧中回过神来，宣宣开始品味那句情话，她已经不关心那是风还是我说的话，她浑身洋溢着幸福的感觉，本来嘛，不管用哪张床睡觉，只要能酝酿出美梦就好。

宣宣一直很喜欢坐海盗船，从她 19 岁那年的春天起。她在我的家乡完成了大学，有了一份好工作，组建了一个美满的家庭，我想她心里一定还有一个美丽的令人羡慕的回忆……

而我，那年之后，也经历了好多事情，现在，我已经记不起来我为什么要和她开那样的玩笑，为什么会偷偷地和她说那样的话了……

像奶牛一样美丽

■文/露痕轻啜

$我$一边津津有味地舔着雀巢咖啡的雪糕，一边躺在沙发上听欣欣第 N 次的叮嘱。欣欣是我的好朋友，前年已经很幸福地嫁作他人妇，我还记得在婚礼上，她笑得掩不住的小爆牙和婚纱一样雪白。欣欣是个大好人，她除了打扫她家和他老公的个人卫生以外，还经常到我家来替我整理整理书柜，熨熨衣服什么的。

此刻，她一边熨我的一件白底黑点的连衣裙，一边嘱咐我今晚上参加聚会的时候，不能像往常一样还未动筷，眼睛就很执著地盯着鸡大腿，或者喝汤的时候发出巨大的声音……我知道，这又是欣欣给我安排的相亲聚会。一群未婚的大青年坐在一起吃吃饭，跳跳舞，然后对上眼的，就互相交换电话号码，单独行动。这样的聚会无聊透顶，成功率据说只有百分之一，可星座书上说，这个星期我会遇到真正的爱人，所以无论如何我要去。

猛吸一口气后，把二尺一的腰塞进一尺九的裙子里，一阵挺胸收腹翘臀后,发现腰部的赘肉怎么也掩饰不了。欣欣看了后,连连皱眉摇头,说怎么又在横向发展,我嘿嘿笑两声,说都是冰淇淋惹的祸。欣欣想了一下,把挂在门背后一个白底硕大黑点的皮包给我挎上,说正好,又配衣服又遮腰部赘肉。把我送到门口作了一个"V",然后给了我一个飞吻,叫我明天给她好消息。

亚里士多德说,相同羽毛的鸟,自然会聚在一起。我和欣欣从小学就非常得来,每次看着自己日益扩展的腰围,只需转过头看看欣欣的爆牙,我就很坦然了。造物主是公平的。所以这么多年来,欣欣对爆牙心安理得,我也对赘肉不舍不弃。

可今天晚上聚会上的男女很显然和我不是同类的鸟。她们身上穿着MYTENO裙子,手上戴着雷达手表,脚下是鳄鱼皮的皮鞋……看看自己身上在夜市买的连衣裙,我下意识地用臂夹紧了欣欣那只硕大的皮包,希望它可以把我整个人都装进去。

令我失望的是今天聚会晚餐尽是那些蔬菜水果沙拉一类的……怎么吃得饱?在喝下三杯果珍,吃下四块蛋糕,吞掉五只香肠后,我终于发现三点:在场除我以外的七个女生全部都穿带有加厚杯形的胸罩;而在场所有男士除了一个身着灰蓝色衬衣的男人以外全部都在看那些女生;只有那个穿灰蓝色衬衣的男人出乎意料地盯着我。

当"灰蓝衬衣"向我走过来的时候,我想,终于遇到一个识货的。我在考虑,一会儿告诉他呼机号、手机号还是家里的电话?

"灰蓝衬衣"个子比我高很多,这让我在仰头望他的时候,不用担心露出双下巴。"灰蓝色衬衣"深深地看着我,很绅士地说:"可以认识你吗?"

"当然!"我有些慌乱,心如鹿撞。

"你很特别,你知道吗?"他想了想说。

"嗯,什么?特别?"我瞪大了眼睛。

"是的!你真像从大草原里出来的。你让我想起了卡斯拉里那幅《牧牛女》的油画。"

"我很像挤奶的秀丽小姑娘?"我用最甜美的声音问他。

"不!你远远看上去很像画中那只奶牛。"

柏扬说,依潜力和爆发力的强度来说,男人不过只是男人,而女人则不然,每一个女人都像一颗核子弹,不发挥潜力则罢,一旦爆发,能把全世界人的眼珠都吓得掉出来。

而我当时不过是摔烂一个盘子,他的眼珠就快掉下来了。我说你这人怎么这样呀,拿别人开涮?他心虚地说他说的是事实。还说最优秀的男人忠于思想。

我把捏紧了拳头的手放在身后狠狠地说:"先生贵姓?"

他说免贵姓欧,叫欧翔。

我说:"欧翔!我记住你了!别落在我手上!"我放下话来。

"喂喂!你叫什么名字!我为什么要落在你手上?"他在背后掩不住笑地问道。

"医院护士!"我转过头甜甜地对他一笑。

欣欣仔细看了我那身连衣裙和皮包,开始了自我检讨:"好像还真有点像奶——","牛"字还没说完,我就跳起来叫她闭嘴,欣欣只好把嘴合起来,连同她的小爆牙。只是后来,欣欣每次叫我的名字都叫"奶牛露"了!

我有生以来从没有如此地希望一个人生病,我常常谴责自己这样有违职业道德,但我一听到欣欣叫我"奶牛露",就忍不住希望欧翔害点什么病落在我手上。

六一儿童节,我遇到了欧翔。如愿以偿地,而且是在医院里。

走进3-1号病房,迎面而来的就是他四十二码的脚。他打着绷带的腿悬吊得很高,一只手也因骨折被吊在胸前。我确定白色护士帽没有戴歪，所以欧翔歪着的头的样子一定是因为吃惊过度。

我微笑着对他说："见到你真高兴,还记得我吗?"

"相逢何必曾相识?"欧翔有气无力。

我拿出纱布开始给他受伤的脚踝换药,他杀猪般的声音在病房中响起。

他呻吟着说,对一个病人来说,仁爱、温和有时比药物更灵。我说,谁说的?他说是"陀思妥耶夫斯基",我一用劲,在他的脚上用纱布打了个漂亮的蝴蝶结后面无表情地对他说:"不认识。"欧翔问,他大概要住多久的院?我说没准,总要十天半个月的吧!然后冲着欧翔懊恼的样子眨了眨眼睛。

欣欣说欧翔是一个非常倒霉的人,理由是,医院里那么多护士,怎么就偏偏遇到了我。我说那叫幸运,像我这么时时都关心他病情的护士已经不多了。后来我才听值班医生说,欧翔的脚踝是在商场里为救一个从电梯里滚下来的小朋友扭伤的。为此我才对欧翔稍微有了一点好脸色,给他换药的手也不是那么重了。

欧翔申请了特别护理,于是每天午饭后的半个小时,我都必须替他读报兼聊天。他说随便读点什么吧,我说我办公桌上只有一本书,他问什么书,我说是《孕妇每问必答》。他说,那算了。

后来,他托人带来了一本王朔的《看上去很美》。我于是读给他听,"陈南燕没事就爱掐方枪枪的脸蛋,方枪枪说他喜欢这种柔软的手指,一用劲就能感到肉下骨节的硬度,这手指接触到皮肤的时候,用了一种委婉的语言,译成书面文字就是:温存……"读到这里,欧翔说我不生气的时候,给他换药的手指也给他这种感觉。我坚信他这是人在屋檐下不得不低头的马屁战术。赶紧提醒自己别忘了卡斯拉里的《牧牛女》。

欧翔说这个故事很长，在他出院前恐怕是读不完了。然后小心谨慎地问："出院以后你还会替我念这本小说吗？"

我愣了愣说，除非你想再住进来。

这一刻，我分明看到了一簇火焰在他眼睛里跳跃。可我又很不是时机地想起了《牧牛女》里那头奶牛。

欧翔终于出院了。出院的时候，我正好休假。换班的时候，我惯性地走进他的病房，迎面而来的再也不是他晃晃悠悠的腿，房间里空荡荡的，我心也是。

接下来的日子，我依然给其他病人做特护，也读书读报，可我却非常怀念那本《看上去很美》，不知道它的结局，因为没有给欧翔读完。但我却不愿去书店买。

星期天，懒懒地在家看电视，欣欣打电话说刚给我买了一条裙子，一会儿就给我带过来，正好给我当今晚聚会的战衣。我说什么聚会？她说是她老公单位的舞会，我一定要去看看，没准看上个顺眼的。我说饶了我吧，出了一次丑，还不够呀？欣欣说，这次保证不会，这次的裙子可漂亮了。我一想起欣欣的爆牙，就难以相信她的品位。不过欣欣的苦心让我感动不已。上次聚会是为了我自己，这次去，是不愿辜负欣欣的一片好心。

欣欣这次给我带回的裙子是红底白点，和上次那件除了颜色不一样，其他没什么分别，我真是又好气又好笑，我问欣欣，真的要穿这件裙子去？

欣欣说一定要。

死就死吧！贝多芬说，真正的友谊是基于相近性情的结合。看来我很难否认和欣欣性情的结合。看来我很难否认和欣欣的品位不在一个档次。

舞会上，我百无聊赖，一个人躲在角落里嗑瓜子，然后我看见了一双四十二码的鞋。抬起头来一看，是穿灰蓝衬衣的欧翔。

"我可以认识你吗?"欧翔问。

我屏住呼吸瞪着他,仿佛他刚刚从天而降。

"当然!"

"你给我的感觉很特别,你知道吗?"他满眼笑意地说道。一如我们初识的对白。

"又像卡斯拉里《牧牛女》里的那只奶牛?"我又好气又好笑。

"不!这次比较像——七星瓢虫!"欧翔哈哈大笑。

"欧翔!"我有些气急败坏。

"嘿嘿!我说的是事实,优秀的男人是忠于思想的。"

欧翔一只手拉起我进入舞池,一只手放在我腰部第二根肋骨上,轻轻地在我耳边说:"虽然上次我说你像一只奶牛,但——看上去很美!"

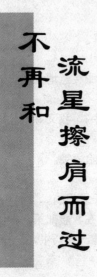

不再和流星擦肩而过

■文/琉 璃

爱穿棉布长裙的她习惯将自己的情感溶入一个个故事，也习惯了在自己世界里做一个主宰者，安排情节，编排着别人的命运。

然而今天，她忽然对同室的嘉嘉宣布：我想实践一场恋爱。嘉嘉将嘴张好大，半晌才冒出一句：你，你说什么？

她在同学的眼中一直是我行我素的，喜欢写优美曲折的文字。她也不知道今天怎么会在心中升起这种感觉。只是朦朦胧胧的，她想体会一下在自己笔下司空见惯的情节真实地落在现实中是什么感觉。所以，她用了"实践"两个字。其实她并没有什么太复杂的目的，她只是想在情人节亲手包装一盒巧克力，体验一下那种温柔的心情过程。她知道没有人能理解那种朦胧的心绪。

去上网。一上线，就有 N 个头像对她晃。以前她在网上的风格一贯神秘,她不让任何人知道她是谁,她来自哪里。可今天她竟在无意间随便选了一个晃得很凶的头像,没头没脑地发了一句信息:我想和你见面。

接下来的事情发生得很戏剧化,连时间地点都不是她安排的,一个爽朗的男声在电话里自行决定了一切见面事宜。然后一个男孩儿就出现在她面前,告诉她他和她同校,理科生,比她高一届,然后滔滔不绝地开始自我介绍。她看看他——外形还不错,当个男主角也不会亏了她。

即使这样,她对他仍是没有感觉。可接下的"然后"是他悄悄地牵了她的手。她的心跳了一下,眉头动了动,没有挣扎,有种异样的感觉在心底升起。不知道这是什么感觉,不过她不想去计较太多,至少现在有了一点"感觉",这个故事终于具有了一般故事应有的因素,可以发展下去了。

从此,她的生活果然拥有了只有小说中才有的:山地车后座醉得发酵的微风、林阴、烛光、直到熄灯也不会熄火的睡前热线……

他对她很好,几乎无微不至地关心,常常她还只是轻微的头痛,感冒药就第一时间送到寝室,然后又看到他风风火火地赶来告诉她那药不能吃,刚刚听药检的新闻,不含 PPA 的合格药品中好像不包括那种药。接着就出学校跑了很远的路买另一种药,幸好药店没有打烊,可因为回来太晚学校封了门,他急着送药,跳墙摔坏了脚踝。

她看着药和他肿得馒头般的脚,咬着唇说道,你为什么对我这么好呀?

因为我爱你啊,傻丫头。可……

还有什么是不对劲的,她茫茫然觉出,然而泪水湮没了她的思绪,使她忘记了省略号的部分。

她对他也很好，送他生日蛋糕，为他包礼物，在他篮球赛后汗水淋漓之际，适时地递上毛巾，每天提醒他早起、吃早餐、上自习。当他看到她给他亲手做的蛋糕，出神了好一会儿，忽然对她说，你知道吗？其实我在和你见面之前，就注意你很久了。

什么？她睁大了眼睛。他有些不好意思，和你在网上聊天也是因为想认识你，以为你给人的感觉是远远的、冷冷的、难以攀近的样子，所以我们宿舍的人都说，你是冰山上的雪莲，可真没想到在我面前你竟是这么的温柔细心。

她愣愣地回答，我这样做有什么不对吗？他笑了笑说，傻丫头。

傻丫头！从来没有人这么叫过她。他对她说，傻丫头，当一个男孩儿说一个女孩儿傻时，就代表他喜欢她啊。

她情愿当他一辈子的傻丫头。

夏夜的双子座，据说真的会有一场流星雨划过呢。那天，和熙熙攘攘的同学们一样，他们爬上后山。当流星雨开始美丽地坠落，大家全都许愿、欢呼、雀跃不已。她也激动地寻找着颗颗流星，尖叫着让他快看快看。然而她一回头，却发现他一直在注视着她……

夏日的黄昏，她穿了一条新的浅蓝色长裙。他一如往常地拉着她的手，说，你又买了新裙子啦。她笑说，今天稿费刚取出，一时高兴就去买了。他拨弄着她的长发不经意地说，啊，稿费？你还会写文章啊？

她的笑容霎时僵硬了。他不懂文学，这是她早就发现的。"我的笔名叫琉璃，外号叫但但，就是'但丁'的简称。"她曾不止一次地提醒他。他却说蛋蛋，呵，还以为是鸡蛋的蛋呢。

星空下，他望着她说，我以后一定会赚很多钱，不让你受一点苦，我要让你做最风光的新娘。

她摇头，人生的道路是自己的，我不需要在意别人的目光，我只希望能和心爱的人生活在一起。

但那只是理想中的境地，你毕竟还得生存在这个社会里，我们没法逃避现实。

这不是逃避现实，我只是想活得自由点。

……

争论的结果是她开始敏感、苛刻。可他回答，喜欢一个人需要理由吗?不需要吗?需要吗?然后大笑着说，你是脑壳坏掉啦。她不屑与他进行这么无聊的争辩，但她知道，喜欢一个人，是需要理由的。

他挠挠头，思索再三，好像，是因为你给我的感觉很好，很安静，很飘然，你的长发，你的柔美吸引了我。原来你从来没有花时间去欣赏过我的思想，只肤浅地注重我的外表，她说。他叫道，不!不是那样的!唉，我也说不清……

"分手吧，和你交往只是'实践'一次恋爱而已，你不懂我的世界，我也不想再这样下去了，这对你不公平。"那一刻，她清楚地看见他眼眸中那颗晶亮的星子陨落了，仿佛夏夜那场凄美的流星雨。

因为误会而结合，因为理解而分手。这场荒唐的游戏早该结束了。趁她还没有陷入，她又可以开始过她正常的生活了。于是，她又开始在图书馆构思她的文章了，然而，她忽然发现似乎任何灵感都离她而去，心好像失落了什么似的忐忑不安。脑袋里空荡荡的，只是敏感地觉察到一道灼热的视线。于是微微抬头，看见他正在不远处定定地望着她。他执著的目光仿佛亘古都没有改变过。她连忙低下头，装作没看见，因为她不忍正视他的眸子，怕看到他眼中的那颗陨落的流星。

心的忐忑变成了抽痛。强颜欢笑，却掩盖不了反常的寂寞。

寝室里一片低气压，嘉嘉只得打开窗子透透气。

窗外又一次飘来了《流星雨》，最近总听见这首歌。

"温柔的星空，应该让你感动，我在你身后，为你布置一片天空……"听着它，那些经历过的，不能简单地抹去，可她回不到从前了。曾经，也有一个肩膀在流星雨划过的夜晚可以让她依靠，可现在……

但但，快看。她被嘉嘉的尖叫吸引到窗前，俯身向下看去——他抱着吉他，毫无顾忌地坐在男女生宿舍中间的草坪上自弹自唱。原来，这几天听到的《流星雨》，一直都是他在……

天！脑子还来不及思考什么，身体就做出了最直接的反应——她冲下楼去。

她气喘吁吁地站在他面前。他们的眸光闪烁流动。

她听到他说——以前我不熟悉你的世界，但从现在开始我要逐渐去了解，去走近，去体会。虽然我没有这方面的细胞，例如到现在我还是没法总结出我为什么会喜欢你的原因，但我只能抓住我心里惟一明了的感觉，就是我在乎你，你不在我身边，我就不安，看你难过，我也会痛苦，和你分手，我真怕没人会比我更懂得珍惜你、爱你。

他没有说完，因为她拉着他的胳膊娇嗔地说：傻瓜。她知道，还有一种爱，叫做感动。她这次要紧紧地抓住这颗流星，她再也不想错过幸福的机会了。

平安夜无故事

■文/辛 夷

忽然想起几个老朋友，在这贺卡雪片似的纷飞的年末，于是我钻进校门口的一家精品店。屋里冷清得让人奇怪。柜台前是个年轻得还有些孩子气的大男孩，阔肩膀，微黑的欧式脸，黑而且亮的眼睛叫我情不自禁地亮牌打分——9.99分（金无足赤嘛）!

　　站在一堆花花绿绿的卡片中间，手忙脚乱地东翻西拣。卡好，不过价钱更好。男孩在一边殷勤地帮我挑选，同时热情地鼓动着我的购买欲望。虽说无奸不商，可这么漂亮的男孩这么好的态度——真令我这个"鸭派"（靓女为"天鹅派"，简称"鹅派"）受宠若惊啊!唉，不买他一两张真是过意不去。于是就昏头昏脑地掏钱，买下十几张贵得吓人的卡片。

　　出了店门右拐就有几个小摊，我心情颇佳地凑上去——老天，这儿同样品质的卡片价格只有店内的二分之一甚至三分之一!此真乃美丽害人也!又疑是美人计。

揣着让我挨宰的贺卡去吃"圣诞大餐"。

学校食堂里放着乱七八糟的通俗歌曲。我优雅地捏着勺柄,轻轻舀起一勺高盐度土豆汤送进嘴里,瓮声瓮气地对丫说:"整个一庸俗!"

丫"扑哧"一笑,赶紧提起饭盒里的一块排骨塞入樱桃小口,同时说:"你这模样,特像王朔。"

"王朔算老几?!都怪我初中时年幼无知,竟以争做'王朔第二'为己任……赶明儿王朔追着来找我签名我还不希罕给他签呢!"我摇头晃脑地搅着一盒"咸菜",我知道这口气这模样其实都像极了王朔。

前桌一个戴眼镜的干瘦男生闻声回头,似乎受了什么惊吓似的。我扮个鬼脸,迅速换上矜持的表情作淑女状,一小口一小口地抿着芒果汁。

"来。"我举起易拉罐,和丫的碰了一下,丫笑笑不说话,低下头又去啃她的排骨。我盯着面前的果汁,有些恍惚——时空一道一道,栅栏似的,而我想要回头看一看的目光却无法穿越。于是干脆给自己一个微笑,默念:"为高三干杯!为年轻干杯!为我们自己干杯!来吧!让我们干杯!"然后把易拉罐送到嘴边,一饮而尽。要的就是这样,一饮而尽(电影里都这样)!

掏出张贺卡给丫。丫脸上没有惊喜也没有兴奋,淡淡的,就像我想像的那样。丫没为我准备圣诞礼物,同样意料之中。我想我应该拍案而起,指着丫的鼻子骂:"你这个忘恩负义的家伙!"可是我只是温柔地望着她,轻声说:"快点吃,饭都凉了。"

吃完了有咸有淡的"忆苦饭",我昂首阔步地向外走。一个佩红绶带的男生迅速起立拍了拍我的肩膀——他坐旁边的饭桌,已向我们这边不停张望了足有 20 分钟,令我和丫都暗自心跳了半天——我很合作地回过头去，只听那个帅小孩非常严肃地说："你的凳子，放到桌子下面去！"

扫兴！

■文/陈　洁

天使之网

　　有些人的目光是我们一辈子都不能也不愿走出的，因为那是我们的天使之网。

　　和阿骏走出店门的时候已经微微起了风。"要变天的。"我搂了搂单薄的衬衫，想起早晨出门时妈妈的话。当时我正不耐烦地拒绝了她递来的短毛衣。那是件手编的网眼衫，式样已经过时了。"但也许套在身上，一样可以很暖和。"我有些后悔地想。

　　手心里握着一只温润圆滑的镯子，是给阿骏妈妈的母亲节礼物。刚才在店里，售货员小姐为我们在柜台上排开了几十只。"她喜欢粗的还是细的？""黑的好还是白的好？"我不信地问阿骏。可他只是笑着对我说了一句："她愿意戴你最喜欢的。"

　　最后选中的是一只细细的、刻满小花的镯子。一色的蓝，景泰蓝特有的那种。我想像着如此古典雅致的镯子戴在阿骏妈妈这位美丽的妇人手上，该是怎样的一种风致。"环佩叮当"，一定是的。

"不给你妈妈也挑一只吗?"阿骏问。我不做声。

"吵架了吗?"他又问。这使我想起了早上出门时,我还狠狠地摔上了房间门,用这种霸道的方式挡住了妈妈递衣服的手。"她一定还在生我的气。"我说了句没头没脑的话。

阿骏意味深长地看着我。"配一只盒子,"我连忙回过头对售货员说,"就那只蓝色印花的。"

在店门前的台阶旁,我停了下来,"你妈妈真的会喜欢吗?"我不放心地问。

"只要她知道是你买的,一定很喜欢。"阿骏笑得很好看。

"那么你呢?"我试探着问。

"你喜欢我就喜欢,"阿骏想也没想,"我听你的。"他说。

"是吗?"一阵不安猛地涌上心头,我想起了别人的一些流言。"可你不觉得我太霸道,太喜欢左右你的意志吗?"我急急地追问,"我不让你喝酒,不让你抽烟,不让你做你的朋友认为流行的事,我还老是叮嘱你要好好读书。"我停下来,看着阿骏,"告诉我,和我做朋友,你真的,快乐吗?"

阿骏回过头来,眯了眼睛仔细地看我:"我不明白,你又从哪里冒出这些精灵古怪的念头来。"

"可是,可是有人说我是猫,把你这只鸟关在笼子里独自把玩,有人说你很想逃出笼子,那样你才会快乐。"我幽幽地叹息,又是一阵风,让我下意识地缩了缩肩膀,"你现在还在我的笼子里,但也许你很无奈。"

"不!不是这样的。"阿骏脱下罩衣披在我肩上,"不是无奈,不是猫和小鸟还有笼子。"他的目光停在渺茫的远方,"应该说——天使之网。"

"还记得我说过的那个故事吗?一个平凡的男孩和一个小天

使做了一生的朋友。虽然他们不能说话也无法见面,但无论男孩做什么,他总能看到天使美丽的眼睛,那里面有鼓励有信心当然也有责备和阻止。"我顺着阿骏的目光而望,依然那是天堂的方向,"那就是天使之网——爱的关注,天使的目光。男孩知道他永远也走不出这张网,可是他心甘情愿。他知道只有这张网才能带给他真正的、持久的快乐。"阿骏慢慢把目光转向我,"因为那是——爱的束缚。"

风拂过阿骏的脸拂乱了他的头发,却拂不去他眼里的那份坚定。他举手做出发誓的模样,我忽然意识到正是这份坚定,又填平了我们之间的一道鸿沟。

阿骏拉起我的手,"记住'朋友'两字的结构,"他在我手心一笔一画地书写,"'朋'为经纬,'友'字交错,慢慢织成,天使之网。"

我们相视而笑,身后树木葱郁,大地光华。

红灯。我和阿骏停了下来。隐隐地已经能看见我家的高房子。

拐角处是一幢小木屋,有红色的横幅被风鼓得胀胀的——"Special Card 5 月 12 日献给母亲节的礼物"。我犹豫地看看阿骏。"进去吧。"他推了我一把,"有些东西不能忽视。"

阿骏替我选了张童趣盎然的母亲卡——一个小女孩正使劲地试穿一件还没结好的毛衣,袖口的衣针画出稚嫩的笔迹:"'套'在你的爱心之中,我感到很满足。"仿佛被人看穿了心事似的,我的脸莫名地涨得通红。

我向店主借了支笔。在卡上又添了一句:"你是我的天使之网,妈妈。"

走道里,我正摸黑掏着钥匙,门却开了。妈妈微笑着站在门口,仿佛已经忘了早上的不快,只是带着一丝埋怨:"这么晚。"

我只是笑，"母亲节快乐!"我把卡递给了妈妈。

一下子，我就看到了妈妈眼里的欣慰。她手忙脚乱地拆着卡，脸上的兴奋就好像一个顽皮的孩子刚刚偷吃了一颗很甜很甜的糖，泛着淡淡的红晕。

有夜风透过窗缝穿进来，我郑重地套上那件短毛衣，就仿佛套上一张温暖的网。在那一瞬间我终于明白：其实我们每个人都是尘世间的那个小男孩，有些人的目光是我们一辈子都不能也不愿走出的，因为那是我们的天使之网——在深情的关注下，我们心甘情愿，接受爱的束缚。

■文/徐安玲

一世音缘

那年夏天，我戴着一顶大草帽，捧着心爱的小收音机去很远的地方读大学。学校里的学生来自全国各地，各种方言土话每每令我那对声音常敏感的耳朵受折磨。

一次，一个高年级的闽南籍男生找我"谈心"，足足讲了十分钟，声情并茂，还差点儿哭了。可我什么也没听懂，傻兮兮地站在宿舍楼的阴影里。直到他用纯正的美式英语说"I Love you"，我才如梦初醒，恶狠狠地推开他，疾速跑掉。

那时，情窦未开，心目中"白马王子"的影像还很模糊。但固执地认定他应该有深沉磁性的嗓音，应该讲一口动人心怀的普通话。

大三的圣诞夜飘着细细碎碎的雪花。寝室里的"妖精"们大多打扮得花枝招展地溜出去浪漫了，只剩下我和一对羞涩的情人共享节日的温馨。即使摘下深度近视镜，塞上耳机大听"圣诞音乐特辑"，我也实在不忍心看他们那副"盈盈一水间，脉脉不得语"的可怜模样。两分钟后，我跳下床，边绑鞋带边说："本小姐要去参加假面舞会了！"

走出门，风吹得隐隐有几丝寒意。雪中的校园显得很静很空旷，弥漫着淡淡的节日气氛。舞厅照例由食堂临时改装，破旧的餐桌挤在黑暗的角落里，散发出西红柿和卷心菜煮在一起的味道。几百号人像下饺子似的推来搡去，跳得热气腾腾。

在门口拿到的面具是一只笑得阴阳怪气的小狐狸，和自己那袭腰身很细而下摆很宽的火红长裙真是绝配。邀我共舞的男生并不少，但总被我连哄带骗地推掉。正津津有味地躲在角落里喝一瓶汽水，冷不防有个声音说："能请你跳舞吗？"

那是一种我无法拒绝的声音，亲切而熟稔，仿佛在很远很远的前方，这个声音便锲而不舍地叫过我好多次了！

我梦游般地站起来，把手交给他，一只穿着亮灰色厚毛衣的笨笨的"毛毛熊"。他带我到舞池，同时惊呼："你怎么可以这样高！"声音低低的，极富感染力，像从前吃的云片糕，入口便化，只留下甜甜的隽永的回味。心中温热，脚下便乱了方寸，把他的大皮鞋踩得一塌糊涂，他笑着喊痛。

每一支舞曲都太短，短到让人来不及说什么。他柔软的大手轻轻握着我，两颗心于无言中感受着一种最深的默契，当最后那支《魂断蓝桥》的主题曲缓缓奏出来时，我一点一滴蓄积的忧伤终于流溢。我不知道该怎样留住这个夜晚。渐渐地，"毛毛熊"也踩不上拍子了，他用伤感的大手拍拍我说："你是我遇到的最可爱的女孩儿。"顿了顿，又断断续续地补充，"如果来年还没忘记我，圣诞夜时还在这里等我好吗？"我点头，轻轻抚弄他围巾上的长流苏，明明白白地告诉他："无论那天下多大的雪，刮多大的风，我都会在这里等你。"这是我生命里最重最重的承诺。

曲终人散。外面的雪已经下得很大很大,雪花被路灯染成好看的橙黄。我坚持让他先走,他犹豫了一下终于点点头。目送他高大的身影混杂在熙熙攘攘的人流里,在雪中渐行渐远,我的眼泪终于涌了出来。

那袭炫目的红裙,回去后整整齐齐叠好后便不再敢穿。我变得多愁善感心事重重了,总抱怨日子过得太慢。像一朵幽幽待放的小茉莉,用素洁如雪花的花瓣收藏住满怀馨香,我在等,等下一个美丽的圣诞夜,一位打扮成毛毛熊的好男孩在灯火阑珊的地方认出我,并微笑着把我带走。

数着树上长出的叶子,好不容易把春天盼来了。难得午后没课,双手抱紧一本英汉双解辞典在校园里东张西望地散步。那日,天气极好。一个男生正爬到高高的电线杆上修理广播喇叭,蓝水晶一样的天空和软软白白的云朵映衬着他那件色彩鲜明的夹克衫,看上去异常动人。我不禁微微有些发痴。

"很好看吗?"他低头时发现了我,抱着电线杆怪夸张地喊。

那魂牵梦萦的声音如利剑直刺到我的心里去!我浑身发抖,费了好大的劲才使自己没被这巨大的幸福击倒。天哪,一定是他,我日思夜想的"毛毛熊",我的眼泪又快涌出来了!

后来知道他叫恩凯,校广播站的站长。我故作镇静,盯着他的脸足足看了几分钟,忍不住小声嘀咕:"你怎么可以长得这样英俊!"恩凯于是大笑起来,用他那"职业爱情杀手"般的声音和我说话。我们就那么认识了,并很快成为要好的朋友。恩凯热情活跃,个性开朗,博学不俗的谈吐常常语惊四座。可他有时候又很笨,根本认不出我就是圣诞夜里与他共舞的那只"火狐"。一次,我漫不经心地"点拨"他说:"恩凯,你比圣诞节时瘦了好几圈。"他居然频频点头:"这一年太忙,连睡眠都不够。"

那段时间,他正为广播站忙得焦头烂额,每天行色匆匆。偶尔听他谈起相思已久却暂时无法相见的女孩,我不禁脸上发烧,心里慌慌的,却又不忍心说破,怕提前而至的爱情扰乱了他忙碌而又体力透支的生活。

日子便在那种欲言又止、半知半觉的折磨中慢慢度过了。了解得越多,我越喜欢恩凯,以至一天听不到他的声音就失魂落魄。

转眼到了平安夜。那晚我忽然心烦意乱,丢下书本去找恩凯。他开门时神采飞扬,大声说:"含霏来了!"我这才发现寝室里坐着一位美丽的长发女孩,眼睛大大的,非常清澈。恩凯在她面前竟是一副柔情万种的样子,正和我说着话,也会突然扭过头,深深地看含霏一眼,目光中满是缠绻。等了一年,无情的答案竟在今天,原来我不是恩凯梦中的女孩,原来他早忘了雪夜里那个纯洁的约定!我想哭,想扑上去打恩凯耳光。可最后,我却笑着对含霏说:"你不知道恩凯有多想你!"

那夜,含霏就住在我的宿舍。我们挤在一张单人床上,迷迷糊糊地说了很多。含霏甚至问我将来她和恩凯的新家应该选什么样的布做窗帘。夜深了,我仍然无法入睡,又不敢翻身。走廊的灯光透过毛边玻璃照进来,含霏熟睡的脸庞像天使一样圣洁。我真的很妒嫉她!

第二天,我将含霏那飘逸的长发精心挽成一个花髻,拿出自己最心爱的头饰给她戴上。那头饰很美,轻情柔曼的白纱仿佛蝴蝶的翅膀,又像染满兰花香味的山间晨雾。它本来是留给自己的,可这个圣诞夜,我什么也不需要了!

站在窗前,望着恩凯和含霏并肩离去,心里有种决堤般的崩溃感。已经不明白什么是痛,什么是伤感了,只知道爱有时候得说,而有时候又得不说。在以后漫长的岁月里,我都将以一种温柔的心情为恩凯守口如瓶。

打开箱子，红衣仍在，每一处折痕都写满不舍的记忆。又神差鬼使般地穿上它，跌跌撞撞的脚步把我带到舞厅门口。

里面依然在开假面舞会，五颜六色的灯光像女巫的眼睛一样闪烁不定。最后那支曲子还会是用忧伤的小号奏出的《一路平安》吗？但今年已不再有美丽的邂逅，不再有刻骨铭心的等待！

不知过了多久，一个高大的身影匆匆向舞厅走来，手里还捏着一朵鲜艳如血的玫瑰。又是谁的"白马王子"来了，我喃喃地重复着美好的祝福，准备掉头走开。

"请问，你是在等一只'毛毛熊'吗？"男孩从背后叫住我，声音低沉而亲切，像小时候吃过的云片糕。

在我还发呆的那会儿，一双温暖的大手早已理好我零乱的长发，拉平我系错了扣子的衣领，帮我擦去眼角结冰的泪痕，慢慢地说："'小狐狸'，你去年出现得太早了，害得'毛毛熊'整整一年都在想你。"

捧着他的手，把玫瑰花贴到脸上，我觉得自己听到了世界上最美的声音，一份源于友谊，一份源于爱情。

我们交错而过

■文/赵　冬

许小雨在学院颇受男同学青睐，模特儿般的身段，秀气的脸蛋再加上一头黄色的头发，嘿，活脱脱一副飘逸的女性美！我那时特别清高，感情忽冷忽热，也没把她放在眼里。

政治系的王老师喜欢写作，我常去找他闲侃起腻。一天，我与王老师买了瓶特酿，一起上山寻找感觉。路上，碰上了许小雨，她说想上山采黄花，于是我们结伴而行。

上了山，我们在绿草丛中采撷黄花，王老师的山歌唱得棒极了，这山上寂寥，歌声飘向悠远。玩累了，我们一起来到了王老师的一个朋友家。朋友是憨厚的菜农，见我们来了，一家人乐得找不着北。女主人马上下地去摘各种蔬菜，小雨下厨掌勺，做了不少菜。有土豆炖豆角，黄瓜凉菜，蛋炒黄花，烧茄子，糖拌西红柿……每样菜都做了一大锅。这顿饭是我在大学的 4 年中吃得最开胃的一顿。在下山的路上，我不禁称赞她说："没想到，你的厨房手艺这么好。"

"如果有肉，调料再全，保证做得还要好。"她并不谦虚。

王老师见我们谈得火热，知趣地放慢了脚步，远远地跟着。

"我读过你的作品，很喜欢。我对文学没什么爱好，但我的钢笔字写得还算漂亮，你以后忙不过来，可以求我帮忙呀。"

"谢谢你。"我发现这女孩非常自信，且又善解人意，将来一定是个不错的妻子。

从这天起，我才认真地注意起了许小雨，她不仅有一个很诗意的名字，而且还是一个极有魅力的女孩子。

临近毕业的时候，小雨来宿舍看我，我们又回忆起那次上山采黄花的情景。

"还想去吗？"我探讨地问。

"你呢？"她肯定地望着我。

第二天，我俩如约而来。秋天的山上树叶像一团团燃烧的火焰，我与她在山顶静静地坐着。坐累了，躺在草地上仰望蓝天上飘游的云彩。我们谈到幸福，谈到爱情。我说一个人能否得到爱并不重要，重要的是不是真正地爱过；她说如果得不到爱是残酷的，也失去了爱的意义。我说婚姻并不能标志爱情；她说爱情达到一定高度必然应该升华到婚姻，没有爱的婚姻是不道德的。我说人与人相爱跟用婚姻锁链把两个毫不相干的男女拴在一起是两码事，爱就应该给相爱的人一个充分自由的天空；她说自由也该有个尺度，不能不顾道德和伦理……我与小雨的观点有明显的分歧，我不想再争执下去了。

我半真半假地说："小雨，假如我将来有一天向你求婚，你肯不肯嫁给我呢？"

"不知道。"她歪歪头，抿起嘴偷偷地笑。

我仿佛得到了暗示，从身旁摘了一朵花，对她说："我送你一件礼物,你闭上眼睛。"

她很听话,真的闭起眼伸出了手,以为我会送她那朵花。

我探近了身子,在她脸上吻了一下。她好像被黄蜂蜇了一口,脸红起来,愠怒地责怪道:"你干什么?经过我允许了吗?这么轻浮。"

我俩在原地沉默了十多分钟,她拍拍我:"回去吧。"我希望她向我道歉。

她见我没有反应,扭头下山去了。我认为她不过是吓吓我,一会儿就会从旁边转回来,可等了十多分钟,也没见她回来。我往山下跑,远远地望见她已走到了夕阳那边,踏上了那座铁桥,翩翩的身影披上了一身晚霞的余晖。

我一路小跑,追上了她:"后悔了吧。"

"什么?"

"跟我上山来你后悔了吧。"

"哼!"她高傲地昂起头,不理我。

我再也忍受不了这种傲慢无礼的态度,留下她独自逃走了。

过了两个星期,她给我写来一封信:

……盼了好久,原以为你会给我写信或来找我,现在我不得不失望了。本来是你冒犯了人家,就不许治治你吗?下山时,如果你对我说一句:你还生气呀?我的怨气就会立即烟消云散的,说不定还会与你重返山顶!可你却说了那种不近人情的鬼话,什么叫后悔了呀?如果后悔我肯跟你上山吗?我也不是那种做事容易后悔的女孩。而你呢?一个男子汉,连这点自信心也没有,叫我好失望。不可想像,我若嫁给了一个缺乏自信、不会体贴人的家伙该多可悲。我想了很久,是我们俩的位置站错了呢?还是我们的恋爱观摆错了?也许都是,也许都不是。对于你,我不想再多说什么,只能默默地祝福你了。

从此,我与她之间便再无故事。我俩从遥远走到一起,又从一起走向遥远。就像一首歌唱的:所有的远行,不全是为了追随;所有的回首,不意味着想要后退;所有的懊悔,不全是由于心碎;所有的自信,不意味着尽情回味。

两个人既然像流星一样交错而过,心与心便成了两条靠不拢的铁轨,爱与爱将永远无法飞回……

郭靖与黄蓉的大学生活

■文/豆 豆

大家都知道历史系的郭靖是个极笨的孩子，只是运气好一点而已，在校花——计算机系的黄蓉受记过处分的时候，帮她在东门外买了一碗牛肉粉丝汤，令黄蓉感动不已，一见倾情，从此爱上了他。学校里许多男生都为此愤愤不平。

这其实怪不得郭靖，当时的情况是这样的：黄蓉考试作弊被她爸爸捉住了。其实黄蓉成绩那么好大可不用作弊，她是帮同班同学周伯通作弊。周伯通是个很可爱的同学，只是不知道如何得罪了导师黄教授，老是被黄教授关，一年年地关，已经关了十五年了。黄蓉看到周伯通同学年纪那么大了还没毕业，怪可怜的，就把答案写在口香糖纸上递给他，结果被她爸爸——计算机系著名教授、脾气怪和学问好一样出了名的、有"东邪"之称的黄老教授当场抓住，试卷没收，呈报教务处。

教务处主任欧阳老师看在黄教授的面子上没开除黄蓉，只记了个过。可黄蓉恨死她爸爸了，发誓从此以后再也不笑，谁第一个引她笑她就嫁给谁。

过了几天，周伯通觉得不好意思，跑来安慰她，说自己之所以计算机老是不及格是因为在钻研哲学，已快拿到哲学博士学位了。黄蓉说你要死呀你就不怕被我爸爸见。周伯通摇摇头说不要紧的，我右手记黄老邪的笔记左手写哲学论文，这叫左右互补，黄老邪只当我在专心听课。喏，就这样，我右手编 VB 程序，左手写"论康德对于上厕所问题的形而上学"。

黄蓉"噗哧"一声笑了，说怪不得上次我爸爸边批 photoshop 作业边叹气说，有的学生做照片做什么不好，做一张康德尿尿的照片，也不用马赛克处理一下。

黄丫头笑完后觉得有点不对劲，不过想想周伯通年纪太大不能嫁给他，这个誓不算，就又立了一个誓：谁第一个真心诚意地买东西给她吃，她就嫁给谁。

第二天，黄蓉见识到违誓带来的霉运当头了。先是早上她的处分通知贴了出来，贴在校门口的橱窗里，令黄蓉有一种五脏六腑被拿出来展览的感觉；再是中午她在食堂吃饭的时候，包被偷走了，里边的钱包、手机、品客薯片、channel 香水等不翼而飞。到了晚上，黄蓉心情郁闷想冲杯牛奶喝了洗洗睡，结果牛奶刚冲好后一滑杯子跌在地上跌得奶香四溢。

黄蓉受不了啦，在寝室里大喊："我要退学，我要退学……"然后趿拉着拖鞋披头散发地就跑出了所住的东区宿舍楼。

东门外每天晚上都热闹非凡，这里有二十几个夜宵摊子，每个摊子前都有二十几个人在等吃夜宵。黄蓉走到一个卖牛肉粉丝汤和小馄饨的摊子前时觉得饿了，她中午丢了包，晚饭没有心思吃，可现在身无分文拿什么买东西吃啊？

　　大家都知道黄蓉是个十分任性的学生，此时她又作了一个十分任性的决定。她想反正我要退学了，又不好回家，只能去做流浪汉了。流浪汉衣食无着，有时拿有时骗，今天我去白吃一碗粉丝汤算是开个张吧。

　　打定主意以后，她看准一碗刚刚烧好的牛肉粉丝汤，一把捧过低头就走。她听到一个声音在喊："喂，这……"她就撞到那个"声音"上了，粉丝汤一大半泼到那个"声音"上，那个"声音"才把后面的话说完："……是俺的粉丝汤。"黄蓉的脚趾就被粉丝汤烫到了。她心里一阵苦闷，把空粉丝碗往那个"声音"手里一塞，说："俺，俺你个头啊，全还给你，这下可以了吧。"想起几天来一连串的不幸遭遇，黄蓉终于忍不住呜呜地哭了起来。

　　谁知那个声音却出奇的善良，居然说："别哭别哭，你真的要吃俺还有一碗，不过放过辣椒了，不知道你还要不要吃？"黄蓉终于收住眼泪，抬头看那"声音"，那"声音"是个大个子，套在一件笨头笨脑的黑外套里，黑外套上汤水淋漓，还有几根粉丝、一片牛肉挂在胸前，正愣愣地捧着一碗红红的粉丝汤不知所措。黄蓉一把抢过粉丝汤，说："俺吃，俺吃。"便大口大口地喝起汤来。那粉丝汤果然奇辣无比，辣得黄蓉满头是汗。那"声音"还在一旁嘀咕："想不到比我还能吃辣。"

　　黄蓉又一次想哭，于是她放下粉丝汤碗，伏到那汤水淋漓的胸口哭了起来，一边哭一边告诉那"声音"："我发誓谁第一个真心诚意地买东西给我吃我就嫁给他，你就是第一个。"

　　就这样，黄蓉爱上了郭靖，这使郭靖成了众矢之的。因为大家都知道校学生会主席欧阳克一直在暗恋黄蓉。欧阳克还有他叔叔——教务处主任欧阳峰撑腰。欧阳峰号称"西毒"，做事心狠手辣，这次他没开除黄蓉可能就有他侄子的缘故。大家想欧阳克神通广大一定会整郭靖一下,所以都希望看看热闹,因为大家虽然都不肯承认喜欢黄蓉,却都众口一词地说郭靖讨厌。追一个人很难,嫉妒一个人却很容易。

一早电话铃就响。郭靖"咚"地一声从床上跳起来,光着膀子就去接电话。喂了一声后,他沮丧地朝对床喊:"杨康,电话。"杨康从床上翻个身,迷迷糊糊地说:"不接不接,我要睡觉。"郭靖说:"是穆念慈。"杨康无可奈何地爬下床去接电话。"喂,杨康啊,今天逻辑与思维方式课丘处机要做课堂练习,不想重修就快来上课吧。"

杨康跑到教室,丘处机正在讲假言推理。这家伙脾气暴躁,看到杨康大喝一场:"杨康,你又睡过头了。"杨康说:"报告老师,睡过头不是迟到的必要条件。"丘老师乐了,呵呵一笑说:"是不是又是穆念慈打电话叫你来的?"杨康一低头,溜到穆念慈边上坐下,他知道又上丘老师的当了。丘老师继续讲课,果然三节课一点做课堂练习的意思也没有。

杨康和郭靖是拜把子兄弟,可是两个人的生性截然不同。郭靖长得笨头笨脑的,可杨康长得非常机灵。杨康老是说自己的眼睛长得像梁朝伟,可别人都说他的眼睛长得像林忆莲。尽管如此,杨康仍算得上好看。他的鼻梁很直,笑起来嘴角会上扬。大多数人都会迷恋他的微笑,可实际上不是这个样子的,杨康比大多数人想的都要冷酷。我从没见过他在别人面前真情流露,但就是他的这种冷酷,令穆念慈无比着迷。

以前郭靖从不缺课,可黄蓉告诉他,逃课现在是一件很流行的事。郭靖想,那我就逃"逻辑与思维方式"吧,反正这门课我再努力也过不了的。郭靖的逃课在寝室里引起了一股风潮,同寝室的尹志平啊、赵志敬啊都想,这个世道连郭靖都逃课了,我们还一本正经地去上课干什么?

脾气暴躁的丘处机当即把郭靖等人找来一顿臭骂。郭靖说："丘老师，你关了俺吧，反正你上课说的啥，俺都听不懂。"丘老师被噎得一句话都说不出来了……

不让你看到我的眼泪

■文/赵 飞

也许是所谓男子汉的尊严和少女的羞怯吧，我班男女同学之间是从不说话的。谁要是越过这条界线，就会像引起原子弹爆炸一样的轰动。

坐我前面的，是我们的班长——袁莉。她是个挺腼腆挺沉静的女孩。一身雪白的连衣裙，乌黑的头发扎成小小的马尾，静静地垂在身后。我呢，则是圣人孔老二的兄弟孔老三，有着半个男女授受不亲的脑瓜，对待女同学都是两眼朝天。对她更是冷若冰霜。其实，我心里是很想和她亲近的，可是……唉！怎么能说呢？

我在这种微妙而又奇怪的情感中度过了两个月。

一天中午，教师不在，班上来了几个经常在大街上混的人，见袁莉很美，就满口脏话，动手动脚。

袁莉惊恐地躲避着，求援地望着四周，可班上一些人却看热闹，另一部分人噤若寒蝉。我看着这些可恶的家伙，不由激起心中的义愤,猛地站起来,使劲抓住一个家伙的手:"请你们出去!"

谁知话音未落,马上就听到"赵飞和袁莉好喽!噢!噢……"

也真得谢谢他们,起哄声引来了邻班的老师,那些人只好狠狠地瞪了我一眼,灰溜溜地走了。

"谢谢你!"袁莉感激地对我笑笑。我呢,只是点点头。

一天放学,天已经黑了,我正收拾着作业本和文具……

"喂!"我一抬头,原来是袁莉。"送我回家好吗?""我?"我淡然地问:"为什么?""嗯……那条路上没有路灯。"她脸红了,声音很低,"我一个人害怕。""叫别人送你吧!"我冷冷地顶了回去,她愣了,咬了咬嘴唇,飞快地背上书包走了。

我立刻后悔起来,明明愿意为什么拒绝呢?我为自己的言不由衷感到惊讶。

忽然我一惊:袁莉要是遇上了坏人怎么办?我越想越担心,连忙追了出去。一会儿,看见她低着头慢慢地走着,我才松了口气。

"我送你!"走到袁莉身边,我歉疚地说。"哦?为什么要送我?"她竟然问起我来。我一愣,呆了半天,才傻傻地冒了一句:"因为要送你,所以要送你!"她"扑哧"一声笑了,我却不好意思起来。

我们慢慢地走着,谁也不说话,我的心"咚咚"直跳。晚风送来她那独特的少女的芬芳,我忍不住瞥了她一眼,她有着动人的鼻子,小巧的嘴唇,和一双如诗似梦的眸子。

以后到放学,我们就像有了默契似的,总走到一起。起初"原子弹"的轰声越来越猛烈,可随着我们频繁的接触逐渐弱下去了。

市篮球赛在我校举行,我参加了比赛,可心里总像少了点什么,老是提不起劲来。

中场休息,我漫不经心地扫了扫观众席。一双熟悉的眼睛看着我。是袁莉!她朝我挥了挥手,我立刻高兴起来,陡然觉得心里充实了许多。真的!下半场我发挥得很好。连一向严厉的教练也夸奖了我几句。

赛毕,袁莉轻轻走到我身边,柔声问:"累吗?"我心头一热,说心里话,除了我爸爸妈妈,还没有人这样关心过我呢!一股暖流涌遍了我的全身,鼻子竟酸了一酸。

"你怎么了?"她焦急地问。

"喔,没什么……"我不好意思地笑了笑,她也笑了。

我们之间第一次感到那么融洽,一丝甜意悄悄爬上我的心头。

以后的比赛,她总是每场必到,每次我都要用目光寻找她,从她身上吸取力量。

这就是我的初恋,美好的,纯真的,朦胧的,也是盲目的,却惹恼了陈大主任。

他把我们喊到政教处,拍了拍桌子:"老实交待你们之间的不正当行为!"

我大怒,你身为主任,就可以随便侮辱别人吗?我使劲捶了一下桌子:"你凭什么血口喷人?"这回,可把陈大主任吓了一大跳。

"别这样!"袁莉连忙拉住我的手,惊恐地说。

"嘿嘿,她对你倒挺关心哩!"陈主任干笑着,脸色一变,转向袁莉:"你是个班长,怎能和这种人在一起?"他不屑地指了指我,"又怎能和他有这种不正当的行为?"

"我们之间没有不正当的行为。"袁莉委屈地争辩着,大眼睛里噙满了泪。

"谁能证明你们之间没有不正当行为?"

我火了，大声吼了起来："谁能证明我们之间有不正当的行为呢？"

"滚到校长室去！"陈主任瞪着发红的眼睛，"这里没有你说话的权利！"

当天下午，他就喊来了我爸爸……

我忐忑不安地走进家门，准备迎接一场暴风骤雨……

奇怪，爸爸只是静静地坐着，没有打我，也没有骂我。

"唉！"他轻轻地叹了口气，摸了摸我的头，"小飞，我不怪你，到了你这样的年龄，男女同学之间产生爱慕之情，是合乎规律的，我能理解。"说着，为我整了整衣领，拉着我坐下："今天，我以一个朋友的身份和你说话好吗？"

"嗯！"我的心一下子松了许多。

"你爱她吗？"

"嗯！"

"爱她什么？"

"……"

"她爱你什么？"

"……"

"这就是你们盲目的地方，只是为了心理需要而爱，这样的爱是不会长久的，你相信吗？当有一天你真正了解她的时候，或许你发现错了。"我心中一阵波动。"人和一般动物的区别是什么呢？""不知道。""那就是人会控制自己的感情……好了，我不多说了，你自己好好想想吧！"

我哭了，多么慈爱，多么善解人意的爸爸！

我和袁莉最后一次相约在江边，她瘦多了。这段时间的风波使得她红晕的脸蛋变得苍白。

她随手拔了两棵小草，悠悠地扔进江水里，一会儿两棵小草就被江水冲散了。

"总会散的。"她喃喃地说,"它们都太小,都不知道自己的去向,更何况还有这么大的风浪冲击它们。"

"我们分手吧!"她拉着我的手,幽怨的双眼噙满眼泪,强自镇定,而又掩饰不住颤抖,"明天,我就要到外地去上学去了。"我一惊,"真的?""嗯!"酸楚的眼泪噙在眼里,我赶紧忍住,不让它流出来。

我慢慢地站起来,再次看了看她那雾蒙蒙的双眸,不自然地说了声"再见",急忙转过身匆匆地走了,因为我不愿让她看到我的眼泪。

让我看看你的心

■文 /尤天晨

有两个男孩，一个来自南国，一个来自北方，他们英俊不分上下，才华不分伯仲，在那所大学里，都是备受女生倾慕的对象。

可是,他俩却同时爱上一个冰冷的女孩。

女孩好烦呵。她虽然外表冰冷,内心却火一样热情:她也爱他们。但,爱情是排他的,必须放弃一个。那么,到底应该舍此爱彼,还是舍彼爱此?

女孩犹豫不决。

南国男孩来了,他对女孩说,我是真心爱你的,选择我吧,无论你要什么,我都会满足你。

北方男孩也来了,他对女孩说,我是真心爱你的,选择我吧,我会让你幸福的,因为,我知道你需要什么。

女孩想了想,然后对他俩说,我要看看那颗爱我的心才能决定。

南国男孩操起一把利刃，挖出自己的心，捧到女孩面前，等待女孩的感动与承诺；北方男孩却递给女孩一本日记说，这是我的心，你慢慢看吧。

南国男孩捧在手里的那颗心，只让女孩的视线稍作停留。而北方男孩的日记，却让女孩翻阅良久，因为其内容五花八门：女孩的冰冷缘于她的单亲家庭；女孩的性格敏感、多疑、易发脾气；女孩爱吃素菜和甜食；女孩不会做家务……这都是缺憾，但是句句属实——看来，他用心"研究"她好久了。女孩没有隐私暴露的羞恼，相反，她那对着日记本的脸，开成了一朵红红的玫瑰。

女孩的选择不言而喻。一个能包容缺憾的男孩，所能给予的定是一份实在而久远的爱情；而那颗挖出胸膛的心，除了能显示瞬间的壮烈，根本不能让爱情生存……一个没有心的人，他的爱何以依附？

所以，爱人之心，不只是一颗血淋淋的脏器，它所载负的，是一个人的胸怀、品性，以及不能用言语解释的感应和默契，也许，那叫缘。

玫瑰只为你绽放

■文/猫 猫

早春的一个黄昏，我和一大群朋友在清河路一家清雅的饭店里庆祝一个同学的生日。大家欢声笑语，歌唱不止。

无意转头，透过玻璃，我无意看见街头一个小女孩提着一篮子的玫瑰花，四处向人兜售。

但五彩缤纷的霓虹灯，美丽的黄昏还是使小女孩那一篮子艳丽的玫瑰花黯然失色——因为行人都是匆匆而过。

"来，大家一起唱《Happy Birthday》。"

我回过神，没再注意那个女孩。不知过了多少时间，那个小女孩竟站在了饭店的门口。她清秀的羞红了的脸上掩饰不住的疲劳和忧虑："老——老板，能不能卖——卖一盒盒饭给俺——？"

站在柜台旁边40多岁儒雅的老板转过身看着小女孩，小女孩的脸更红了，小手摆弄着破旧的衣角，站在门口不再言语。

"当然可以了，快进来坐吧。"老板满脸微笑，热情地邀请着。

小女孩站着不动："不用了不用了!俺就在这里等。"

"行行行，我们马上为你准备!"老板一副古道热肠。

我们停止了谈笑，看着老板和小女孩。

老板很快就为她打点好了。

当小女孩感激地接过盒饭时却又语无伦次起来："俺——俺只要一盒。"

"噢，这个月我们饭店做'优惠服务月'活动——买一送一。"老板拍拍小女孩的头，和蔼地笑了。

小女孩高兴地谢了："请问多少钱?"

"两元钱。"老板仍是笑。

小女孩付了钱，走了。

其实，那两盒盒饭肯定不止卖两元钱，而且这个饭店也从来不搞什么"优惠月"活动。一问老板，果真如此。

老板猜测说，这盒饭可能不是小女孩买给自己的，因为许多天来，她一直在这条路上卖花，来买盒饭却是第一次。所以老板想，肯定还有一个人，或许是她认识的一个比她更苦难的朋友，也许她想帮助一个人。最后老板说："给了她两盒饭，希望她也能吃上一顿饱饭。"

我一下子被感动了，以前也常见到那些衣衫褴褛的可怜的小孩或老人到饭店买饭时，饭店的老板或服务员总是以白眼或不予理睬为终，而这位面容安详气质儒雅却侠骨柔情的老板……我不由肃然起敬。

突然，老板一拍脑门："哎呀，我忘记给小女孩筷子了。"我对小女孩充满了兴趣，便说："给我吧，我帮她送去。"

在路边一个不起眼的角落，我看到了那个卖花的小女孩。果然不出老板所料，小女孩身边还有一个灰头土脸的老年妇女，正神色黯然地看着我。

她们正在用手吃饭……

我的眼泪一下子涌了出来，生活在蜜缸里的我，第一次知道世上还有生活这么悲惨的人。

小女孩和老年妇女诧异地看着我。

我马上擦去眼角的泪："我是来给你们送筷子的。"

小女孩马上说了声谢谢。

我友好地对她微笑，从她口中得知，今天是她奶奶的生日……只是她对自己的遭遇闭口不说。

我站起身向蛋糕房走去，掏钱买了一只小蛋糕给小女孩。

小女孩眼中充满了惊喜，但嘴上仍说："俺……俺不要！"

"送给你奶奶的。"我放下蛋糕，转身欲走。

"等等！"小女孩递给我两朵玫瑰："俺谢谢你和饭店的叔叔。"

握着两朵玫瑰的手颤抖着，心里波涛汹涌：我们这一点点微不足道的善心，在小女孩看来却是沉如千金的尊重！

小女孩浅浅地笑了，露出两颗可爱的小虎牙。

滴水相救，涌泉相报。

小小善心，玫瑰余香。

感激那个黄昏，让我知道了玫瑰不单单是 2 月 14 日象征；也感谢那个饭店的老板，让我心底埋藏已久的善心被发现；更感谢那个黄昏里玫瑰般悄悄绽放的小女孩，让我懂得了有一种芬芳用玫瑰就可以穿越红尘中无情的空间与有情的心灵，直接抵达人间最美好的真情！

我是你的灰姑娘

■文/乔 叶

"**在**海的远处，水是那么蓝，像最美丽的矢车菊花瓣……"
那个阳光明媚的上午，我坐在走廊上轻轻地诵读着童话《海的女儿》。那不可言传的感觉沁人心脾，让我觉得空气都染上了馨香。

"请问赵科长住哪里？"有人问，我掠了他一眼，用笔给他指了一下。他道了声"谢谢"，我"嗯"了一声，便继续低头读书。

"请问您知道他去哪里了吗？"一会儿，他又折回来问。

"不知道。"我头也没抬。

"请问您是哪个学校的学生？"他又问。

我看着这个黑黑高高的男孩："你问这个干什么？"

"现在潜心读童话的人太少了。你是这个小城里我所见的读童话的人中第二个不是儿童的人。第一个是我。"

"你为什么要认定我是学生？"

"你第一次看我的眼神像个天使。如果一个成人有这样的眼神，那么她不是太简单就是太复杂，不是太可爱就是太可怕，不是太纯洁就是太邪恶了。"

我大笑起来："你很会骂人也很会恭维人。"

"真的，"他一本正经，"每次读童话，我都会惊叹世界上竟会有这样美妙的梦幻，这样透明的灵魂和这样清澈而深刻的思想。所以每次见到读童话的人我都十分敬畏。如果真有天堂的话，我想他们是最先拥有居住权的人。《圣经》上也说：除非你成为一个孩子，否则你绝对进入不了上帝的国度！

他的神情辽远而庄重，我也不禁肃然。他却看着我微微笑了："你的模样像个孩子，可给人的感觉却是个十足的大人。"

"我17岁毕业，已经上班五年了。"

他感慨地点点头，没有说话，却拿过我手中的童话集，轻轻读起来："祭司仍捧着香炉，新郎和新娘挽着手来接受主教的祝福。小人鱼穿着丝绸，戴起金饰，托着新嫁娘的披纱。可是她的耳朵听不见这欢乐的音乐，她的眼睛看不见这神圣的仪式。她想起了她要灭亡的早晨和她在这世界上已经失去了的一切东西……？

不知何时，我已泪落如雨。我想起了尘世中许多悲哀而又美丽的人和事，想起了许多沉沉浮浮的情绪和明明灭灭的情节。也许是我本性太苟求太贪婪的缘故，在过去的日子里，我总是忙于应酬眼前许多重要或不重要的事，而很少让自己放松和休闲。像这个上午，安恬地坐在阳光中聆听一段优美深刻的童话，这本身简直就是一个难以预想的童话，是一种精神的奢侈。可现在我真的置身于童话中时，却从这飘逸的言辞和语句中了悟生命的底蕴。一个人，无论他如何普通如何平凡，在心里其实都拥有最美的梦，都想拥有最真的爱。白雪公主的美丽，海的女儿的崇高，小克劳斯的聪慧，拇指姑娘的善良……任何一个人，只要他愿意，都可以从童话中找到自己心灵的影迹。

童话不是痴言妄语,不是无根浮萍。它是现实中的超现实,是人类最永恒的理想、最本质的真情和最美妙的精神极境。

他告辞时,我问他姓甚名谁家住哪里。虽然知道不该问,但还是问了。尽管打破了童话的氛围却也怕错过后造成更大的遗憾。"佛家有言,从来处来,到去处去,姓我姓,名我名,何须多问。有人相邻终生却陌生得不谋一面,有人千年一遇却亲近如亘古知己,都是心缘。既是缘,便随缘吧。"他跨上车,微笑地看着我:"今天上午,我也好像在做梦……顺便告诉你,你很像是那个在灶灰里捡豆子的灰姑娘。"

灰姑娘?我是那位衣衫破旧但眼神清亮的灰姑娘?是那个肩头站着两只鸽子的、因美好的灵魂而最终获得幸福的灰姑娘?我久久咀嚼着这句话,目送着他的身影渐渐远去……

再见他时,时间已过了一年。那天我正在一家酒店吃饭。出来取餐巾纸时在走廊上碰见了他。我们都停下来,吃惊地相互打量着对方。他西装革履,像个富绅,而我服饰平平,在装潢豪华的酒店中,倒真是名副其实的灰姑娘了。

"灰姑娘到哪里去?"他笑问。

"到去处去。"

"还读童话吗?"

"灰姑娘总是在童话里的。"

"那就好。"他淡淡地笑着:"原以为小城这么小,可以常碰见你的。谁知竟不是这样。那天我在车里看见你正在逛街,左手拎着一兜青菜,右手搂着一只玩具狗。很想下车和你说话,又怕不是同一个世界的人,唐突了你。"

我们默默停顿了一刻,我便匆匆离去。吃过饭后,我独自在大街上缓缓地散着步,神思漫游,不知所想。

　　"整个夏天,可怜的拇指姑娘单独住在这个巨大的树林里。她用草叶为自己编了一张小床。她把它挂在一片大牛蒡叶底下,好使得雨不至淋到她头上。她从花里取出蜜来作为食物,她的饮料是每天早晨凝结在叶子上的露珠。夏天和秋天就这么过去了……"一个低沉的男中音从身后传来,每一句话都好像在诠释我自己。在这个虚繁无度的世界上,我这个固执而丑陋的女孩,坚持用精神的花环和思想的闪光来作自己最主要的装饰。又有谁知道灰姑娘和白雪公主本是同种血型的姊妹呢?他知道,我们的童话知道。

　　"最后,拇指姑娘和小燕子来到了温暖的国度。那儿的天似乎加倍地高,田沟里,篱笆上,都生满了最美丽的绿葡萄和蓝葡萄……"他的声音充满了一种不可抗拒的磁性和魔力,似乎渲染了整个夜空。我们静静地坐在一座破旧的石桥上。风很大,空旷的街上没有一个人——没人以为我们是疯子。"我写过诗,养活不了自己,还是改行经商了。没有你幸福。好好做你的灰姑娘吧,做这个世纪末最完整最美丽的童话。"

　　"幸福在哪里?"

　　"在皇帝那件看不见的新装上。当幸福达到一定程度时,你几乎就看不见它了。最通透的东西人们最容易忽略它。"

　　"谁会给灰姑娘送来最适合她穿的红舞鞋?"

　　"你的另一个灵魂,你的王子。也许会是我,也许不是。但无论如何,你永远是我的灰姑娘。"

　　我默默地看着他的脸,没有说话。我怕打碎这真实的梦境或梦境的真实。我知道,无论如何,多年以后,即使我没有找到我的王子,我也依然会执著地做灰姑娘。为了我自己,为了他,为了这个世纪末所有高洁、善良和美好的灵魂。

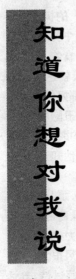

知道你想对我说

■文 /殷加菊

我应该算是新时代的好学生。我喜欢网络,自己做了一个读书小站的个人主页,学习成绩也在上游,英语课上我是讲话第二多的人,第一多的当然是老师喽。处在花季的我,感受着青春带给我的快乐与困惑,在我心里的某个角落,有个人始终在那儿晃来晃去,确切地说我是喜欢……嘿嘿,不告诉你!

(一)

我在班级是班长,与三个"辅政大臣"学委——阿俊、生委——小磊和团支书——小猛组成了"无敌班委会"。因为工作关系,我们 4 人成了死党。当然刚开始的时候我们也有过不愉快。那时刚上高中,我们常常因为工作按哪个人的意见进行而争得面红耳赤,有时甚至会影响到工作。不久,年长我们一岁的猛组织开了一个会,有点类似"批评与自我批评"。这次会开得非常成功,我们认识到了自己的不足,对彼此也有了更多的了解。猛在我心中的形象也高大起来。看着他那暖暖的笑,心脏总是会在相同时间里多跳几下。后来我们的工作开展得非常顺利。我们4人的学习成绩也是不分高低。我是英语天才,猛是数学精英,阿俊和小磊则是物化先锋。你常常可以看到我们四个人在教室的某个角落里,用极低的声音讨论着这个单词的用法或是那个方程的最佳解法,当他们3个大男生发出爆笑时,肯定是我犯了一个edio才会犯的错误。此时,猛会用笔敲着我的额头说:"没有下次了,再犯,看我扁你!"我表面上装着被吓倒的样子,心里却乐着:"哼,揍我?'嘴上功夫'吧……"

　　或许是因为我是4人中惟一的女生,或许是因为猛年长一岁,他的确很照顾我。上课我溜号,他会及时把我叫回来(他坐在我后排);分到手头的工作,他会默默地替我多干一些,呵呵,我很自然地享受着这份照顾。而好友轩轩却认为那是猛喜欢我的表现,还会给我举一些例子,证明她的看法是多么多么的正确。而此时,我心底的那个角落被不经意地牵动着,想想……唉,还是不想的好。

(二)

　　一天下英语课后,猛还我英语练习册,连说"Thank you"、"Thank you",我回句"Not at all"就出去了,当我再用这本练习册时,发现里面夹着一个精致的书签,上面写着"你是天上的一颗星,我会永远守住你。""扑通、扑通"我觉得自己似乎听到了心跳的声音。忽又想起猛还本时闪烁不定的眼神及过往轩轩说的种种,心里不由得……不久之后的一个中午我和轩轩在教室里聊天，猛经过我书桌时，扔下一句话"晚自习前我在篮球场等你"，便头也没回地走了，在坐位上愣了 60 秒后，我决定去。

"初夏的微风吹得人好舒服啊！"我大声说道，猛笑着点点头。第一次，我和猛坐得这么近（往常都是我们四人在一起，除了讨论工作，就是研究学习）。他身上阳光般的气息随风而来，我觉得自己好像晕乎乎的，坐在篮球场旁边的草坪上，我们开心地畅谈着。猛说着我们的过往，谈着我们的学习心得、工作心得及老师与家长们的愿望。更多的则是对未来美好的憧憬。"其实……今天我叫你来，是想和你说，我，我……"猛不知何时变得结巴了，"你想做我最最最最好的朋友。"我抢着说道。四目相对，猛惊愕了一秒钟后，惯常的笑又挂到了脸上，"好！"他说，我和猛相视而笑。

这段小插曲，我们对谁也没有说，只是彼此间多了一份默契。工作、学习，再学习、再工作。我们 4 人肩并肩进步着。纯真的友谊让我过得很充实。升入高中后，我们"散伙了"，他们 3 人选择理科，我则选择了文科。不过在自习教室里，你仍然能看到我们四人的身影，仍然用极低的声音讨论着……我常会在我的书桌里收到猛写的，我私下里称之为"爱心小便签"的纸条："别太熬夜，注意身体"、"睡前喝杯牛奶，对睡眠有好处"、"数学有难题，快来找我"等等。日子在这样充满小小温馨的片段中悠然即逝，转眼间我们已到了高考的日子。

（三）

那天，我们 4 人又聚在了一起，付出终有收获，我们四人都考上了不错的大学。我们相约"再创大学辉煌"。8 只手紧紧地握在了一起，目光交汇，传递着那份坚定的信念，那份朋友间的情意在我们每个人的心里驻留,在猛送我回家的路上,我们都没有说话,"其实……"猛说,"其实,那天我想对你说……""我喜欢你!"我抢白道,我又看见猛在惊愕了一秒钟后,惯常的笑又挂在脸上,亦如一年以前一样。

你有没有看到杉菜

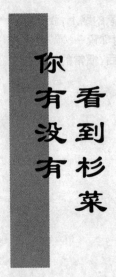

■文/冷月清

牧野杉菜不是第一天进入王嫘的生活，早在大一的时候，她就看过《流星花园》的漫画。当时她就想，杉菜好像就是她自己。

王嫘不是北京人，但普通话讲得很好，高兴时也能从嘴里蹦出几句北京方言，还挺是那么回事，所以不知道的人都说法学班的那个小肩膀的北京女生云云。王嫘肩膀小，那真不是一般的小，窄窄地在脖子下面两端，显得头有些大，不过像娃娃一样可爱，再加上她走路时经常自己绊自己个趔趄，就更可爱了。

看《流星花园》的漫画不是王嫘自己想的，那是同寝室一个很爱看漫画的北京女生在小书店租来的，王嫘无意瞄了一下就迷上了。后来那个北京女生陆陆续续地把全套二十多本都租来了，王嫘一本不落地看个过瘾，又温习过一遍。

后来，王嫘曾主动提出分担一部分租金：二十多本，一本五角，合下来十多块，也能吃一两天呢，可那北京女生死活也不干，非说王嬅这样是瞧不起她，还说王嬅以后租书也给她看不就得了。

王嬅想了想，还是要分租金，人家不要，她就愣替人家打了一个月的开水才罢手。后来那个北京女生就不怎么爱和王嬅说话了，偶尔聊天时还会冒出一句：王嬅，忒没劲儿。

王嬅有劲儿没劲儿还不好说，白打一个月的开水没劲儿也练出劲儿了。大概是这一个月练的，王嬅自那以后变得"有劲儿"点儿了，大家有什么好东西一起分享时她也不抱着无功不受禄的思想了，可能是那个月给累的。只是王嬅很难有什么东西和大家一起分享。比如，她自己从来没租过漫画书。其实这也没什么，大家都不觉得有什么，谁都知道王嬅家里经济条件不好，她父母学历不高，没有好工作，供她读大学已经是节衣缩食了，所以从来没有人说什么王嬅总不给大家买点好吃的之类的混话。

不过王嬅是个好人，你要是有什么事找她帮忙，她满口应下，脆生生的很是好听。而且她办事麻利得要命，整天手脚没歇过。最明显的例子就是她总是在打工，这一点和杉菜真的很像。

杉菜也是在不停地工作嘛，哪怕有了像道明寺这么有钱还这么爱她的男朋友。王嬅喜欢杉菜从一定角度上讲可能是因为杉菜和她一样生在穷苦人家，一切都要靠自己。不过好在王嬅家还没有个弟弟拖后腿，她只要想办法赚钱养活自己就行了。

王嬅就是这样忙碌地碰上苏阳的。苏阳和王嬅都是98级，新闻班的，是王嬅的老乡。他们早在大一刚开学时的老乡会上就见过面了，可是当时谁都没对谁有印象，不像现在，一个是出了名的打工狂，一个是出了名的才子。

那个时候，王嬅正在食堂打工，苏阳上来用家乡话说"豆角"。

王嬅愣了两秒，抬着看了看，两人就这么望着，都觉得对方有点眼熟，都有那么一点懵，就像道明寺被杉菜一个勾拳打懵了一样。

之后几天，苏阳只上王嫘的窗口打菜，虽然那里一般只有豆角。

终于，一个星期后，苏阳说，我在老乡表里找到你了，你是王嫘对不？

王嫘没说话，笑了笑，娃娃一样可爱。

再之后，苏阳开始像得了胃病一样把一顿饭的时间拉得很长，在食堂一坐就是半天，然后等王嫘工作完了两人一起出去再吃点什么。

大家还不知道怎么回事，王嫘就和苏阳就成了一对。当时苏阳在校学生会的外联部做副部长，他说，王嫘，你这么能干，也上学生会来吧，我和部长说，肯定没问题。

王嫘笑笑，我还得打工呢。

打什么工？你还怕我饿着你吗？

王嫘再笑笑，没说话，只是摇头。

苏阳一把揽住王嫘，竟把她整个抱起来了，王嫘吓得大叫，但被苏阳炽热的双唇封住了嘴……

王嫘初吻就是在双脚悬空的情况下被苏阳抢去了。

苏阳说，我不想看你那么累，你太瘦了。

王嫘想到道明寺也说过杉菜太瘦，于是问，你有没有看到杉菜？

王嫘想说杉菜的男朋友很有钱，但她就没有接受他的任何馈赠，就连无家可归不得不住在他家时，也是要以做佣人来付房租。

可苏阳问，杉菜是谁？

也对啊，一个男生当然不会看《流星花园》这种少女漫画。王嫘心中少许有些失望，没有再说下去了。

大三时，苏阳如愿以偿地当上学生会主席，他的才气和他的能力使他成为学校女生心目中的白马王子，向他表白的女生排成了队。但很快，大家都放弃了，因为没有人能够像王嫘那样吸引苏阳的全部注意力。在工作和学习以外，王嫘是苏阳的一切，他曾为王嫘写过一首英文诗发表在校刊上，其中两句直到2002级还被学弟们奉为表白经典名句 To the world, you are someone. But to someone, you are the world。王嫘很少打工了，开始在外联部工作，负责拉赞助。她选择外联部一则因为苏阳推荐，二则因为在外联部为学校一些大型活动拉赞助可以得一部分回扣，加上苏阳以前的老关系网，她可以很轻松地赚到生活费。手头宽裕了，王嫘开始白胖一些，只是和其他女生比穿衣打扮还是寒酸一点。苏阳曾提出过带她去买衣服，王嫘真的很想去，但考虑再三还是推托掉了。因为她总是想起杉菜。

学校里突然流行起《流星花园》的电视剧。原来租漫画的那个北京女生在这次又租来了影碟，全寝室8个女生挤在一起看。

王嫘发现电视剧有的地方改动挺大，比如杉菜竟会很坦然地接受道明寺的手机，虽然知道这是为剧情服务，但心里多少有点不悦。她这才发现外联部的同学几乎人手一部手机，只有自己没有，可自己还是学生会主席的女朋友，怎么想似乎都有点不对劲儿。

这时，王嫘遇见了范经伦。

王嫘找范经伦是为给学校的一次文艺演出拉赞助。范经伦很认真地听她说完情况。还问了一些细节。以往人家一听是拉赞助的就很少给好脸色看了，像范经伦这样关注的就更少见了，所以王嫘使出比平时多几倍的功力。她本想能拉到五六千就已经不错了，因为有的时候几百块钱都不见得有人愿意出，可是范经伦当场决定赞助五万。王嫘第一个反应就是二千五的提成,她怀疑自己的听力,但范经伦已经开支票了。

王嫘连忙摆手,说钱不是给我,得由我们部长和你联系。

范经伦看着王嫘,说,那你现在给你们部长打电话吧,让他马上来。

王嫘没见过这么急着给钱的人,但也为他做事雷厉风行的风格所折服。

部长来时嘴巴咧得像个蛤蟆,一个劲儿地说"谢谢",就差磕头谢恩了,只有王嫘还没弄清是怎么回事,总觉得产生幻觉了。

结果那场演出可以说是范经伦独家赞助,他也自然而然地来观看演出。

演出过半时,王嫘正在后台帮忙给演员化妆,范经伦突然出现在她身边,你怎么不是主持人?

王嫘吓一跳,因为主持人刚好站在他们身边,她不知道范经伦是有意的还是真没看到。

我,我没说我是主持人啊!

范经伦想想也对,点点头,可是你应该当主持人。

说罢,转身离开了后台。

天啊,哪有这么自说自话的人?王嫘窘得不知所措,只能对那个主持的女孩赔笑,没话找话地说,他是这次的赞助商。

女孩淡淡地笑笑,漂亮的脸上冷冰冰的,我说你怎么拉到赞助了呢。

要是别的女生,可能上去拉住那个女孩就吵,一定要说出个子丑寅卯来。可王嫘不,她觉得自己活得已经很累了,不能再给自己找累了。

什么是嫘呢?以王嫘的解释就是一个很累的女孩子,王嫘觉得自己爹妈虽然不会赚钱,起名倒很有一套。

范经伦没有罢休，他主动提出赞助学校下一次的活动，但条件是王嫘得是活动的主持人。学生会炸开了锅，风言风语说什么的都有，多亏苏阳出面端住了局面，开会时，明说有的同学不好好干工作就知道传些小道消息，有本事你也像人家一样出成绩啊！说得大家在下面不停地吐舌头。

会后，苏阳留下了王嫘，开始什么也没说，静静地看着她，然后突然把她抱在怀里，喘着气说，再等一年，我们毕业了我就娶你，再也不让你受委屈了。

王嫘哭了，她觉得自己像杉菜一样幸福。

王嫘再次去找范经伦，说你不能这样，会打乱我的生活的。

范经伦坐在办公桌后，看着因为气愤面孔有些发红的王嫘，发痴一样地说，你为什么不是主持人呢？

我为什么是主持人？

你为什么不是主持人？

王嫘呆住了，她的大脑处于真空，无法领会范经伦说的话的含义。

范经伦站起来，走到王嫘面前，双手扶住她的肩膀，意味深长地说。我认为你应该是主角，不能够总站在别人身后，比如那个学生会主席。

王嫘本能地向后缩了缩，你什么意思？

我可以让你做主角，做我的主角，从我第一眼看到你开始。范经伦的语言直白得可怕，目光志在必得。

王嫘后退一步，掉头就跑，像被鬼子追一样。她害怕得要死，虽然知道那个范经伦不会把她怎么样的。

王嫘乱了，彻底乱了。以前她以为苏阳已经很完美，但当她看到比苏阳更英俊、更有才干、更成熟稳重、更有钱、更完美的范经伦时，她乱了。她考虑他的话，她想自己是不是在想做个主角，是不是不甘心这样普通地混过大学 4 年。

苏阳站在校门口的公车站旁等她，他说，我知道你去了哪里。

王嫘笑笑，笑得很不自然。

苏阳说，我知道你一去就不回来了。

王嫘说，我不是回来了吗？

苏阳说，你没回来。

一个月后，王嫘成了范经伦的女朋友。学生会没有轰动，因为王嫘已经离开了学生会，议论一个旧人似乎不符合学生会朝气蓬勃的工作作风。

世界真的不一样了，王嫘除了上课就整天泡在范经伦那里，什么都不用想，从一日三餐到穿着娱乐。如果给王嫘买一件四五百元的衣服，是苏阳大半个月的生活费，所以王嫘不敢要，但对于范经伦来说就没什么了。

王嫘箱子里上档次的衣服多了，她甚至添了个简易衣柜，当然她也很高兴寝室里的别的女生把衣服放在里面，毕竟衣柜占的是公共的地方。大家都像以前一样喜欢王嫘，尤其是在王嫘带来一些比较贵的水果、零食之后，只有那个北京女生，还像以前一样和王嫘不怎么说话。

王嫘有了自行车，有了手机，有了电脑，和中产阶级家出来的女大学生相比，她哪里也不差，甚至过得更好一些。她还可以靠平时在范经伦公司打工赚几百块钱寄回老家，虽然好像一个月正式工作的时间也就两三天。

女生们都说王嫘真幸福，有这么好的男朋友，好像道明寺。王嫘也觉得自己很幸福，有时难免有意无意地炫耀一下。偶尔还会想起杉菜，但是《流星花园》只不过是刚好伴着一场流星雨而来，又马上在校园里销声匿迹了。不过王嫘听别的女生说演杉菜的大

S 和妹妹小 S 在电视节目里说希望能过上那种整天只需修修指甲、遛遛狗的贵妇生活，心里有点失落，她突然觉得杉菜的演员挑错了，尽管当时那么喜欢大 S。有一次，王嫘在校园里看到苏阳和同寝室的北京女生走在一起，看起来好像关系很好，她心里针刺般抽搐，回寝室一打听，原来他们不知什么时候成了男女朋友的关系。王嫘想起那个女生家里好像也是有钱有势的，寝室里第一个有电脑的就是她，平时穿着打扮最上档次的也是她。王嫘觉得很心痛，她没有想到自己的离去给苏阳那么大打击，她认为苏阳一定为了留京方便才和那个女生谈恋爱的。就像苏阳以为她也是因为这个才和范经伦走在一起一样。可是，王嫘觉得，她是真心喜欢范经伦，因为在范经伦那里，她觉得自己不像以前那样渺小了，范经伦能让王嫘这样普通的女孩变成公主。

大四的第二学期，王嫘早早地离开了校园，做了范经伦的私人秘书。没有课业负担的生活更加轻松，王嫘开始每周固定去一次美容院和做一次头发，她发现自己真的变漂亮了，正如范经伦所说，她是和氏璧，他是卞和氏。她也习惯范经伦的朋友把他们称做一对璧人，她觉得自己当初选择范经伦真是太正确了。如果和苏阳在一起，现在她应该正在为毕业分配苦恼。

六月，王嫘回到学校领毕业证。校园里的气氛不一样了，到处都是离别的味道。她不由自主地向原来学生会的同事打听苏阳的情况，结果让她吃惊的是，苏阳本来因为成绩优异可以留校，可他主动要求回家乡，更不可思议的是，那个北京女生竟然也和他一起走了，为这，她好像还和家里大闹了一场，就差断绝父女、母女关系了。

王嫘想不通，他们为什么回到那个她一出来就再也不想回去的地方，据说是支援家乡建设，可她还是想不通，好不容易考出来，难道就是为了再回去？苏阳也就罢了，那个北京女生为什么也去了？

王嬛回寝室收拾东西，还没走的室友都围住她，一个劲儿地夸她好看，衣服漂亮，化妆化得好，连言谈举止都比以前有韵味了。王嬛心里美滋滋的，很快忘记了有关苏阳的疑惑。

临走时，一个女生给她一个牛皮纸包，说是那个北京女生走前千叮咛万嘱咐要留给王嬛的。王嬛接过，挺沉的，包得严严实实。她怀疑是那个女生和苏阳的什么东西，留给她气她的，但当着别人面也不好就这么扔掉，只好拿上车。

范经伦的司机把王嬛送到他们住的地方，还帮她把东西搬进来，然后接到范经伦的电话，又马上去接他。

王嬛一个人收拾那堆东西，大学四年的回忆一点一点地涌上心头。她看到苏阳写给她的情诗，看到苏阳送她的小玩偶。她想起苏阳用家乡话说"豆角"，想起苏阳抱起让她双脚悬空地失去了初吻，想起苏阳说再也不让她受委屈……

王嬛发现自己哭了时，眼泪已经滑到了唇边，她急忙用手背擦去泪水，怎么能够为原来的男朋友哭呢？如果让范经伦知道一定会生气的。

王嬛决定扔掉一切有关苏阳的东西，当整理到那个牛皮纸包时，她有些犹豫了，因为还不确定这包东西是不是和苏阳有关。王嬛考虑再三，还是抵不过好奇心的诱惑，撕开了纸包。纸包打开的一刹那，她呆住了。

是《流星花园》！全套的《流星花园》！难怪这么沉。

纸包里没有找到只言片语来解释这个礼物。王嬛茫然地拿起一本翻看，忽然，她发现这套《流星花园》很熟悉，好像就是她当初看的那套！果然，在杉菜大骂试图用金钱使她离开道明寺的道明寺母亲那一页上，王嬛看到自己的笔迹：我最喜欢杉菜！还有被画成花脸的道明寺母亲。这是她当时有感而发随手涂鸦的结果。这套书应该就是从那个租书的店子买的。

王嫘突然笑笑，眼泪又不争气地流出来，这次她没有擦，任它肆意横流着，打湿她的整张脸和手中的书。

你有没有看到过？小肩膀大脑袋的王嫘在她男朋友的房子里痛哭流涕，眼泪山洪暴发般一发不可收拾。

范经伦回来看到哭成泪人的王嫘，心疼地抱着她哄她，问她怎么了。

王嫘安静下来说，我不能给你做秘书了。

为什么？

我是学法律的，我要当律师！

范经伦惊诧地看着她，可是你的毕业答辩险些没过。

王嫘叫着，我不管，我就是要当律师。

那好那好，范经伦忙说，那你这一年用来考律师执照，考到了我给你钱办个事务所。

我不要！王嫘跳离范经伦的怀抱。

我不要你的钱，我要自己做律师。

范经伦迷惑地看着她，为什么？你不是一直这样？

我，我……你没有看到杉菜？王嫘用曾经问过苏阳的话来问范经伦。

杉菜？

那个《流星花园》里的杉菜？

哦，听说过。

王嫘松了口气，范经伦还是比苏阳知道的多点。

但范经伦马上又问，那和你有什么关系？

王嫘愣住了，是啊，杉菜和我有什么关系呢？

2002 年的夏天，王嫘开始想，杉菜和她有什么关系呢？

那么，你有没有看到杉菜？

假如给我三天光明

■文／晓 冬

*初*夏的天这样蓝，当我穿过喧嚣的闹市，来到盲校的宿舍时，传来了如泣如诉的二胡声，寻声上楼，一个大眼睛的男孩正坐在楼梯口——琴声从他的琴弓下滑落，他的周围坐着几个听他拉琴的同学。

男孩的眼睛大而无神，茫然地望向远方，他没有意识到我就在他的不远处，倾听他拉的那首《二泉映月》。

一曲终了，他没有说话，只是低头抚弄着琴。

我和他们的谈话就在这个初夏的蓝天下，一个楼梯的拐角开始了。

拉二胡的男孩叫张俊方，今年已 24 岁，在盲班读中专班，他从小视力不好，后来愈来愈差，他的眼镜有 1500 度，可戴上它，连面前站的人什么样都看不清。他的宿舍有一扇大窗子，他只能隐约感觉每天清晨第一束阳光会从那里照到自己的脸上。他起床的第一件事就是面对那扇向阳的窗口——实际上，只是面向早晨的阳光拉一支曲子，宿舍的室友听到这曲子，就知道该起床了。

"如果给你们三天光明，你们会做什么呢？"我的问题得到的回答是半晌的沉默，最先发话的还是张俊方——

"三天的时间是不是太短了？我非常想学摄影，想看看真正的高山和草原——我没法想像它们有多么高远辽阔，我想用照片把它们的影像都留下来，让更多的人来分享草原的美，我还想通过天文望远镜看看宇宙到底是什么样，那些遥远灿烂的星星对于现在的我们是不可望也不可及。

"这些都是挺孩子气的梦，可这些梦一直到现在都还在心里。"

坐在一旁的龙云来自广西柳州市，今年16岁了，他从小就失明了。

龙云说："这三天我宁可用下半生的生命来换。我在这三天里即使不吃饭不睡觉也要把这个世界我能看到的都留在脑海里。我对颜色没有概念，这三天至少我会知道什么是红黄蓝绿。"

"可世界上不全是美丽的东西呀，看到了丑恶的现象你会蒙上眼睛吗？"有同学插了一句。

"我不会。我并不向往丑恶，可我至少该知道真善美和假恶丑有什么不同。这个世界或许色彩斑斓却十分复杂，但我想了解的只是它的全部，我不会回避。

插话的是19岁的女孩张湖英，她穿着湖绿色的长裙，长长的头发。她倚在楼梯口的栏杆上，轻轻地叹了口气，"你不觉得这问题太残酷了吗？三天光明只是一个假设，可我们还要设想——我们平时想这样的问题并不多。我在学按摩治疗，我很喜欢干这一行，我看不见可并不想过于依赖别人，学好了这一行我至少可以自食其力，也可以为别人消除一些痛苦。这三天我愿做一个不收费的按摩医生，为尽量多的人治病，我最想看到的是他们从生病时的痛苦到经过我治疗后病情缓解舒展的笑容。哪怕他们不说谢谢，看到他们的表情，我就会知道我所做的一切都是值得的。"

16岁的宋晶今年才上小学三年级，因为她家住湖北黄石市，从小不能像同龄的孩子一样上学念书，到13岁时才到盲校读书。

"我们平时看的都是盲文书，用手一个字一个字地摸，看书的速度很慢。我念书的时间很晚，有时候很着急。

"如果给我三天光明，我特别想看三天三夜的书，把失去的时间找回来。"

看书是大家一致的愿望，而13岁的易平想在这三天里去北京。他曾去过两次北京，爸爸妈妈领他去故宫和颐和园，他妈妈手把手地扶他登长城。可他说："我什么也看不见，爬长城跟爬楼梯似的，只感觉有呼呼风声和那种很畅快的开阔，如果给我三天光明，我希望亲眼看一看这些地方，亲眼看一看从小为我操心的妈妈和爸爸。我小时候常常生病，妈妈对我一直都特别好，可我的妈妈是什么样子我都不知道。"

......

张俊方又拉起了二胡，天在他的身后蓝莹莹的。

他喜欢上了一个声音很美的女孩，可他从来没有向她表白。

她说女孩的声音告诉他她是一个健康善良的好女孩。

"至于她长得是否美丽并不重要。"

张俊方刚才的话和他现在的琴声一样打动人心。

也许正如张湖英所说,"假如给我三天光明"是一个残酷的假设,可他们的梦都是那么单纯美好。

黑暗给了他们黑色的眼睛,他们在寻找心底里的那片光明,无论这光明是多么难以到达。

也许黑暗给了他们痛苦的时候,也给了他们纯洁。

一个人的舞蹈

6

一个人的圣经

■文/水 木

我走到他面前，注视着他，用平静而柔和的语调说："我喜欢你，已经很久了。"

有月光从树缝中流淌过来，几只蛐虫在鸣唱。

他没有说话，只是慢慢把我揽在怀中，温柔地亲吻我的发梢。

泪水便如潮般汹涌而出，不知能否透得过他的衣衫，浸湿他的心。

我和皓早就认识，高中时，他是我同学的同学，我是他朋友的朋友。那时候，他还有一个小巧玲珑的女朋友，是个极有才情又带着几分孤傲的扬州女孩。皓对她很好，我经常看见他用单车载着她在街道上行驶，两个人幸福地笑着。只是不久，女孩随父亲举家迁离了我们这个北方城市。

我是个认定了要用形体演绎生命的人。家庭的熏陶和自幼的天分让我毫不犹豫地选择了舞蹈，只不过我像其他孩子一样走了一条小学、初中、高中的道路，因为父亲坚持认为艺术需要具备综合的气质。

我们学校的练功房就在篮球场对面。每天下午练完舞，我都会到篮球场的看台台阶上坐着读一会儿小说。皓的女友离开后，我便经常看他来这儿打篮球。他玩累了的时候便会上来坐着与我聊几句，我闻得到他身上汗水的味道。时间长了，皓会跟我开一些玩笑，我才知道他不只是一个沉稳、冷峻的人，我的笑声便会在傍晚的篮球上撒播开来。

有一天，他对我说："你身上有一种气质，与琼很像。"琼便是那个扬州女孩。我心里油然而生一股抵触，站起身来说："我不像任何人，我是独一无二的。"我感觉得到皓在盯着我离去的背影，一脸惊愕。

高三那年，人人都很忙，皓不常来篮球场了。我仍然在傍晚的时候去那儿，只是手中的小说很长时间也换不了一本。

毕业的时候我们都算如愿以偿，皓考取了一所重点大学，我则去了一家艺术学院。由于两所学校都在同一个城市，一帮朋友便时常以各种理由或没有理由地聚会。皓一直是个品学兼优的学生，大学的自由空气更让他如鱼得水。大伙经常开他的玩笑，说像他那样的优等生每天都有形形色色的女孩围在身边。他便只是笑。他的目光有时扫到我坐的那个角落，我的视线就会不由自主地游离开去。他说我总是安静地微笑着看别人的喜怒哀乐，像一片不张扬的叶子。不知道叶子有没有自己的故事?我则继续微笑。

那一次聚会结束时已经很晚了，皓便担当起送我回校的重任。我坐在他的单车后座上，夏天的城市夜晚的空气中流动着一股沁人心脾的清凉，身边的霓虹流水般依次隐退。皓大声地与身后的我讲着话，我望着他结实的脊背，他身上传来熟悉的汗水味道。我感觉自己心里出现了一片异常柔软的田地。

走到半路，皓忽然说手表不见了，于是我们便返回聚会的那家 coffee shop 找。我从来没见过他那么紧张的样子。我们仔细搜寻了坐过的每一个角落，不放过任何一个细节。我看到他紧抿的双唇，他的鼻尖上布着细细一层汗珠。可是最终还是没有找到。

随后我和皓来到我们学校的操场，皓喝了很多酒，闷闷地。我忽然想起我们并坐在篮球场看台上的日子，一种如南方梅雨季节时的潮湿的回忆味道扑面而来。

皓说那手表是琼送他的，他答应她会一直保存下去。皓喝醉了，他说话的时候有泪水悄无声息地流出。他把头伏在我怀里，像一个小男孩似的抽泣。我看看远方天幕上的星星，心中大雨滂沱：爱情竟让身边这个 1.8 米的大男孩露出了他如此脆弱的一面。

此后的同学聚会上，我出乎众人意料地带去一个男友。他也是艺术学院的学生，有着搞美术的孤傲气质与放荡不羁。有很长一段时间，我们一直是朋友们调侃的对象。不知为何，那些日子我笑得特别夸张。我的目光有时扫到皓的身上，他的视线就会不由自主地游离开去，一如从前的我。

我的那位男友终于找到一个蹩脚的理由跟我提出分手，他说，我们不合适。我居然没有心痛的感觉。恍惚间我拨通了皓的电话，我们约在一家 cafe 见面，那算我们第一次单独正式的约会。

我告诉他："我们分手了。"

皓十分平静地说："早就料到会有这么一天。"

"为什么？"

"他和你的世界相差太远。"

我笑了，说："有一半对。"

"那另一半呢？"

我的笑容凝在脸上，盯着他的双眼我感到有东西哽住喉咙。"告诉我,爱情是什么?"

当我垂下眼睑的时候，有泪珠滴进面前的卡布其诺中,皓伸出手来帮我拭泪,他说:"想哭就好好哭一场吧,这样心里会好受的。"

我流着泪微笑了,他以为我在为分手的事伤心。

皓说:"爱情是什么吗?我觉得爱情像一支舞。两人若是相爱了,就会合跳一首曲子。心心相印,便会配合得默契,舞得淋漓尽致;否则,就会出现踩坏鞋子、踩痛双脚的现象,甚至因此不欢而散。与你的节拍相吻合的人也许只有那么一个,我们都是在追寻那个最佳舞者。"

我仿佛看到两双翩翩起舞的鞋子，在黑暗舞台的光束中随着音乐跳起落下，旋转飞舞……

我的脑海中填满了两双舞蹈的鞋子的景象,我的嘴边频繁地挂起皓的名字,我的眼前浮现的总是皓的身影。终于有一天,我打定主意约他见面,我要送他一双鞋子,我要对他说,我想与你跳一支舞。

揣着我那双白缎子的舞蹈鞋,我心跳得厉害。皓对于我提出的见面显得十分高兴,早早便等在那里。那天的他神采飞扬,没等我说话,便迫不及待地告诉我:"我喜欢上一个女孩,"我的心倏地沉了一下。"我以为我不会再爱上别的女孩了,除了琼。可是我终于知道忘不了一个人,可以永远把她记在心里,却不能因此停止追寻自己的人生。有些事情能够淡忘也必须淡忘。是她教会了我这些。"

　　我听到一个不熟悉的女孩的名字,我的鞋在包里寂寞地躺着,两双舞蹈的鞋子的景象在我脑海里逐渐凌乱。

　　皓和他的女友来看过我一次,那是个清秀可人的女孩,我记得他们穿着同样款式的鞋子。皓后来问我:"必须走吗?"我说:"必须走。"他的神色黯淡了一下,说:"好在新西兰是个美丽的地方。我会记得你这个朋友的。"我微笑着,泪水在脸上蜿蜒成河。

　　我走的那天,皓来机场送我,我与所有的人一一拥抱告别。皓说你微笑着流泪的样子真让人心疼。

　　进了机舱后,我把脸埋在毛巾里,想着距离自己越来越远的陆地和城市,痛快地哭出了声音。皓永远不知道,在我的行囊里,有一双原本要送给他的鞋子;他永远不知道,那天与他分别后,我在练功房里跳了一晚的独舞,四面镜子里全是我旋转飞舞的身影和一双跳动落寞的舞鞋

　　有时候,爱情只是一个人的事,一个人的舞蹈。

　　也就在那天,我住进了医院,因为一个动作失误扭伤了小腿肌肉,从此以后我不能再跳舞。

　　我走到皓面前,用平静而柔和的语调说:"我喜欢你,已经很久了。"

　　有月光从树缝中流淌过来,几只蛐虫在鸣唱。

　　他没有说话,只是慢慢把我揽在怀中,温柔地亲吻我的发梢。

　　泪水便如潮般汹涌而出。然而这一切不过是个梦,一个梦罢了。

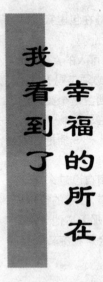

我看到了幸福的所在

■文/诗幽子

一

　　自从上幼儿园开始,凌就喜欢走到哪儿都牵着我的手不放,我也习惯了让凌牵着,那感觉很好。如今,凌已变成一个高大帅气的大男生,而我的"樱桃小丸子"式的齐耳短发不见了,取而代之的是一头飘逸的长发。我们仍喜欢一起上学一起回家,一起在冬日里体验冰淇淋带来的那份刺激……惟一不同的是凌不再牵我的手。

　　凌常常笑着对我说:"我俩的名字中都有一个字发音为'ling',缘分注定了我们必须做一生的朋友,永远不分开。"我若有所思地问:"永远?永远到底有多远?你不会丢下我吧?"凌轻轻拍着我的头,像哄小孩子一样:"怎么舍得呢?"

　　我喜欢谢霆锋,凌也是。和我相比,凌不像我迷恋他到了疯狂的程度。凌之所以不迷恋他，是因为我说过："你以为自己很帅吗?比起谢霆锋来说差远了。"他一脸不悦地说："我们都一起相处这么多年了，你对他的感情比对我的还多，我吃醋了。"其实凌长得很帅的，就是因为他长得帅，我才要说一些刺激他的话，免得他太得意，会自恋以为我有多欣赏多崇拜他，以至于没有男生追我了。

二

暮色中的球场上，凌一个人在打篮球。一个漂亮的三分球，凌转过头望着我，闪烁的眸子仿佛在向我炫耀。我半开玩笑地朝他嚷："你以为你叫'凌'，就可以盛气凌人吗?三分球有什么了不起。"凌不服气地一个接一个地投，直到投进了 N 个三分球，我连连认输并附带送上一罐可口可乐时他才肯罢休。然后，我们就一起沐浴着余晖慢慢走回家。一路上，凌喜欢一首接一首地哼着周杰伦和周渝民的歌。

凌有一副不错的嗓子，但从不在除了我以外的女生面前唱。我说："像你这样的音乐天才不去当歌星简直是浪费国家资源。""那样的话，就不能像现在一样天天和你在一起了。"看着眼前傻得可爱的凌，我"扑哧"一下笑了起来，笑的同时心里竟涌起莫名的感动。的确，和凌在一起的日子总是充满了欢声笑语，我小心翼翼地积累起一份份快乐——我知道，终有一天，凌会把这些快乐带给另一个女孩。

有个问题我一直无法理解，像凌这样优秀的男生却至今没有 GF。"你的眼光也太高了吧，追你的 MM 那么多，你就没有一个看得上的?"

凌看了看我说："她太单纯了，我怕她接受不了，但我会一直等下去,直到她明白我的这份感情。"

看着凌认真的表情,我不再追问下去了。我想,凌喜欢的女孩一定是温柔可人善解人意的那种吧。不知道为什么,我的心里竟有一种酸酸的感觉。

三

我告诉凌:"有人追我了。"凌不说话,双眼凝视着远方,让我猜不透他心里的想法。"你怎么不问他是谁?"我说:"他是谁并不重要,只要你喜欢就好了。"凌的语气很平静。

我到底喜不喜欢他?这个问题连我自己也搞不清。我只想听听凌的意见。我突然发觉,自己 竟是这么在乎凌的想法。

我就这样成了别人的女朋友。其实"女朋友"这个称谓对于我来说简直是一种讽刺,我从没主动约过他,也很少关心他,甚至和他在一起的时候,我在想着另一个人。我真的喜欢凌吗?如果答案是否定的,那为什么我的脑海里全是他的影子?

凌的成绩直线下降,问他原因,他也不说。好友琴告诉我,凌常常一个人打篮球打到很晚很晚。凌变了,在他脸上,我再也找不到从前阳光般灿烂的笑容。

四

我开始发觉,我当初的选择是错误的。于是,又是夕阳西下,在篮球场上,我对凌说:"我和他分手了。"凌先是一怔,眼睛里射出一道光芒,然后抓住我的肩膀问:"真的吗?"我点了点头,然后拉起他的手说:"走,打球去。""唉呀!"凌连忙把手抽了回去。"怎么了?""没什么,只是右手受了一点小伤。"

凌显然是在瞒我,从他的眼神就可以看出来。我知道,我们都长大了，再也不可能像小时候那样无话不谈了……

"什么?他没告诉你吗?"琴大惊小怪地望着我,"那个出了名的小混混浩和凌一对一比篮球,凌不小心弄伤了,他不服气,说要和浩明天再比一场。""可凌的伤还没好啊?""玲子,你劝劝凌,他会听你的。"

不!没用的,我太了解凌了,依他的性格,做任何事都不会服输。可是,他手上的伤怎么办?况且下周就要期中考试了,他怎么能受伤?不行,我要去找浩,虽然凌最讨厌别人这样做,但我管不了那么多了。

面对浩一脸的霸气,我紧张得直发抖,半天才开口:"请……请你放过凌,他的手受伤了,不能再打了。""哦,你是凌的女朋友吧?来帮他求情的?你有没有搞错,是他自己死活不肯认输。"

"……"

"像他那样的人，也值得你为他这样做?"浩一脸不屑的样子。

我想大声说凌不是那样的人,但我不能。无论如何,我要说服浩放弃这场比赛。"你放过他吧,他的伤还没好,就算你赢了,也不光彩啊。"浩犹豫了一下:"说的也是,反正上次他已经输了,我也没必要再跟他耗下去。记住,叫那臭小子别在我面前耍威风。"说完,浩便扬长而去。

我呆在原地,泪水不争气地流了下来。我竟然去跟一个无赖求情,任他侮辱出色的凌,却一个字也不敢反驳。

该发生的还是发生了。第二天,凌气冲冲地找到我:"你昨天跟浩说了什么?""对不起,你的手真的不能再受伤了!""为什么要去求他?你怕我会输吗?不但不支持我,竟还帮我认输。你太让我失望了。"凌用力摇着我的肩膀,这些话几乎是吼出来的。我木然了,平日里对我呵护备至的凌哪儿去了?任凭我流了满脸的泪水,他仍是头也不回地走了。

没有了凌的日子,我不知道自己是怎样度过的。以前无论我做错什么,他都不会对我发脾气。可是这次,我们之间的友情真的也经不起考验吗?

花泽类说:"当你眼泪忍不住要流出来的时候,如果能够倒立起来,这样原本要流出来的泪就流不出来了。"我学会了,可是当凌的身影再次浮现在眼前时,我的泪又汹涌而下。

还是那个熟悉得不能再熟悉的篮球场上,我看到了凌,也看到了他身旁站着的一个女孩。竟是琴。我知道琴一直暗恋着凌,可我没想到凌所说的那个他要等的女孩是琴。为什么我的心里一阵绞痛?我终于不再欺骗自己了,我喜欢凌。但现在凌已经把快乐带给另一个女孩了,我曾经为凌所做的一切也自然会有另一个女孩来做。而我此刻所能做的,只有默默离开。

五

我开始把自己埋进一大堆的习题中,只有这样,我的脑子里才不会有多余的地方容纳凌。而偏偏这时,凌来找我了。他对我说:"放学后我在小树林等你。"说完,飞也似的跑开了。

放学后,莫名其妙的我还是来到小树林。我走到他面前,却不敢正视他的双眼。"你有什么话跟我说?"许久,我听到耳边传来一个声音:"我喜欢你!"

怎么可能?凌喜欢我?!我抬起头再看他的眼睛,里面写满了柔情。

"我一直在等待的女孩就是你啊!我给了你那么多暗示,你怎么就不明白?世界上最远的距离不是永恒与瞬间,也不是死亡与誓言,而是我就站在你面前,你却不知道我喜欢你。"我仍不敢相信。"可你和琴……""你说的是那天在篮球场吧，正是她鼓励我向你表白的。她说喜欢一个人就不该让她伤心难过，可我却让你伤心了，原谅我好吗?那天是我不好，我不该对你发脾气。"

我的泪那么轻易地流了下来。凌轻轻为我擦去泪水，说:"我喜欢看你笑的样子。从今以后，我再也不会让你流泪了。"我哽咽着"我还以为你再也不理我了。""怎么会呢，我说过我们要永远在一起的。"凌像小时候那样牵起了我的手。

多少次听凌说"永远"，不同的是，这一次我不会对"永远"抱任何怀疑，因为我知道，凌就是我今生幸福的所在。

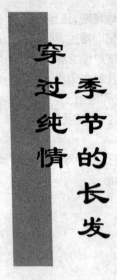

■文 /双子星

扛两个翘羊角辫的那年,她 4 岁。她和他在同一个班读幼稚园。他最爱做的游戏,是恶作剧地使劲扯她的辫子,然后在她眼泪汪汪时,把她最爱吃的棒棒糖塞到她手上。

梳高高的马尾巴那年,她 7 岁。她和他在同一个班念小学。他不允许别的男生扯她的头发,常常为此和别的男孩子打架。

像小婉君那样把两条细麻花辫搭在肩上那年,她 13 岁。他们在同一个班级读初中。他不再像从前那样扯她的头发,而只会朝她傻笑。16 岁,他们在同一所重点中学读高中。她读文科,他读理科,那年,她的头发长及肩头,干净清爽。她以为,16 岁那年,是她一生中最甜美的时光。笑容如花,心情如花。

周末没课的时候 ,他们会相约到郊外走走,晒着暖洋洋的太阳,沿着长长的铁轨一直走下去,沿途野花盛开。他习惯用右手牵她,把她的手指轻而坚定地捏住,直到手心滚烫到出汗。风总会把她的头发轻轻巧巧地吹起,后面的发丝会跑到前面来,纠缠成一团。这时候,他会停下脚步,在她面前站定,看她飞扬的秀发。

头发乱了,心也乱了。

他的手指在她细细的发丝间穿过。这时她总会想起一首小诗:发丝最擅长和风打交道 /据说 /思念 /便是这样被悄悄传递

她暗暗期望,她心里那纠缠不已的柔情,能通过头发,通过他的手指,传送到他的心底。

她 17 岁那年,他随父母去了北方。"我们只有分手,只有离开。"在他临上车的时候,他郑重地对她说。

她站在空荡荡的站台上,泪流满面。她知道他的选择是对的。时间如火,距离如山。离别,刻在宿命的手心,无法更改。

她的头发像裂开的黑绸缎子在风中飞扬。

第二天,她到理发店剪断了心爱的长发。发丝纷纷扰扰地撒了一地,她漠视着自己的心痛。

那年,满街都在唱梁咏琪的《短发》。

18 岁,高考临近,除了厚厚的书本,做不完的习题,和心底纠缠不停的疼痛与回忆,她什么都没有。

她最爱做的事是洗头。她把头深深地埋在水里,睁大眼睛,看水波一次次地漾起,满盆短而细的发丝也跟着荡漾,心里会涌出一些柔情。这时的水特别清亮,发特别轻盈,纠结的发丝在指间滑过,细腻轻柔。

可是无论怎样一遍一遍清洗,也洗不掉他指尖留下的痕迹。原来她的每一根发丝,都已铭记下他的指纹。

她的头发长了,又剪短,没有怜惜与忧郁。如果记忆长在发端,那么就挥刀将它斩断。

19 岁时,她顶着男孩子似的短发走进了大学。他留在了北

方。

没有任何联系,她只剩下回忆。在一个女孩如花的生命中,在她短暂的青春里,能有多少个 15 年留给同一个人呢?

寒假一些老同学聚会,她和他不期而遇——他随父母来过年了。

在茶香袅袅的茶楼里,她和他相对而坐。他们和着大家的欢笑语侃侃而谈。视线交错的时候,她发现彼此的眼神都已经变得那么漠然而平静。没有心跳不已,没有局促不安,一切都是那么自然而然。

旁边的女孩子说,还记得高一时我们最爱唱的歌吗?梁咏琪的《短发》:我已剪短我的发 /剪短了牵挂 /剪一地伤透我的尴尬 /长长短短 /短短长长 /一寸一寸在挣扎……

在场的女孩子都轻轻唱了起来。

在歌声中,她想起了她 4 岁时的羊角辫儿。童年变得那样遥远而渺茫,她惊叫着在前边跑,头上的蝴蝶结不停地跳跃。他在的后面追着要扯她的辫子,用稚嫩的童音叫着:要捉住喽!

他只想捉住那只飞舞的蝴蝶。

她眼里微微有些潮湿。童年那个和蝴蝶一起飞跑的女孩子和那个追着蝴蝶跑的男孩子到哪里去了?

"明天,从明天开始,我要留长我的头发。"她在心里默默地对自己说。

"我把头发剪短,是因为,我想忘记一个人。我把短发留长,是因为,我已经忘了一个人。"

原来,每个女孩的一生,都是在长发与短发间纠缠。

她抬头朝他微微一笑,却不想告诉他,今天,是她 20 岁的生日。

326

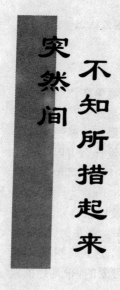

突然间 不知所措起来

■文／雨 桐

开 始

1998年,他在高一(2)班,我在高一(1)班,两班只隔了一堵墙。

和初中的死党明明好久没有联系过了,忽然一天放学接到明明的电话。她坏坏地笑着,问:"哎,问你个事儿,你认不认识寒啊?"我挺奇怪:"知道有这么个人,但没什么接触。"她仍旧坏坏地笑着说:"哦,他的初中同学是我的高中同学,很巧吧!他想跟你交个朋友——别误会,只是普通朋友!"

老友开口,无法拒绝,况且交朋友而已,便满口应承下来:"No problem! 有机会一定和他认识一下!"当时,对他的感觉不是非常好,觉得这个男孩子怎么这么扭捏。一放下电话,就把这事抛在脑后了。

327

谁知第二天,竟接到他打来的电话。就这么认识了。

原 则

一天放学,小鱼送我回家。一出校门就看见寒和他的同学在前面。碍于明明的嘱托,我走过去:"你就是寒吧?"他带着好像挺诧异的表情看看我,点了点头。我心里最初的感觉又浮了出来:他果然是个扭捏的男孩子。路上好像没什么可以记忆的话题。小鱼一直在前面走,有点儿不高兴的样子,可他也没资格说什么。

第一次和寒的交往,感觉仍是淡淡的,没什么特别。

和寒"认识"后的第二天,打算坐一天车。等车时,看见他从那边"冒"出来,我礼貌性地寒暄道:"哟,这么巧啊!"他笑了:"是啊,这么巧啊!"他笑起来的样子蛮可爱的,很灿烂的感觉。

当天晚上,他又打来电话。这通电话,把我对他最初那种扭捏的印象击得粉碎。他说本来是只想做普通朋友的,可是后来又不想只限于此了。我漫不经心地说你不会不知道我的原则吧?他说他知道,但他会站在我的原则外等的。

纸 鹤

再后来,就这样不温不火地交往着,对寒的印象竟也慢慢好起来。他是很健谈的,有时候说起话来很快,他的眼睛亮亮的,很纯净的那种,像天上的星。

我们在一起放过风筝,一起满街乱窜。生日那天,他送了421只纸鹤给我。那天是飘着小雨的,是我喜欢的那种柔柔顺顺的雨帘。

尴尬

高二的小师哥高飞打电话约我出去玩，说 30 分钟后在楼下等我。时间还早，心不在焉地站在凉台上看雨，忽然发现一个好熟悉的身影——是寒！

我下楼了，面对两个男孩，心里只剩下苦笑。寒故作大方，带着一丝挑衅的笑向高飞问好。我对当时寒营造的气氛很不满意，我让寒回去。他又是诧异地看看我，然后说，好，再见！我现在仍不敢回想他临走时那种无法形容的眼神。

三天了，心里一直乱七八糟的。在家的时候，我瞥见电话机，竟有些希望它响起来。

和好

放学后，我一个人往回走，忽然很希望在路上碰见寒。我走得很慢，一家饭店门前的小彩旗从左至右、从右到左数了好几遍，也不见寒的半个影子。我觉得自己傻瓜透顶——这是从没有过的事。

刚一到家，电话里传来了寒好听的声音，只不过是从前不曾听到过的低沉冷漠的。我一时不知说什么，他说："下楼一趟好吗？"

寒穿了一件黑色的衣服，显得整个人更冷漠。我轻声说："那天，对不起啊！"他说你又没做错什么，没有必要说对不起。说这话的时候，他一丝笑容都没有！过了半晌他又开口，说他在想是不是自己真的那么差劲。我想说"不是的"，可终于没有说出，只说声"对不起"。

想来也蛮有趣的，事情的结果竟是不了了之！我们走了很久，说了很多，在一段铁路线上，我们还牵着彼此沾满汽水的手嘻嘻哈哈地走过呢！

乱 了

放暑假了，我们出去玩。半天下来累得要死。回到家，我心血来潮地要和他做陌生人——是的，现在想来，当时，纯粹是心血来潮。我拨通他的电话，他不得不同意，只是要求我："你一定要坚持你的原则啊！"

那时，他真的什么都可以答应我，简直就是纵容。

再后来，我很快习惯了没有寒的日子，一切都正常得不能再正常。

这期间，也曾听到过他的消息。朋友们都说他好消沉，说他会一支接一支地抽烟。

在学校里，也会与他碰见——这简直是一定的了。每次见面，我要么装作没有看到，擦肩而过，要么就低下头匆匆溜走，像做错了事似的。明明知道了，在电话里骂我："你知道吗，他说他会等你两年，很坚决！""你知道吗，他抽烟抽得可凶了！""你知道吗，你快把他折磨死了！"……

其实就算我一切都知道，又能怎么样呢？明明的气撒完了，却把我搞得乱七八糟。

呵 护

那晚拉了妈妈谈心，谈到男孩子。我问，到底男孩女孩间可不可以有纯洁的友谊。妈妈很坚决地告诉我可以。我便提到寒，提到我们陌生的尴尬。妈妈说，越刻意去掩饰越说明有些什么，欲盖弥彰啊！妈妈又开玩笑："况且现在天晚了，总该有个男孩子送你回家呀！"

我释然了。第二天，我让（2）班的同学传口讯，让寒放学等我。放学了。寒从后面走过来，他是很惊讶地望了我一眼。我没说话，依旧低着头走着，好长一段沉闷的空气！我有些生气了："你一定要我先跟你讲话才肯理我吗？"他忙说："不是啊！我是不敢先跟你说话呀！"

接下来的日子，我们一同上学，一同放学。他对我很关心，像在精心地呵护一个迟早会属于自己的宝贝一样。我坦然地接受着他的关怀，也一直努力地把我们的位置摆在朋友与朋友之间。

瞬 间

娜娜生日，买了蛋糕四处送。我说我不喜欢吃蛋糕，她说那就给寒吃好了，我说你的生日随你便。

放学路上，寒装作不高兴的样子对我说："瞧人家过生日还知道送我块蛋糕吃呢，可有的人呢……啊……"我说你在说我哪！那我补上还不行吗？他吞吞吐吐地说想出个"折中"的办法，也不知道成不成，一定要我先答应他。我笑着说你怎么这么没道理！想了想，就答应他了，可他竟然说："成啊？那让我亲你一下吧！"

我吓了一跳，心嘭嘭直跳。我扭过头去说，"寒我再也不理你了。"他小心地低头看着我，说："生气了？我不说了还不行吗？其实我只是心里怎么想就怎么说啊，别生气好不好？"我还是不知该说什么。

他一直在我前面倒着走，一路道着歉，却一不小心撞在了一辆自行车上，我忍不住乐了，快步往前走。他追上来，仍是道歉。

我快到家了，他站在门口不许我进去，一定要我原谅他。我推开他,跑回家里。放下书包,我长吁一口气。忽然心一动跑到凉台,打开窗子,发现他果然在楼下,我真想不理他,可又不太忍心,就只好下楼了。

楼下,他歪戴着帽子,嘴角得意地翘着,坏坏的样子好可爱,像个跟你赌气又知道你一定能原谅他的小孩子一样。

"我长这么大,从来没有人对我说过这种话。你太不尊重我了。你以后要是再这样讲话,我就真的不理你了!"他紧张地说:"我怎么敢!"我说行了,我没有生气,你回家吧。说完一转身,又差点儿没绊倒!

第二天晚上,到家后接到寒气喘吁吁的电话:"你还生气呢?怎么走这么快啊!"我告诉他我想一个人静静,他又霸道得像个小孩子:"不行,我一定得见到你!"这时家里来客人了,匆忙间挂断了电话,只说了一句:"寒,你会考可一定要通过啊!"

寒请了三天假在家里复习地理会考。他考试那天我恰好有堂舞蹈课,三个钟头漫长得像一个世纪。我突然在刹那间不知所措起来。

青春

日子过得千篇一律又匆匆忙忙。每天早上一出家门,第一个看见的是寒;每天晚上临近家门的最后一声道别也是对寒。我不知道我们之间究竟是怎样的一种感情,也不知道这不是故事的故事是否还会继续。或许不必任何事情都要有个结果的吧,就像我和寒,就像青春。

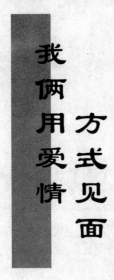

我俩用爱情方式见面

■文/秋　妍

心动

在去年夏天的两个月里，我几乎每天下午都要在操场上练一套需要不断变换队形的团体操，目的不过是为了在亚洲体育节开幕式上走来走去而已，据说在看台上会欣赏到由于我们从这里走到那里而形成的一些图案，可是我却看不到。这个城市挺看重这次开幕式，所以我就得每天都在烈日曝晒下的操场上走上几个小时，直到把自己晒得像一个非洲原住民。

我的个子太高，只好站在女生队列的最前面，紧挨着我站在男生队列最前面的是一个话很少肤色很黑的大个儿男孩，我和他周围的每一个男孩都厮混得很是熟络，惟独和他却一直没有说话的机会，可是我却偏偏对他的感觉最好。

其实我早就知道他，他叫秦健，校学生会的体育部长，学校里的著名人物，挺讨人喜欢的。他在工作时那种严肃的表情 让人看了之后便会为之心动。

我们并肩在太阳下晒了两个月，却未曾互相说过一句话 。

执著

上个学期刚刚开学，我在政教处和主任谈着诸如主题班会一类的话题，他从外面走了进来，很自然地加入了我们的谈话，也正是从那时开始，他与我的生活有了某种联系。

一个周日的上午 ，我到学校的计算机中心去上机，在走廊里遇到了秦健和学生会的几个男孩在一起，他说他们要去参加沈阳民俗节皇家礼仪演出，并装出一副不大在意的样子问我为什么不一起去看看演出呢，我想了想便答应了。

故宫里的游人很多，本地的，外地的。秦健们的演出造成了围观，但似乎游人们更多的是在一旁看热闹，我坐在路边的石阶上喝着可口可乐 ，秦健和他的男孩女孩们在那里很认真地表演着，竟然一直坚持了很长时间，我有些感动，为了他的那份执著，有点儿像手持长矛与风车搏斗的那个叫堂吉诃德的骑士。

从那之后 ，我开始找一些借口接近他，像什么体育课忘记带运动服让他帮着借一件 ，像讨论一下本学期班级体育活动开展状况什么的，然后在一旁看着他楼上楼下地为我借一件运动服，看着他满脸严肃地列出一堆似乎很有说服力的数字与表格，蛮有趣的。

我们就这样开始了交往。黄安有首歌怎么唱来着，我俩用爱情方式见面，这样做是不是有些冒险？

521

今天看来，去年 9 月 23 日那天发生的一切都已经不具备任何意义。

那天学校组织看电影，是那种爱国主义教育题材的片子，看过电影，我，秦健，还有他的一个哥们儿和哥们儿的女朋友一起去了南湖公园。我和秦健坐在河边的石凳上，有一搭没一搭地聊着。

谈起我们的中考分数，竟然都是 521 分，他很惊喜的模样，说真巧啊，何况那又是"我爱你"的谐音，那个数字如今看来已没有任何意义，但我偏偏被它感动了。

他问我和他在一起怕不怕别人的议论，我说怕，他在学校是个焦点人物，我也不是无名之辈，能不怕吗。他又说了许多劝慰我的话，又问我怕不怕，我不做声。他说那就算是你默许了。我没反对，我确实挺喜欢和他在一起的，我为什么要欺骗自己的感觉呢。

电话

他几乎每晚都给我打来电话，常用梦呓一般的语调说"想你"这两个字，搅得我心烦意乱。后来妈妈问我总打电话来的那个男孩是谁，我无言以对，便告诉他不要再打电话了。

快乐

我报名参加了大专的自学考试，他说好啊。10 月 23 日那天，他陪我去看考场，在回家的公共汽车上，我有点儿冷，他第一次握住我的手，他的手很大、很暖，将我的双手紧紧地包住。在考试的那两天里，他始终陪着我。午休时，我们在一条行人稀少的小路上散步，他牵着我的手，踩着厚厚的落叶，脚下软软的。我真希望时间能在那一刻停止。那该多好！

矛盾

一本书上说如果两个人在一起不吵架便会很快分手，我便经常找一些小事气他，可他只是憨憨地笑，一副纵容的模样。倒是我常被他气哭。

在我的日记上，那天是 11 月 10 日，星期日。我们约好晚上在学校见面，他会从一个卡拉 OK 比赛上赶来。那天很冷，我穿得又少，有点儿发烧，从下午四点一直等到六点半也没见他的影子，我就气呼呼地跑掉了。晚上他打来电话说比赛结束得太晚，他赶到学校时已经快七点了。我在电话这边泪流满面，挂断了电话。第二天晚上放学后，他找到我，说要向我道歉。没多久，我的气就消了，我太好哄了，不是吗？

句号

直到今天，我还是搞不清与秦健分手的真正原因。

12 月的一个晚上，那天是下弦月，我记得很清楚。我在校门外等了他半个多小时，他并没有为迟到做任何解释，突然说："以后不要再等我了，我得回家。"他不敢看我的眼睛，正巧 10 路电车进站了，他连再见也没说就跳上了电车。

我在校门外呆立了半晌，眼泪浸湿了围巾。这算是什么意思呢。我不甘心就这样不明不白地分手，便把自行车放在学校，跳上下一辆 10 路电车，一直坐到终点，也没见到他的身影，那天是我哭得最伤心的一次。

几天后，他写来一封信，说他不值得我那样对他，说他承受不住我的热情，说他没有精力，没有时间，没有基础，说我们的关系进一步发展对谁都没好处，说我是个好女孩怕我越陷越深，说校领导如果知道了会很生气……

终于，我们甚至连点头之交都算不上了。在走廊里见到他时，我不是装作与同学聊天便是转过身去，我努力做出一副很快乐的模样给他看，但心里却总是有点儿酸涩，有点儿痛楚，我怎么也忘不掉他那张故作严肃的面孔和那双温暖的大手，怎么也忘不掉他曾经做出的美丽承诺。这段感情的结束与开始一样，没有太多的考虑，没有太多的准备，像一场我从未发现自己身在其中的游戏那样，结束了。妈妈说这是小孩子的小把戏，也许是吧。

这个冬天不太冷

■文/李 夫

午休

　　那些男孩子在校门外和女孩子们谈话的时候，手扶着自行车把，站在自己那辆车子的外侧，那些自行车在不同性别的人之间形成了一道保护栅栏，给人的印象是那些男孩子随时都可能离开并消失在路上的车流中。

　　中午放学的铃声刚刚打过，李夫顾不上与校门口熟识的男孩女孩们打招呼，跳上山地车向一公里之外的那所重点高中骑去。

　　今天是 1998 年 12 月 7 日，一个普普通通的冬日，天气并不冷，反而有些暖冬的意味。李夫，沈阳市某中学高一男孩，去和邻近那所重点高中一个叫芊的女孩儿一起吃午饭，和每天一样。在他的外套里穿着学校的校服，一套像极了部队作训服的绿色衣裤,很难看,却极醒目,好在外面还有件外套,否则走到哪里都会被人一眼认出他是这所省重点高中的学生。

回闪

我在读小学时就见过她了,那时我们并不同班,对她的印象也不深。初一那年的一个周末,我们家去一家酒店吃饭,我在去洗手间的路上正遇见她从楼上下来,她径直从我身边走过,并没有认出我,在那瞬间,我甚至有一种惊艳的感觉,她出落得蛮漂亮的。

如果只是一次邂逅也就不会有后来发生的一切了。没过几天,班上转来了一个女孩儿,正是芊。听说她小学毕业后去了艺校学钢琴,又觉得不能荒废了功课,便转到了这里。我偷偷地瞥了她几眼,和那天一样,她没有认出我,我便暗自有些讪讪的,打消了上前搭话的念头。

在此后的一年里,芊当了文委,成绩也不错,在期末考试时紧紧地排在李夫的后面,两个人也有了第一次关于天气的寒暄,和第一次借个橡皮圆规什么的交往,一天天熟络起来。

熟稔

初二那年,我与芊之间已经可以谈一些与学习无关的话题了,她说她喜欢电台那档叫做《乌鸦与麻雀》的节目,喜欢德彪西的《意象》,喜欢读琼瑶的小说,我说我都喜欢,你喜欢的我都喜欢。那时我们已经一起上学放学了。

那年冬天下了几场大雪,打雪仗便成了我们经常玩的游戏,我总是隐隐约约地觉得有什么地方不大对,却又不能准确地说出来。终于有一天,那种不祥的预感变成了现实,一个雪团打在芊的头上，她慢慢地瘫倒在雪地上，有些像电影里的慢镜头——优美却恐怖。我不假思索地背起她向教学楼跑去，松软的雪地使我每迈一步都要费尽全身的气力，当老师从我背上接过芊让她平躺在收发室的长椅上时，我一下子瘫坐在走廊里。有个老师说得找辆车去医院，我不知从哪儿来的力气跑到校门外，路上连一辆扫活儿的出租车都没有，我只好拦了辆警车把她送到医院。医生诊断说是贫血，由于低血糖导致虚脱，打了一针就没有大碍了。我站在病房门外，芊的目光从病床旁拥挤的人群中穿过找到了我，笑了笑，松了口气。

牵挂

这个冬日的中午不大冷，骑在自行车上的李夫已经出了一身透汗，他有点儿急，最后一节课老师压了会儿堂，如果他没有到芊是不会吃午饭的，而她的身体又不大好。李夫说他很在乎那个叫芊的女孩儿。

哭了

那次虚脱事件后不久，我被调到了芊的前坐。又过了不久，我因为胃出血住进了医院，如今看来，我们两个人的身体似乎都不太好。

在医院里的日子很难熬，何况又没有了芊的消息。医生刚刚允许我下床走动，我便跑去给芊打电话。她在电话那端说她担心我会不会因此而休学，她哭了。我说哪里会休学呢我的身体棒棒的过几天就可以回去上课了，她仍是哭，劝也劝不住。

班上的同学都到医院来看我，只有芊没来，一个女孩儿带来芊的口信说她家太远就不来了。我有点儿失望，但我清楚地知道并不希望她来，我不想让她看到自己病中的模样，有点儿憔悴。

我的胃病并不严重，几天后便出院了。我到学校去找芊，她一见到我时依旧只是哭，我知道我们的关系又亲密了许多。

第二天，正巧学校组织春游。我与芊编在同一个组内，爬山时只有我俩落在后面，她小心地扶着我，那天是我们第一次牵手的日子，直到今天我还记得她在那天的装束。

下午

春游后不久的一个很平常的下午，李夫对芊说自己喜欢她，得到了芊同样的回答。李夫似乎听到了空气流动的声音与校园内的丁香花瓣迸裂的声音，空气中充满了醉人的香气，那天的日记对于李夫与芊而言是一份宝贵的纪念。

尽管有许多人都知道李夫与芊之间的关系，但李夫还是采取了一种颇为低调的姿态，他不想把这件事搞得尽人皆知，他希望这是一个毋需张扬的爱情事件。

眩晕

一年之后。日子就这样清清楚楚却又不明不白地过去了，我们俩身上的变化并不大，或许是每天都在发生细微的变化，只是自己没有觉察到罢了。我俩的成绩很稳定，关系也很稳定，老师说我们是小孩子闹着玩，随她说去吧。

我俩就这样读到了初三。那年学校的运动会筹备得很隆重的样子，芊报了 800 米跑。她比赛那天我刚刚跑完 200 米，坐在场边正为小腿抽筋而懊恼不已。芊在第一圈时名次还可以，但从第二圈开始便愈来愈慢，忽然，就在我面前的弯道那里，她被人撞了一下，跌倒在地上，她爬起来再跑，没出五米，脚下一软又跌倒了，我赶忙跑过去把她背回班级，又背着她到了医务室，口服了一些葡萄糖才渐渐地恢复过来。她总是这样，从小受到父母的娇惯，体质不是很好，现在我每天最担心的也正是她的身体。

安静

中考发榜后，芊考上了一所重点高中，李夫去了另一所重点高中借读，暑假里两个人玩得很高兴，假期结束后，芊的家搬到了李夫家所在的小区。于是，两个人每天都一起上学，一起回家，中午李夫便会赶到芊的学校和她一起吃午饭，好在两所学校离得并不远。

呼吸

一天晚上，芊打来电话说学校又要举行运动会了，我吓了一跳，极力劝阻她报项，可她说她是班里的团支书，如果不报名，别人会说她拈轻怕重。她终于还是报了 800 米跑。

那天我躲在家里没去上学，一直在担心芊的身体。快到中午时，芊的同学打来电话，说她又一次晕倒了，我赶到学校时她正躺在校医室的沙发上，医生说还是由于低血糖而导致的虚脱，休息一下便没事了。

我要叫一辆出租车送芊回家，但芊说她更愿意让我骑自行车送她回家，其实她是想离我近些。路上没有多少行人，芊坐在后面靠着我，脸贴着我的背，我感觉到了她的呼吸，芊也一定听到了我的心跳……

从那天开始，我总是放心不下芊的身体，每天中午都尽可能地到她那里一起吃饭，否则总是有些提心吊胆的。

安 慰

在芊的校门外,李夫站定在冬日的阳光里,做了几次深呼吸,整理了一下心情。再过几分钟,他就要见到芊红润的面庞了,他的心里有一种淡淡的安慰,甜甜的有点儿金帝巧克力的味道。

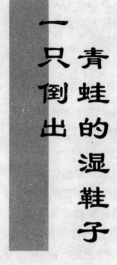

一只倒出青蛙的湿鞋子

■文 /郑红杏

童话

我的学校是一所城边的子弟中学。隔着一条马路就是农村。我们像活在城市边缘的"农民"一样，对这里的远远近近都充满了新鲜。

上中学后，没多久就迎来了第一个"五四"，那是一个美丽的春天，我们班去棋盘山踏青。体委 T 是班主任极其得意的学生。学习不费力气，而且体育极好。他不怎么跟女生说话，说话时也不看女生的脸。于是很多女生对他的好奇心就超出了一定的限度。

在河边休息的时候，我一时得意忘形没踩稳踏空在河里，整个人都跌进去了。没等我四处求援时，T 就走了过来，皱着眉，他一定没见过这么笨的女生，我猜想。

他伸手把我拉上来时,我就坐在了地上,并极不雅观地脱掉鞋子倒里面的水。我觉得有人在看着我时,抬头发现是 T 站在原地。他说,原来你是想倒出一只青蛙。

豆蔻

我从此而了解了 T。在一起谈天说地不知所云。那年我也就14 岁,14 岁的我很认真地喜欢上了我们班的体委 T。喜欢他的孤独和沉默,连快乐也是一触即发。

尔后我又发现了 T 的许多优点:会打网球下象棋体育全优上课睡觉是数理化天才富正义感有点孤傲但不自作聪明等等。

上课无聊的时候我就画漫画,随便勾两笔就会令坐在后面的 T 赞叹不已。我很得意,只有在这时才充满了骄傲和喜悦。因为他是班里那个极其优秀的 T,是令女生遥不可及的 T。

恋 情

圣诞节的时候已近期末,校园里却沸沸扬扬地传着下学期分班。

新年时,T 在联欢会上大大方方地送了我一张卡片。接过来的时候我的脸一下子红了。灯光红彤彤罩在我的脸上也罩住了我心里最大的秘密。打开卡片时还是有些失望,T 字迹歪歪扭扭,祝福平平淡淡的。落款是:最好的朋友。然后 T 在雪地里放肆地踢球,漫不经心。就这样在我心中,渴望浪漫传奇的想法一天天淡泊下去。

后来真的分了班。

新学期一上来,各班学生的名字就白纸黑字地贴在了教学楼门口。我在初二·五班的名单中找到了明晃晃的 T 却怎么也没找到自己。我们被分开了,我和 T 成了邻班。却没有想像中的难过,好像是意料之中的事。

新的班主任极其严厉,每天都是最后一个下晚自习的。

一个大雪天,夜很黑天寒地冻的。从教室出来,教学楼最后一个亮着的灯就灭了。几个女生胆战心惊地朝车棚走。低头拿钥匙时,发现身边有个影子立在那儿。抬头看,是 T。

我一愣。

T 说这样冷的天很多人的车锁都冻上了。我看你的车还在想你还没走,所以等你出来,否则这么黑你回不了家该哭鼻子了。我惊讶地看着 T。

他不费力气就把锁给烤化了。我在一边说了很多的感谢话。

我们推着车并排走,经过教学楼门口时一片漆黑。T 突然说,分了班在教室里找不到你的笑声很难过,以后我天天送你回家吧!

我愣住了。在冬日寒冷却很明朗的月光下,明白了,T 是说他喜欢我。

夜黑得极深,我心里却充满了喜悦。我 15 岁,就这样不可思议地谈起了恋爱。

幸福

T 开始在楼下等我和我一起上学。他家离我家一点儿也不近。T 很有耐心早早就在我家楼下等我。他很大男子主义地给我讲他认识了解的事物和他主观认识的这个世界。我很喜欢听,他的一切在我盲目的崇拜里,几乎是带着光环的。

T 等我有时会借车棚里昏暗的光线看书,有时就站在那儿一动不动地看我们班的灯光背唐诗宋词。那是我认识 T 的第二个冬天。

除此之外，还和所有爱情一样，T 在我生日时，送我极俗的音乐盒和玫瑰。我们还一起逛书店，在回来拥挤嘈杂的公共汽车上，我抱着一堆画册和诗集背冲着 T。他在后面替我遮住拥挤的人流。我幸福得像一个丰收的小妇人。

阻碍

学习紧张起来，我们在一起的时间只有上学和放学的路上。我们就常常绕着楼群，希望路越长越好。遇到上下班的高峰期就常被父母看见。一而再，再而三。妈妈也时常在我的书包里翻到 T 的笔记本和里面他留下的条子。T 也是一样。在父母的质问下，我知道我们的应对弱不经风，一个早恋的事实昭然若揭。

疲惫

我是在和 T 认识的第三个冬天被老师和妈妈下最后的通牒的。妈妈说了一些极狠的话，泪就像决了堤似的流下来。

那天是平安夜，教室让我们布置得张灯结彩的。那个晚上如愿以偿地下了一场雪，极厚。

圣诞节的早晨我走得很早，天极黑，雪还下着。一走出楼梯，T 像变魔术一样出现在我面前。他没推车，浑身都是雪。

我没感动，这时我脑子里闪过的念头竟是我妈也许正站在窗口看着这一切，而我的所有辩白都是谎言。我突然快走了两步，T 跟在后面，他用英文说了句"圣诞快乐！"半天见我没回头，赶上来问，怎么了？这时眼泪开始在眼圈里打转，冲他嚷过去：你知不知道跟你在一起我觉得特累！说完 T 愣在那里，我掉头就走。那一天雪没停,晚上灯红酒绿的时候,T塞给我一张圣诞卡就一个人走了,我在楼上看着T穿过操场。

平 淡

后来春天了,雪开始化了。初三的下学期一开学就又分了班。大排榜的前四十名一个班,T没进去。

之后T参加了校足球队并当了队长,T惟一没变的就是对体育的热情。准备集训时,T才告诉我。我说你想怎么样?参加集训的可都是要考体校的!

T说你放心,不会让你失望的。

他的话有些逞强,我觉得可悲。

我开始准备三月份的美术加试,决心冲刺师专美术系。忙碌的学习把我们的感情冲到一边。

有一段时间,我们开始躲着对方,像两个化学药品生怕碰到一起会发生反应似的。穿过操场,还是能看见T专注训练的样子,很有动感和活力,很像我以前的喜欢的T。

那时功课忙得T已经不怎么帮我解数学题了,不常一起走不常说话却也自自然然。月考后,T的成绩上来些却还是整天踢球又是一副玩世不恭的样子漫不经心的样子。

这时我们都不再是14岁,会认为鞋里会倒出一条鱼或一只青蛙的年纪,我们都在努力为自己的未来找一个出路。

成 长

三月份的美术加试结束了。我以高出几十分的成绩被录取。没有T的鼓励,我知道我也能行。我还是觉得挺失望,发现和T在一起,感觉并不像我曾幻想过和他在一起时的美好。

我问 T 你喜欢我什么？

T 说你有艺术特质爱幻想而且异想天开，那样子的你很可爱。

沉默了一会儿，我说：T，我们分手吧。

永远

六月份的连雨天几乎未晴过，雨不很大，所以没带伞。再见T，也是最后一次见 T，就在这个六月。放学后，我就坐在台阶上想雨什么时候会停，那天离老远看见 T 从车棚推车出来，由于没穿雨衣所以格外鲜明，那感觉我永远也忘不了，前后不过十秒钟，就像经历了几个世纪那么长，有点恍惚。

他就那样穿着运动服穿过操场也穿过了我消失在雨里。

■文/雪 儿

白色的牛仔裤，白色的休闲鞋，一件粉蓝相间的 T 恤，特意选了一身安静、恬淡的衣服，坐在横贯沙滩的矮墙上，我——如约等你。

暮色里，海风在静静地吹，海浪在轻轻地唱。这一刻，日常生活中所有背负的责任、紧迫感似乎都离我远去，迎面而来的竟是一份久违的宁然。

"我的心是高高低低的风铃，丁零丁零丁零，此起彼伏敲扣着一个人的名字。"心中的铃声又在响起，十六岁你我的初识，十七、十八岁的分离和如今的再次相聚。你可知道，在等你的这一瞬间，三年的少女时光都在我心头滚过了。

走在你身旁，我的话不多，只愿静静地听你，默默地体会你。你转过身来，用一种崭新的目光望着我。我迎着你的眼睛笑了，此刻的我还是平日里那个匆匆忙忙赶路，动辄抗议男女不平等的女孩吗？

告诉你我对长发的钟爱，而我那细如发丝的心，长如发丝的想念啊，你可知否？

你怪我固执，不肯为你而留。"两情若是久长时，又岂在朝朝暮暮？"彼此留一片天空把这段时间用于沟通你和自然，交融你与音乐，在每一片云里，每一滴露水中，每一首轻柔婉约的诗词里，你会寻到我的影子，觅到我的灵性，理解雪儿今生已为之注定的魂魄。

为追求人生的深刻我可以经受磨难，为寻求完美的答案我宁愿背负猜疑，为了等那一份未可知的缘，我能够忍受孤独和寂寞而坚守我心……属云的女孩如天马行空，来去翩然；属雨的女孩时急时缓，变幻多姿。而雪儿我是云和雨的柔和与再生，她的品性，你可能捉摸得出？

"心中有爱，人生如歌，来去从容，情深似海"。天河又有人放舟，古老的音乐在传说，你弹着吉他为我送行，而我，弹奏着你的目光，我知道夕阳中你高大的身影将会幻成心中一页永不褪色的远景。

我只是一个童话

■文/齐 芳

水静静地流过，纤纤瘦瘦的一条河。蜿蜒到了这里竟开阔了一点湖的襟怀。

我就生活在这个湖里，我并不是鱼，我是一个水精灵，一个生活得无忧无虑、会一点点魔法的精灵。你听说过我的种族吗？我们的祖先是《海的女儿》中的小人鱼。小人鱼升天后，她的善良打动了上天，天的主宰又让她回到了水里。她创造了我们并建立了新的家园，我们也延续了她的善良和美丽。我很喜欢人类，喜欢变成各种各样的人，坐在湖边的石头上看人类的眼睛。从他们的眼睛里，我能看到他们在这一天里的心情状况和他们内心深处的东西。

这是一个和昨天一模一样的早晨，我坐在梳妆台前，看着镜子里的自己，边听着气象局的广播，边梳着头。当听到广播里说冬季已经到来了时，我的手停了下来。水世界里的雪是紫色的。

我每年都梦想着能下雪，哪怕是一场也好。但这里的雪像流星雨一样很难看到。去年好不容易下了一次。那时我站在玻璃暖房里，看着浅紫色的六边形晶体慢悠悠地飘落，纷纷扬扬在不停地旋转着，游荡着，掉在玻璃顶上，整个世界看上去妖冶而朦胧。只有那时水世界才是最美丽的。

我梳起了马尾巴辫，挑了一件红色半袖毛衣和一条宽宽的休闲裤，又套上淡蓝色的外套，离开家游到湖边去看人类的冬天。

这次我选择变成一个十七岁的雨季女孩。当我坐在湖边的那块水晶化石上时，我看到了你。你像是一个猎者，你明显并不是为了看湖，你用你疲倦的眼神环绕四周，然后你看见了我。你兴奋得向我跑来。你在我注视的目光下停住了，喃喃地说，你好美，你愿意让我送你吗？我点了点头。

我被你安置在单车的后架上。车拼命地颠簸，这里没有水泥路的平坦。阳光温暖如恋人的吻，让我不想睁开眼睛。你说你叫宇，那迷人的声音高亢而温柔，我说我叫尤希，这是我梦想里的名字。在水族的语言中，尤希是梦之神的意思。你回过头说，你住在哪儿。我摇了摇头，看着眼前的冰蓝色的T恤，就先住在你家吧。

你把我带回了你家，一个两室一厅的公寓。你指着一个房间说，这就是你以后的家了，我是自己单住的，你喜欢这儿吗？我环视了一下，很好啊。是的，这里的一切都是冰蓝色的。窗帘被子墙壁，就连桌上的花瓶都是冰蓝色的。像回到了水里，我简直太喜欢这儿了。

很快宇就发现了我的烦人之处，我先把他的牛奶放上盐倒上醋，然后拔了花苗和花瓣给他做小葱拌豆腐，接着把房子里洒上水。我快乐地坐在水中央的一把高高的椅子上，大声地唱着歌。我知道,他不会生气的。

宇无奈地看着我,尤希啊尤希,你什么时候能长大呢。

我用那种纯净的能滴出水来的目光看着他,怯怯的。他笑了,好吧好吧,我带你去吃晚饭,乖。

宇带我去月神大厦参加一个 Friend Party。电梯停在了十六层的大厅中央。刚走出电梯,我就看到一幅巨大的镶嵌在墙壁内的古代名画。画面是一大片冰蓝色的海水,看起来它在不停地翻动着白色的浪花。礁石上,一个美人鱼躺在那儿,上半身是一个女人,下半身是一条鱼的尾巴。我注视着她,又想起了小人鱼。

尤希,这是我的朋友。宇那温柔的声音打断了我的思绪。接着我认识了宇的所有朋友。尤希,你小心一点玲,她很喜欢宇,她有些嫉妒你。刚刚认识的朋友扶云凑到我的耳边说,而后她冲我一笑,便走开了。我看了一眼不远处穿着华丽礼服的玲。玲比我小一岁,但十分高傲。

我站在餐桌旁假装挑选食物,偷偷抓了一把豌豆撒在地上,刚才我就注意到了玲那冷冷的眼光一直盯着我,突然我用眼角看到,玲端了一盘子浇了番茄汁的食物疾步走来。看得出来她想把这些东西盖在对方的的脸上。当玲冲向我的时候,我一闪身,玲由于惯性踩在豌豆上猛地滑倒了,桌上的食物被一起碰翻了下来。

你没事吧,宇扶住我问。我摇了摇头,可她摔倒了。宇扶起玲,只见她身上粘满了食物——当然也包括她自己端的那盘。不过玲不晓得她的这些狼狈,她已经晕了过去。一些人飞快地收拾场地,重新摆上食物,另一些人送玲去医院。

我想回去了,我说。我和宇走在大街上,突然看见了路边有一把长椅。坐一坐吧。宇拉着我坐在椅上,我靠在宇的肩上数天上的星星,唱个歌吧,宇看着我,眼里充满了温柔的目光。我点了头唱了一首这几天刚在大街上听到的,却十分熟悉的歌。

手牵手一步两步三步望着天

看星星一颗两颗三颗四颗连成线

背对背默默许下心愿

看远方的星是否听得见

……

尤希,我想我是爱上你了,宇突然冒出了这么一句,我没有停继续唱着,宇紧紧地抱着我,我缩在宇的怀里觉得格外温暖。

从那天以后我再也没见过玲,只听宇说玲的鼻梁骨折住院了。一天傍晚人类的世界终于下雪了。宇去医院探望玲了。我独自站在阳台上,看着那白色的雪花一片片从天上落下来,白色也不错,我独自想着。一个白色的身影晃过了我的眼角,飘到了我的身边,谁?我猛然警觉起来。我,拉卢,你的朋友。拉卢是水世界里的主管。

尤希,你该回去了。

拉卢让我再待几天好吗?

不行,你已经超过了精灵在人间应停留的时间范围,再不回去会受到处罚的。

可我还有很多事要做呢,等我办完就马上回去。你帮我说说情吧!

好吧,但你一定记住,要在圣诞节的钟声之前赶回来,否则你会被开除出水世界。

我记住了。我低下头,我知道我别无选择。如果被开除出水世界,一切就得从头做起。头,是指从鱼开始重新修炼。也就是说,我以前一百年的辛苦都付诸东流了。

我回来了,耳边突然传来了宇的声音。我抬起头,拉卢不知什么时候已经走了。你怎么了,怎么一个人待在阳台上,不怕冻着吗?宇,如果我有一天要离开你,你能接受吗?我试探着,你怎么会走呢,这里是你的家呀。况且,你不会舍得离开我的,对吗?宇的口气十分坚定。宇,等你渐渐习惯了以后,你就会忘记我的。你今天怎么了?宇疑惑地问。没事,我只是随便说说,你别往心里去,我给你唱首歌吧!

> 也许放弃才能靠近你
> 不再见你 你才会把我记起
> 时间累积着盛夏的果实
> 回忆里爱情的香气
> ……

圣诞节要到了,今天已经是平安夜了,街上挂起了彩灯,摆上了圣诞树,人人脸上都挂着笑容。可我笑不出来,今天是我在人类的世界里生活的最后一天,也是和宇在一起的最后一天了。在肯德基里吃完圣诞大餐后,我提议去湖边走走,我必须告诉宇我的真正身份。

宇,你知道《海的女儿》吗?我拉着宇沿着河走着。

当然知道,那是安徒生的童话。宇拉着我坐在水晶化石上。

是的,我也只是个童话。宇,我骗了你。我抓着宇的手哭了,眼泪疯狂地落在宇的手上。

你,怎么会呢?

宇,我是一个水精灵。小人鱼是我们的祖先,我们一直生活在这个湖里。我们可以变成各种各样的人。那天我出来走走,就遇上了你。

原来你是个精灵。宇喃喃地说,可精灵又怎样,我不会在意你是异类,我会更加爱你的。

不,宇,你不知道,我马上就要走了,水世界里有规定,水精灵在人间停留的时间不能超过一个月。午夜的钟声一响我就得走。否则我会变成一条鱼，再也看不见你了。

尤希，你不能走。我舍不得离开你呀！宇哭了，哭得很伤心。

宇，每年的今天我都会回来看你的。我安慰着宇，自己也哭得稀里哗啦。宇，这是我的外婆送给我的。我从脖子上摘下了一个小饰物。那是一个里面装着一条鱼的小瓶子。别忘了给它放氧气球，好好照顾它，我要验收的。我叮嘱着。放心吧，我会好好照顾它的，看到它我就会想起你的，小精灵。宇用他那特有的眼神注视着我。这时午夜的钟声响了起来。

"……十……九……八……七"宇和我数着倒计时，"……三……二……一……零"。最后一声响起的时候，我纵身投入了湖的怀抱。再见了，宇。同伴们迫不及待地把我拉向了湖的深处。我挣扎着抬起头看了宇最后一眼。宇趴在岸边，眼泪流到了湖里。咸咸的泪水流到了我的嘴边。这时，一片紫色的雪花飘了下来，轻轻的，软软的，打着弯。

哦，水世界里下雪了。

■文 /张征容

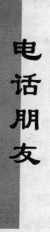
电话朋友

那是刚进大学时，刚从高考的重负下解脱出来，心情异常轻松自在，恨不能把我的快乐传递给每一个人。

那个傍晚，一个人去邻近的大学玩。校园风景如画，我饶有兴致地信步走。这时校广播台开播了，伴随着优美的旋律，我听到一个亲切柔和的声音。不像在念散文，倒像位久违的朋友在倾诉。

我入神地听着，直到四周一片静谧。他悦耳的声音还在我耳边久久萦绕，于是我突发奇想，跑进一所教学楼，拨通了广播台的电话。

"喂，这是广播台，请问你找谁？"正是那位化名常绿的播音员接的电话。

"我，我，你……"我一时张口结舌。

电话里传来轻轻的笑声："别着急，是要点歌吗？"

　　"不是点歌。"顿了一下,我又改口:"也可以点歌,就送给你,谢谢你送出好听的音乐,还有……"我鼓足勇气:"我很喜欢听你的声音。"

　　电话里一片静寂,他会不会挂电话?他觉得很古怪?还是认为很无聊?我惴惴不安。

　　"播音快一年了,别人从来都习以为常,你能注意到,我很感动。"他诚恳地说。

　　他没拒绝这份善意,令我很欣慰。我们侃侃而谈。我告诉他我是新生,于是他给我介绍校园生活,人际交往,又谈到各自的爱好。时间不知不觉流过去了,直到有人要用电话,再三催促,我才惋惜地说:"就谈到这儿吧,再见。"

　　"好吧,再见。"

　　然而两边都没挂电话,停了一会儿,我们都笑起来。最后他说:"我也很喜欢听到你的声音,还会给我打电话吗?"

　　自此以后,我们成了电话朋友,一根电话线牵动着两颗心。不存在以貌取人,不因为利益相关,完全是性格相投,心灵相吸。有一次我为某件事舍不下,想放弃又不甘心,想尝试又怕失败。一问他,他立即说:"不要放弃,你一定能行。"

　　"你怎么知道我行?"

　　"因为是你呀,对你还会没信心吗?"

　　为了他这句话,一向缺乏毅力的我,坚持做完了那件我曾以为很难很难的事情,令我自己都大吃一惊。

　　我有太多美好的心情要写下来,精心挑选一张张明信片。不论是不是节日,想到就写下来寄给他:"春意在绿叶尖嬉闹,春天赋予它们全部生命力,你是春风化雨浸湿我的心……""你们学校的桂花开了没有?我总闻到桂子的清香,咱们呼吸同一种气息……"

　　我执意不肯告诉他我的名字，他没法跟我联系，只好总是等,因为我曾告诉他:如果他不接我的电话,我就自动消失。他告诉我,每次电话铃响,第一个冲过去的总是他,他的同学都戏称他是"铃声兔子"。只要听到铃声,就焕发兔子的本事。而我的同学则说我有电话瘾,拿起电话就来劲,舍不得放。

　　我生日那天,宿舍内聚了好多朋友,切蛋糕、玩扑克,热闹异常。我心中有点空空的,无法与她们同乐,我的电话朋友在干什么?是否记得我生日?

　　溜出来给他拨电话,听到他熟悉的声音,心头的失落烟消云散。"你今天会不会来听我播音?"他急切地问。

　　我想说走不开,说出口的却是:"一定要今天吗?为什么?"

　　"因为今天天气非常好。"他调皮地说。

　　我找了个借口离开宿舍的同学,独自走到他的学校。坐在夹道边,看有人抱着书本来往匆匆,有人在操场上跳跃奔跑,有人在树下散步、看书,夕阳悬挂在榕树上,一切都令人赏心悦目。

　　我的电话朋友开始播音了,一段校园新闻后,他说下边是一组音乐节目。一首首歌都是我很喜欢的,前几天他刚问过的,没想到他一一记下来,今天全送出来了。我的心如静水涟漪,慢慢急促起来。节目最后他说:"给一位特别的女孩,一位不曾见面的朋友,你的朋友想对你说,你使他走上关爱的人生,无论沮丧还是失意,他总得到你的关怀……"我把脸埋进臂弯里,几乎听不清他说什么"如果有一天,我们真的相遇了,万千欣喜,竟什么都说不出,只用微笑一句'能够认识你,真好。'"

　　这一次我的确冲动了。我迅速地跑到广播台,可是,就在推门的一瞬间却迟疑了,我不敢想像,一对相知很久的朋友,见面却是一张完全陌生的脸,还能亲密无间吗?

　　最终我还是悄然离开了。

我在脑海中千百次勾画他的笑容，虽不清晰，但格外美好。迎面走过众多的人，温暖的笑容，是他吗？一脸青春明朗，是他吗？他有那样的声音，那样的心灵，一定有一张温和纯净的笑脸，我从不怀疑。

他曾和我谈起考试作弊得高分，他说他也恨不得随波逐流，这么认真是不是太傻了？我告诉他：考试并不重要，真正学到知识才是重要的。说真的，在和他说这话时，我也解开了自己的迷惑。好多这样的问题都在交谈里找到方向。

他说他现在很难对别人发火，尤其不能拒绝帮助女孩，因为认识我，"难说我哪天伤害了哪个陌生女孩，那女孩正是你呢？"他笑着说。我最大的改变就是不再只热衷通俗小说，转向名著，以便和我的电话朋友有更多一致。

一次他执意要问我的名字，想和我见面。

我说："我怕你忍不住来找我，像《远与近》中所描写的那样，近距离的日常习俗会把一切和谐淹没。"

他没再坚持，只是低声说："真怕哪天意外与你失去联系，我去哪找你？"

其实还有个很重要的原因我没告诉他，我担心他幻想的电话朋友美丽出众，而我只是个平凡的女孩，他会为此失望。

六月份我们到外地实习，给他拨了好几次电话都不能，加上打电话不方便，直到返校后才知道这个区的电话号码改了，查了打过去。接电话的人冷淡地说："他毕业了。"

"分哪了？"我的心提起来。

"不知道，我们都是新来的，不熟悉他们。"那人不耐烦地挂断电话。

我呆握着话筒，失魂落魄地站着，我真的和他失去了联系，怎么办？

我在空虚和懊悔里沉浸了好久，最后我渐渐试着去和别人交往。现在，我终于有了好些朋友，可我还是深深怀念他，他的出现影响了我一生。我不知道他是否在找我，但我相信他一定不会忘了我，就如我总是记着他。我幻想有一天电话串了线，让我再次听到他的声音。

但至今仍未等到，我相信他同时也在遥远的地方和我有同样的信念：别怕孤单，爱就在你左右。

■文/张雨晗

淡蓝色的风

那阵子，总觉得有双眼睛跟着我，跟得我心慌，但我却找不到它。

每周二是我值日，可等我赶到的时候，那块属于我的卫生区却早已干干净净的了。每天，我的桌洞里总会出现同样的东西：早晨是"A里"蛋糕，下午是"伊利绿豆爽"，天天如是。

有同学告诉我，每天只要教室门一开，便会进来一个陌生的男孩把它们放进我的桌洞。看他的校徽，咱学校的，他个子很高，可能是高三的吧，穿了一件淡蓝色衬衣，人长得很帅……可我却在脑海中怎么也搜寻不到半点这个人的印象，最让我纳闷的是：他怎么会知道我值日的时间和地点？怎么会知道我的坐位？怎么对我偏爱的食品也了如指掌？

一个星期三的下午，阳光暖暖地抚摸着大地，连风都带着熟悉的体温，我和完治走进学校的广播室准备下午的广播节目

——"风中情缘"。

广播室在一楼，在这里，我可以透过被阳光点击的玻璃窗，清清楚楚地欣赏校园里那绿绿的树和蓝蓝的天，于是我没有舍得拉窗帘关窗户，因为我喜欢被风吹过脸庞的那种清爽感。

我和完治一边整理稿件，一边谈笑。忽然，他停住了，诧异地望着窗外，我也好奇地将目光转向那里。有一个男生正站在窗口，微黄的头发随风飘动，阳光从发端一直流到发梢，一件淡蓝色的衬衣在他身上好像稍大了些，他正静静地望着我们，确切地说是望着我。那种眼神，真诚而干净，但看得我心直慌，感觉上和最近的那个眼神一模一样，我低下头，不敢正视他。忽然，"刷"地一声，完治把窗帘拉得严严实实，窗帘是淡蓝色的，阳光渗透，整个屋子都罩上了淡蓝的色彩。好久，我才敢去看那扇窗，淡蓝色的窗帘在风中轻轻地飘动着，那片蓝中透着一个黑色的影子，难道他还没有走?我的心开始变速运动。我走过去，拉开了窗帘，他果真没走，我轻轻地问了一句:"你有事吗?""张雨晗，你好!我……我叫韩北雷……"他脸上有一丝羞怯，却闪着明媚的阳光，"如果没有事，你……""那么，再见!"他这才恋恋不舍地走开，却好像很高兴的样子。

过后我才知道那个韩北雷原来是我校初三的学生。第二天，我便收到了一封类似"情书"的信。是那个韩北雷。他说喜欢我的声音、文笔，喜欢我的校园广播"风中情缘"。末了他承认前面那些事确是他所为，还说也与我一样酷爱王菲，钟爱那首《eyes on me》

原以为他是一时冲动，昏了头脑，于是我并没有理睬，可我却发现，他竟每天放学依然义无反顾地跟着我——送我回家。同学们都戏称我有了个"保镖男友小弟"，我也曾用很婉转的方式告诉过他说大家要以学业为重，中考对他和高考对于我而言都不是闹着玩的,况且他足足小我三岁,我只能把他当做弟弟,总之是好话说尽了。他却总是说那一句:"我就喜欢你。"

有一天,北雷来班里找我,在同学们的阵阵起哄中,他说要加入我主办的广播部和文学社。他的文笔和口才都相当出色,我迫不得已收下了他,可麻烦也就随之而来了。每次社团活动,北雷都显得十分热情、投入,只是总爱静静地跟在我身旁,用先前那种有温度的眼神一直守着我。我简直快被烧焦了。一天,我竟忍无可忍地骂他是"神经病",态度恶劣极了。可尽管如此,他仍然一切如故,只是人越来越消瘦了。不知为何,我的心痛痛的。不久,我就在电台上做起了一档校园节目,不过是在晚上。一天,结束了节目,我推开电台的大门,一阵夜风扑面而来,真的很舒服,可我却在闪烁的星光下又发现了韩北雷,这已经是第 N 次了。他的那件淡蓝色衬衣在冰凉的晚风中瑟瑟发抖,我皱了皱眉,不管不顾地直往前走。他却紧紧地跟在我身后,有一段距离,但只是跟着,没有说一句话。路上,我的心乱成了一团,像被火烧着烤着一样。终于,我鼓足了勇气,停下脚步,转过身——该是结束的时候了。

我们都停住了,站得很近,望着比我高一个头,却小我三岁的他,我狠了狠心冲着他喊:"这么晚了你还来这儿干吗?!你没几天要中考了,赶快回家去!!!以后别,别再跟着我了,你很烦,知道吗?"我的声音在静静的风中回荡,北雷没有说话,用那双闪着泪光的眼睛望着我,"Whenever sing my songs on the stage on my own……" 他唱起了我最钟爱的那首王菲的《eyes on me》,风凉凉的,阵阵吹来,那一刻,我什么都没想,只是,我们,都哭了。后来,他把我安全送回了家。

第二天,我便告诉他:"如果你真的喜欢我,就努力学习,以后别再找我,等你考上高中,和我考同一所大学,四年后,我们再在一起。"北雷想了想，很坚定地说："你一定要等着我……"

几个星期后，北雷以全年级第一的成绩考上了高中，听说有更好的学校试图招走他，可他却毅然选择了直升本校高中部，这时我该读高三了。"A里"蛋糕和"伊利绿豆爽"并没有间断，不是不想拒绝，而是拒绝不了，他还是以前那个韩北雷，可他却真的按照约定没有再来找过我。

早晨，阳光很亮，明晃晃的，风依然那么温暖熟悉，可四年之后的风还会如今日般温暖热烈吗？……

■文/琉　影

星愿心语

球场上没有星琉的气息，影子感到无比落寞。如果问影子在这所高校惟一牵挂的人是谁，那——就是星琉。影子样子不漂亮，成绩不优秀，她很自卑。星琉脸蛋很帅气，成绩很优异，却不自负。他们相识在球场。他精湛的球技与帅气的脸庞令全场淑女为之疯狂，除了影子。比赛结束的哨声响起，在他的脸上少了一分胜利的喜悦，他径直走向影子，一句话脱口而出："全场，只有你没有为我喝彩。"一句话，在影子的心里掀起滔天巨浪。第一次，她有了想接近一个男孩的冲动。日复一日，他们开始了对彼此的注视。没有山盟海誓，没有烛光玫瑰，他们之间被一种若有若无的丝牵系着，剪不断，理还乱。星琉的眼中有一种晶晶亮亮的东西，只有看影子时才有。影子沉默着，珍惜着，也闪躲着。

十二天又八个小时看不到星琉的眼睛了，影子又一次为自己的逃避感到痛恨。

几星期前……星琉的父母离婚了，听到星琉要随母转到 B 城的消息，影子失魂落魄地走进学校微机室，丝毫未注意到还有其他人在。

进入腾讯，登陆她的网名——冥焰。立刻，一个陌生人的头像在频闪，署名——流星。这让她想起星琉。对话框被打开：

——你的网名很消沉，像你。

——你认识我吗？

——是，我了解你！影子有些奇怪，又几行字映入她的眼帘。

——你内向，因为你对自己缺乏信心；

你拒人于千里之外，因为你怕伤害；

你不敢看我的眼睛，因为我眼中的深情，会击溃你一切的伪装，

让你脆弱的心不堪一击。

身后传来打字的声音，影子手足无措。是星琉，只有他才会如此了解自己。

——影子，很早就想告诉你，真的，很爱很爱你。

泪，就这样毫无顾忌地顺着脸颊流下。一双温暖的手轻轻拭去她腮边的泪，熟悉的气息将她脆弱的心包裹起来，很温暖，很温暖。

——我就要到外地求学了，只要你开口留我，我，会义无反顾地为你留下。星琉灵巧的双手在他的键盘上跳跃。

影子，却落荒而逃。

星琉走了。只留给影子一个孤独的背影。那凄凉的落寞深深敲进影子的心里，挥之不去。十二天又九个小时了……

没有星琉的日子里，影子真的成了影子。孤独的她悄然无声地迈进微机室。给星琉发一封邮件吧！放胆爱一回，哪怕换来的

只有伤害。银色的字迹在黑色信纸上闪烁：

心痛得无法呼吸，找不到你留下的痕迹，眼睁睁地看着你，却无能为力，任你消失在世界的尽头。

找不到坚强的理由，再也感觉不到你的温柔，就向流星许个心愿，让你知道 I IOVE YOU!星琉……星琉……

十天又十六个小时了。落日，残阳如血。影子孤独的身影在操场徘徊。

"影子……"熟悉的声音，透着惊喜，透着疲惫，伴着气喘吁吁。

无需回头，影子知道他来了。她的身后是一身风尘的星琉。

"影子，一直在等你唤我回来!一直在等!

夕阳下，是两个紧拥的身影，似一幅绝美的图画。铺展在幽静的校园中!

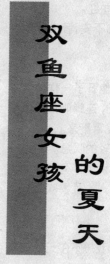

双鱼座女孩的夏天

■文/静

"是什么星座的。"我坐在球场上问。

"不知道。"伟转着手里的汽水瓶。

"我是双鱼座的,"我站起来,"书上说,双鱼座有种与生俱来的忧郁。"

伟笑。

记忆里,那个夏天充满了这种不知所措的笑。那时我们都喜欢在球场的树荫下乘凉。

有一天,我们又坐在球场上喝汽水,不知道怎的,那天的空气里有一种莫名的紧绷感。汽水喝了一半,伟开口道:"你相信有真正的爱情吗?"

我的心跳骤然加剧,好像有个钟摆在前胸后背间来回地敲打。我想回避,可是又不敢在他的目光下逃之夭夭,只好说:"相信。"

"我喜欢上了一个人。"他的脸微微的有些红。

那种紧绷感猛然变成了塌陷感。为了掩饰不安,我去踢地上的石子。

"你怎么不说话,不问问是谁吗?"

"关我什么事!"我故作轻松,但说出的话像石子一样硬。

他不做声,我背对着,来回踢地上的石子,连蝉叫声好像都没有了,一张别扭而僵硬的网正在铺天盖地笼罩下来。

"我走了。"他站起来,整整裤子,发出轻轻的叹息。

我一个人愣愣地在那儿坐到天黑。伟的话像排列整齐的士兵方阵般在脑海里走来走去:我喜欢上一个人,我喜欢上一个人,我喜欢上一个人……

接下去半个月,他没来找我。

第二天就要开学了,我们分到不同的班。我想下午无论如何要去问问他,他喜欢的那个人究竟是谁?

"我——"我们同时开口,又同时停下。

"你先说吧。"我笑着对他说。

"我——真糟糕,我忘了刚刚想说什么。"他皱着眉,"那你呢?"

"我好像也忘了。"我挠挠头。

"这样啊……"他的表情失望极了。不过只一会儿他便释然道:"算了,我们去买汽水吧。"

我们穿过被太阳晒得发软的柏油马路,在小杂货店买了两瓶柠檬汽水。马路上空荡荡的,偶尔有几辆汽车疾驰而过,卷起一阵干燥的灰尘。

我突然冒出一个念头,我还想再问一下那个问题,可喉咙好像被什么东西堵住。不过我还是被这念头搞得激动起来。

突然听到伟说:"我昨天送了她一本书,我喜欢的那个人。不知道她收到没有?"

完全下意识的,汽水瓶掉在地上,汽水洒了一地。空气里弥漫着一股浓郁的柠檬味。整个人便朝学校冲了过去。

那股汽水味一直缠绕在我的记忆里,挥之不去。

我再也没有见过伟。

高二时,因为父母调动就与那座小城作别了。

走的那天,我正要坐车离开的时候,宿舍传达室的老师匆匆赶来,把一本《双鱼座的爱情》塞到我的手里。

"噢,是那个高一时老跟你在一起的男孩送来的,看我这糊涂,就给忘了,昨天打扫时才……"

那一瞬间,仿佛又回到那个遥远得像梦一样的夏天。我想起双鱼座的女孩,穿着白衬衫的伟,空荡荡的球场,汽水和单调的蝉鸣。

主 编 声 明

　　本套丛书在选编过程中,所选文章均系原报刊责编朋友友情推荐,在此表示衷心的谢意。由于各种原因,仍有少数作者无法联系上,希望尽快与主编联系,以便发放薄酬与样书。也希望朋友们能赐大作,继续支持。

通信地址:吉林省吉林市松江路 47 号《都市月刊》杂志社

赵冬收

邮　　编:132011

赵冬

2003 年 7 月 29 日